# DREAM HUNTER – TRAUMSUCHER

BAILEY SPADE SERIE: BUCH 2

## DIMA ZALES

Übersetzt von
GRIT SCHELLENBERG

♠ MOZAIKA PUBLICATIONS ♠

Veröffentlicht von Mozaika Publications, einer Druckmarke von Mozaika LLC.
www.mozaikallc.com

Lektorat: Fehler-Haft.de

Cover von Orina Kafe
www.orinakafe-art.com

e-ISBN: 978-1-63142-654-4
Print ISBN: 978-1-63142-655-1

# KAPITEL EINS

ICH STEHE auf der Oberfläche eines ruhigen schwarzen Ozeans, mit einem feurigen, zornig aussehenden Himmel über meinem Kopf. Sechs humanoide Gestalten sprinten auf mich zu, und ihre seltsamen Füße lassen sie aussehen, als würden sie auf Zehenspitzen auf dem Wasser gehen. Ihre rechten Zeigefinger haben eine schwertförmige Kralle, und ihnen fehlen Nasen und Augen. Generell fehlt ihnen praktisch ein Kopf – sie haben keine Haare, keine Ohren, nur babyglatte Haut und einen riesigen Mund in der Mitte, wo das Gesicht wäre. Und wenn das noch nicht gruselig genug war, fängt der Horror in meiner Nähe an zu kreischen, wie eine läufige Katze.

Zu meinem Entsetzen merke ich, dass es etwas sagt.

»Du!«, schreit die Kreatur. »Du bist nicht tot?«

Ich starre sie an. »Warum sollte ich das sein? Was bist du? Woher kennst du mich?«

Die Kreatur will mich mit ihrer Schwertkralle

aufschlitzen, und ich ducke mich, um nicht den Kopf zu verlieren.

»Halt still!«, kreischt die Monstrosität. »Wenn ich dich jetzt töte, wird der Meister zufrieden sein.«

Ja, richtig. Ein anhängselartiger Wuchs streckt sich von meinem Handgelenk aus und verwandelt sich rechtzeitig in ein pelziges Schwert, um den nächsten Schwertkrallenschlag zu parieren. »Welcher Meister?«, frage ich, während ich aushole und zuschlage.

Mein Gegner wird in zwei Hälften gespalten, bevor er antworten kann.

Eine zweite Kreatur erreicht mich und schwingt ihre Schwertkralle. »Der Meister hasst dich«, schreit sie, als ich pariere. »Deine Existenz ist eine Plage.«

Ich kontere mit meiner pelzigen Klinge und vergrabe sie in der Brust meines Gegners. »Ich, eine Plage?« Ich reiße die Klinge heraus. »Wer im Glashaus sitzt …«

Die Zeit, um über ihren Meister zu sprechen, muss vorbei sein. Die nächsten zwei Angreifer kommen noch gewalttätiger auf mich zu. Ihre Krallen hacken und schlitzen ohne jede Strategie, was sie zu einer leichten Beute für meine pelzige Klinge macht.

Die nächsten beiden sind vorsichtiger. Sie umkreisen mich schweigend, auf der Suche nach einer Öffnung.

Ich täusche an, dann hacke ich einem den Kopf ab. Der nächste Gegner duckt sich unter meiner Klinge, indem er sich auf das Wasser hockt. Als ich mich ihm nähere, schlägt er mit seiner Kralle zu und sticht mir in den Oberschenkel.

Ich springe zurück und schreie vor Schmerzen. Der getroffene Muskel brennt qualvoll.

Das Monster will mich töten, aber ich wehre es ab. Mit einem kreischenden Schrei stürzt es sich wieder auf mich – und seine Klaue durchbohrt meine Schulter.

Ich ignoriere die schwindelerregende Schmerzwelle, schwinge meine Klinge und schneide seinen Kopf sauber ab.

———

ICH BEFINDE mich in einer riesigen palastartigen Lobby mit rötlich-grünen Wänden und gelblich-blauen Marmorböden, und der reichlich appetitanregende Duft von Manna füllt meine Nasenlöcher, während unmöglich geformte Gegenstände vor meinen Augen schweben.

Mein Traumpalast. Ich habe es geschafft.

Noch immer strömt Blut aus meinen Schenkeln und Schultern. Verdammter Mist. Dieser Subtraum war schlimmer als alle anderen. Wenn noch ein Monster da drin gewesen wäre, würde ich Schaum vor dem Mund haben und versuchen, jeden in der wachen Welt zu töten. Es ist gut, dass ich Mamas Arzt gebeten habe, sich auf diese Eventualität vorzubereiten. Wenn ich aus meiner traumwandlerischen Trance in einer mörderischen Stimmung aufgetaucht wäre, hätte er mich mit Hilfe der kräftigen Sicherheitskräfte, die er hereingebracht hat, überwältigen oder mich mit dem, was auch immer in seiner Spritze ist, außer Gefecht setzen können.

Nun, das Gute ist, nichts davon ist jetzt nötig, da ich sicher in der Traumwelt bin. Ich verlasse meinen Körper, heile ihn, verpasse mir feuriges Haar und springe zurück in mich selbst.

Pom taucht neben einer der unmöglichen Formen auf. Er ist ein Looft, eine symbiotische Kreatur, die dauerhaft an meinem Handgelenk befestigt und auch mein Begleiter hier in der Traumwelt ist. Er ist so groß wie ein großer Vogel und hat riesige lavendelfarbene Augen, dreieckige spitze Ohren und flauschiges Fell, das je nach seinen Gefühlen die Farbe wechselt, weshalb er die Personifizierung von *süß* ist.

Derzeit ist er jedoch schwarz, und seine Ohren hängen herunter. »Ich habe aus Versehen wieder deine Gedanken gelesen«, gesteht er schuldig. »Du bist hier, um Lidia aufzuwecken, nicht wahr?«

An meine wichtige Mission erinnert, mache ich mich auf den Weg zum Turm der Schlafenden. »Das ist richtig. Mama steckt im Nicht-REM-Schlaf fest – in dem Subtraum, den wir gerade erlebt haben.«

Er fliegt zitternd um mich herum. »Beängstigend.«

»Definitiv. Aber hey, dieses Mal warst du ein Schwert.« Ich demonstriere es, indem ich die Waffe nachmache, die ich gerade benutzt habe. »Hattest du eine Ahnung, dass das tatsächlich ein Traum war?«

Er wird ein noch dunkleres Schwarz. »Nein. Ich

habe einfach im Moment gelebt und nicht in Frage gestellt, dieses Schwert zu sein – so seltsam das klingt.«

»Mir ging es genauso. Ich hatte keine Ahnung, dass ich geträumt habe.«

Pom kreist um meinen Kopf. »Dieses Mal sprachen die Kreaturen.«

Also taten sie es. Wie seltsam. Ich denke zurück an all die anderen Subträume, die ich erlebt habe, und die bizarren, furchterregenden Kreaturen, die ich in ihnen getroffen habe. »Vielleicht haben sie schon immer versucht, zu sprechen«, sage ich. »Aber diesmal hatten sie Münder, mit denen sie verstanden werden konnten.«

Poms Fell nimmt einen leichten Orangeton an. »Woher kommen die Subträume?«

Ich verlangsame meinen Flug. Er hat eine Frage gestellt, über die ich viel nachgedacht habe, ohne jemals eine befriedigende Antwort zu finden. »Ich weiß es nicht. Ich habe ihnen den Spitznamen Subträume gegeben, weil ich glaube, dass sie tiefer ins Unterbewusstsein vordringen als normale Träume.«

»Wessen Unterbewusstsein? Deins oder das des Träumers?«

»Hervorragende Frage.« Ich beschwöre die Kreaturen aus dem Subtraum herauf, den ich erlebte, als ich in Bernards Nicht-REM-Schlaf eindrang – diejenigen, die wie übergroße Bakterien und Viren aussehen. »Theoretisch könnten das meine fleischgewordenen Ängste vor Verunreinigungen sein.«

Pom schaut sie an, während ich die Kreaturen nachbilde, die ich in Gertrudes Subtraum gesehen habe – riesige Nacktmulle mit Tentakeln, die auf Warzenschwein-Spinnen-Hybriden reiten. »Nichts an diesen Reitern passt in dieses Muster«, sage ich und betrachte sie, »also könnten sie etwas sein, was Gertrude sich ausgedacht hat.«

Pom schwebt vor meinem Gesicht. »Du glaubst also, dass es deine Mutter war, die die Monster erschaffen hat, die wir gerade besiegt haben?«

»Könnte sein. Obwohl ich die Implikationen nicht mag.«

Er blinzelt mich an.

»Die Monster sagten, dass ihr Meister mich hasst«, erkläre ich ihm. »Wenn Mama sie erschaffen hätte, wäre sie ihr Meister, richtig?« Als ich den gläsernen Turm der Schlafenden erreiche, suche ich die Nische, in der Mamas Gestalt liegt, jetzt, wo ich sie in den REM-Schlaf gezwungen habe. »Ich weiß, dass wir diesen Streit schon vor ihrem Unfall hatten«, ich fliege weiter darauf zu, »aber ich hoffe, dass sie nicht *wirklich* das Gefühl hat, dass meine Existenz eine Plage ist – was auch immer das bedeutet.«

Pom fliegt neben mir. »Du fühlst dich schlecht wegen des Streits, nicht wahr?«

»Natürlich. Ich ließ Mama glauben, dass ich in ihre Träume eindringen könnte, etwas, von dem sie mich versprechen ließ, es niemals zu tun. *Das* ist der Grund, warum sie sich so aufgeregt hat und rausgestürmt ist.

Ihr Unfall wäre nicht passiert, wenn meine große Klappe nicht gewesen wäre.«

Pom wird grau, eine für ihn seltene Farbe. »Du wusstest nicht, was passieren würde.«

»Stimmt.« Ich atme tief ein, um die starke Welle der Gefühle zu unterdrücken, die der Gedanke an Mamas Unfall immer erzeugt. »Auf jeden Fall spielt es jetzt keine Rolle. Ich *breche* gerade mein Versprechen.«

»Um ihr Leben zu retten.«

»Ja.« Draußen, in der wachen Welt, befindet sich Mama in einem seltsamen komaartigen Schlaf, einem Schlaf, aus dem weder Isis, eine mächtige Heilerin, noch Dr. Xipil, ein seltener Zwergenarzt, sie herausholen konnten. Das Einzige, was man noch versuchen kann, ist, dass ich in ihre Träume eindringe, um sie von innen heraus zu wecken.

Hoffentlich wird sie mich verstehen und mir verzeihen.

Ich trete in ihre Nische und lande neben dem Bett. Zu meiner Überraschung gibt es keine Traumaschleifenwolke über ihrem Kopf – etwas, von dem ich immer vermutete, dass ich sie vorfinden würde, wenn ich versuchen würde, in ihr zu traumwandeln. Vor dem Unfall hatte sie alle Symptome gezeigt, die ich bei meinen am meisten gestörten Klienten gesehen habe.

»Ich bin mir sicher, sie wird dir verzeihen«, sagt Pom weise und landet hinter mir. »Wichtiger ist, dass du dir selbst vergibst. Meiner Erfahrung nach ist das schwieriger.«

Ich drehe mich um, um zu sehen, ob er scherzt, aber er hat immer noch diese deprimierende graue Farbe. »Von welcher Erfahrung sprichst du? Was musstest du dir je vergeben?«

Sein süßes Gesicht verwandelt sich in einen jämmerlichen Ausdruck, und seine Ohren hängen herab. »Ich habe mich dauerhaft an dich gebunden, ohne dich um Erlaubnis zu fragen.«

Das hat er. Ich hatte sicherlich nicht erwartet, mit einem Symbionten zu enden, als ich einen Mooft streichelte – eine kuhähnliche Kreatur, auf der normalerweise die Loofts eines gomorrhischen Zoos leben. Aber jetzt kann ich mir mein Leben ohne ihn nicht mehr vorstellen.

»Süßer.« Ich schnappe ihn mir und bringe ihn auf meine Augenhöhe. »Ich habe dir schon gesagt, dass ich dich nicht abnehmen wollen würde, selbst wenn ich es könnte.«

Die Spitzen seiner Ohren färben sich in ein helles Violett. »Das hast du mir gesagt, als du dachtest, du würdest hingerichtet werden. Jetzt, wo du weißt, dass du leben wirst, meinst du es immer noch so?«

»Wir sind Symbionten fürs Leben«, sage ich nachdrücklich. »Vergiss das niemals.«

Der Rest von Pom wird lila, und er grinst. »Wir geben ein gutes Symbiontenpaar ab, nicht wahr?«

»Ich weiß nicht, was ich ohne dich tun würde.« Ich küsse seine pelzige Stirn und setze ihn ab. »Wie wäre es, wenn ich jetzt das tue, wofür ich hergekommen bin?«

Wir schauen beide zu Mama hinüber. Ihre schönen Gesichtszüge erscheinen so friedlich in ihrem Schlummer.

»Möchtest du etwas Privatsphäre haben?«, fragt Pom.

»Ja, bitte.« Es ist vier Monate her, seit Mama ins Koma gefallen ist. Die Wahrscheinlichkeit, dass ich weinen werde, wenn wir endlich sprechen, ist ziemlich hoch, und das zu sehen, könnte Pom aufregen.

Zuvorkommend verschwindet er.

Ich lege meine Hand auf Mamas Stirn. »Es tut mir leid«, flüstere ich. »Wenn ich dich retten könnte, ohne mein Versprechen zu brechen, würde ich es tun.«

Ich stähle mich und tauche in ihren Traum ein.

# KAPITEL ZWEI

MAMA HACKT etwas in einer unbekannten Küche, während eine Kinderversion von mir ein Päckchen Manna öffnet.

Mein jüngeres Ich scheint etwa fünf Jahre alt zu sein und muss durch Mamas Erinnerungen gefiltert werden. Ich bezweifele, dass ich *so* bezaubernd war, und ich bin skeptisch gegenüber dieser Unschuld in meinen Augen. Obwohl ich mich an nichts aus der Zeit erinnern kann, als ich jünger als sieben Jahre alt war, habe ich mich sicher nicht *so* sehr verändert.

Ein Teil von mir ist enttäuscht. Meine Traumwandlerkräfte erlauben mir zu sagen, ob ein Traum auf einer Erinnerung beruht, und das ist hier nicht der Fall. Es wäre eine Chance gewesen, etwas von meinen ersten Jahren zu erfahren – eines von Mamas vielen Tabuthemen.

Mama beginnt, mit größerer Intensität zu hacken.

Etwas hindert mich daran, mich zu räuspern, um

sie über meine Anwesenheit zu informieren. So sehr ich mich danach sehne, mit ihr zu sprechen, so sehr lassen mich Neugier und eine gewisse Intuition vorerst beobachten. Ich werde unsichtbar – und das gerade noch rechtzeitig.

Das Messer so fest umklammert, dass ihre Knöchel weiß werden, stürzt sich Mama auf mein kleines Ich.

Was zum Teufel …?

Mamas Gesicht ist eine unerkennbare Maske des Hasses, als sie meinem kleinen Ich ins Herz sticht. Mein Kind selbst schreit vor Schmerz – was das Einzige ist, was mein schockiertes Keuchen überdeckt.

Ich schalte den Ton aus und atme tief durch, um mich zu beruhigen.

Es ist nur ein Traum. Träume können chaotisch und verrückt sein. Das bedeutet nicht, dass Mama mich umbringen will.

Was ich gerade gesehen habe, muss nicht unbedingt eine Manifestation von Mamas Wut über unseren Streit sein.

Ein neuer Traum beginnt.

Wir sind in unserer Wohnung auf Gomorrha. Mama sieht zu, wie eine Teenager-Version von mir in der Mitte des Raumes steht, mit einem VR-Headset auf dem Kopf. Als ich mich umsehe, bemerke ich etwas Merkwürdiges – einige der Fenster um uns herum sind schwarz.

Das erste Mal stieß ich auf das Konzept eines schwarzen Fensters in den Notizen von Leal, dem ermordeten Traumwandler vom New Yorker Rat, und ich erfuhr mehr über sie in den Träumen von Nina, der Telekinetikerin, die als eine Art Gedächtnisspeicher für besagten Traumwandler fungierte. Nina selbst hatte eine unangenehme Erinnerung, die sie von Leal hinter einem schwarzen Fenster hatte wegschließen lassen.

Ist das bei Mama der Fall? Sind diese Fenster Ereignisse, die sie, oder jemand anderes, aus ihrem Gedächtnis gelöscht hat? Es könnte erklären, warum sie keine Traumaschleife hatte. Was auch immer sie beunruhigt, könnte hinter den schwarzen Fenstern versteckt sein.

Bevor ich diese Gedankenkette weiterverfolgen kann, erscheint der gleiche hasserfüllte Gesichtsausdruck auf Mamas Gesicht, und sie greift das ahnungslose Teenager-Ich wie ein NFL-Linebacker an und schubst es mit aller Kraft.

Mein jugendliches Ich fliegt gegen eines der normalen Fenster. Mit den Armen wedelnd, kracht es durch das Glas und stürzt weit unten auf den Bürgersteig.

Was. Zum. Teufel?

Der Traum ändert sich wieder. Diese Version von mir sieht aus, als wäre ich etwa zehn, und sie schläft. Mama steht mit demselben beängstigenden Gesichtsausdruck über ihr.

»Bitte sag mir, dass du nur in ihr traumwandeln möchtest«, flüstere ich, aber sie kann mich nicht hören. Meine Stimme ist immer noch deaktiviert.

Mama schnappt sich ein Kissen, legt es über das Gesicht des schlafenden Ichs und erstickt es.

Verdammter Mist.

Ich gebe mir selbst die Fähigkeit, wieder Geräusche zu machen und sichtbar zu werden.

»Mama«, sage ich ganz fest. »Ich glaube, du steckst in einem höllischen Alptraum fest.«

Zumindest hoffe ich, dass das passiert. Sie kann es auf keinen Fall genießen, mich immer und immer wieder so zu töten. Ich war keine *so* eine nervige Tochter.

Verwirrung ersetzt den Hass auf Mamas Gesicht.

»Du träumst«, sage ich schnell. »Dies …«

»Du traumwandelst in mir!« Mama sieht wütend genug aus, um diesmal die echte Version von mir zu töten.

Ich ziehe mich instinktiv zurück. »Du verstehst nicht. Ich hatte keine Wahl.«

Sie zeigt mit ihrer Hand auf mich, und ein Blitz schießt aus ihren Fingern in meinen Kopf.

Ich fühle mich, als hätte mich jemand in eine Zitrone verwandelt, mich trockengepresst und das übrig gebliebene Fleisch und die Schale zu einem Smoothie verrührt.

Ich öffne den Mund, um zu schreien, aber es ist zu spät.

Ich bin nicht mehr in der Traumwelt.

## KAPITEL DREI

ICH BIN ZURÜCK im Krankenhauszimmer mit Dr. Xipil, und die kräftigen Sicherheitsleute betrachten mich aufmerksam, bereit, mich zu bändigen, falls ich zu einem psychotischen Killer werde.

Ich setze ein Lächeln auf, auch wenn ich eigentlich gerade ausflippe. Das Letzte, was ich brauche, ist, dass Dr. Xipil mir die Spritze gibt, die er in der Hand hält.

»Was ist passiert?«, fragt er mit einem besorgten Gesichtsausdruck.

»Es hat nicht funktioniert«, sage ich und lege meine Hand wieder auf Mamas Stirn. Sie ist merkwürdig klamm. »Ich werde es noch einmal versuchen.«

»Warten Sie …«

Ich blende die Einwände des Zwergenarztes aus und wünsche mir, in Mamas Träume zurückzukehren.

Nichts passiert.

Hm.

Ich berühre mein pelziges Armband – Pom – und

versuche, auf diese Weise in die Traumwelt zu gelangen.

Nichts. Es gibt keinen Geruch von Ozon, kein Gefühl des Fallens, das mit dem Übergang in eine traumwandlerische Trance einhergeht. Ich könnte genauso gut einen Felsen berühren.

Ich greife Mamas Hand und strenge mich noch mehr an. Immer noch nichts. Irgendwann muss ich es akzeptieren: Der gewalttätige Rausschmiss aus der Traumwelt, den ich Mama zu verdanken habe, hat mich für den Tag meiner Kräfte beraubt.

Unglaublich.

Ich wusste nicht, dass so etwas möglich ist – oder dass Mama es tun könnte. Überhaupt scheinen ihre Traumwandlungskräfte viel stärker zu sein als meine.

Was besonders erstaunlich ist, ist, dass Mama so stark ist, obwohl sie, solange ich denken kann, hier auf Gomorrha gelebt hat. Wir Cogniti verlieren langsam unsere Kräfte, wenn wir nicht regelmäßig in die Otherlands reisen, auf denen wie auf der Erde Menschen leben.

Dr. Xipil tauscht einen Blick mit dem Wachmann in meiner Nähe aus. »Sind Sie sicher, dass es Ihnen gut geht?«

Verdammter Mist. Er *ist* besorgt, dass ich mörderisch bin.

Ich zwinge ein weiteres Lächeln auf meine Lippen. »Es geht mir gut. Ich bin nur enttäuscht, dass ich versagt habe.«

»Wie ich Ihnen zu sagen versuchte, sind Sie nicht

*einfach* gescheitert.« Der Arzt nickt zu den Monitoren, die Mamas Herzschlag und Gehirnaktivität überwachen. »Ihr Traumwandeln hat ihre Vitalfunktionen durch die Decke getrieben.«

»Was?« Ich schaue auf die Monitore und wünsche mir, ich hätte eine medizinische Ausbildung. Ich weiß eine Menge über Schlaf, aber nicht viel darüber hinaus. »Wie?«

»Ich weiß es nicht, aber sie hatte einen gefährlich schnellen Herzschlag, Kurzatmigkeit, übermäßiges Schwitzen und Zittern – alles Anzeichen einer nächtlichen Panikattacke, aber ohne das Erwachen, das typischerweise folgt.«

Mein Magen zieht sich zusammen, als ich Mama anschaue. Ihre Stirn ist mit Schweißperlen übersät, und ihre bräunliche Haut hat einen grauen Schimmer. »Was soll ich also tun?«

Dr. Xipil rückt seine Atemmaske zurecht, ein Gerät, das alle Zwerge aufgrund ihrer Anatomie tragen. »Nun ... es ist ein einzigartiger Fall. Ihre Kräfte sind vielleicht immer noch der beste Weg, um sie aufzuwecken, aber Sie sollten ihren Körper sich ein oder zwei Tage lang erholen lassen, bevor Sie es noch einmal versuchen.«

Ich atme tief ein. »Eigentlich weiß ich nicht, ob es sich lohnt, es noch einmal zu versuchen.« Ich erkläre meine Theorie, dass Mama viel mächtiger sein könnte als ich.

Er macht den Sicherheitsleuten eine Geste, zu

gehen. »Vielleicht können Sie nächstes Mal vernünftig mit ihr reden?«

»Ich habe Ihnen doch gesagt, dass sie nicht will, dass ich in ihr traumwandle.« Ich schaue Mama an, und meine Brust zieht sich vor Schuldgefühlen über ihr aschgraues Gesicht zusammen. »Vielleicht hätte ich auf sie hören sollen.«

Dr. Xipil rückt seine Maske erneut zurecht. »Ich werde sehen, was wir auf unserer Seite tun können. In der Zwischenzeit müssen wir wieder lebenserhaltende Maßnahmen ergreifen.«

An meinem Handgelenk wird Pom schwarz – diesmal reflektiert er meine Gefühle. Ich schlucke trotz des bitteren Kloßes in meiner Kehle. »Ich verstehe.«

»Sie sollten vielleicht auch mit einem Schlafexperten sprechen«, sagt der Arzt. »Oder einen anderen Traumwandler finden.«

Ich blinzele ihn an. »Ich kenne keinen anderen Traumwandler.« Uns gibt es nicht gerade häufig.

Er betrachtet mich abschätzend. »In diesem Fall … haben Sie jemals von Dr. Cipactli gehört?«

Ich schüttele den Kopf.

»Er ist ein Schlafexperte mit einem sehr guten Ruf. Er leitet die ZIZZ-Schlafklinik.« Dr. Xipil hebt sein Kinn an. »Eigentlich nicht überraschend, da er auch ein Zwerg ist.«

Ich bin aufrichtig beeindruckt. »Noch ein Zwerg im medizinischen Bereich?«

Dr. Xipil schnaubt durch seine Maske. »Ich war

genauso überrascht wie Sie. Ich weiß, dass ich eine Ausnahme bin. Ich wurde Arzt, als ich meine Eltern durch eine seltene genetische Krankheit verlor. Trotzdem kann selbst ich nicht begreifen, warum ausgerechnet ein Zwergenkollege den Schlaf erforschen will.«

Das kann er laut sagen. Zwerge blühen normalerweise in techniklastigen Bereichen auf. Meine Freundin Itzel zum Beispiel ist besessen von der Weltraumforschung und Apparaten aller Art, und ihr berühmter Großvater, Cadmael, hat die Vega-Reaktoren erfunden, die alles auf Gomorrha betreiben.

»Ich werde mit diesem Dr. Cipactli sprechen«, sage ich.

»Großartig.« Dr. Xipil macht einige Gesten in der Luft. »Ich habe Ihnen gerade seine Kontaktdaten geschickt.«

»Vielen Dank. Können Sie sie mir auch mündlich geben? Mein Kommunikator ist kaputtgegangen, und ich habe ihn noch nicht ersetzt.« Eigentlich wurde mein Kommunikator von einem Vampir auf der Erde zerquetscht – aber wer behält da schon den Überblick?

Dr. Xipil sagt mir, wohin ich gehen muss, und fügt hinzu: »Ich werde gleich, wenn ich gehe, mit Dr. Cipactli reden, und ihm alle Informationen über Ihre Mutter schicken.«

Ich danke ihm noch einmal, und er verlässt den Raum. Ich umfasse Mamas Hand wieder. »Tschüss«, sage ich ihr leise. »Wir sehen uns bald, okay?«

Ich bekomme keine Antwort. Schweren Herzens mache ich mich auf den Weg.

————

ALS ICH IM Flur an den Krankenschwestern vorbeikomme, frage ich mich, warum Mama mich in ihrem Traum immer wieder umgebracht hat. Die beste Antwort, die mir einfällt, ist, dass sie, obwohl ich unsichtbar war, meine traumwandlerische Präsenz entdeckt hatte und sie das verärgert hat. Schließlich hatte ich ihr mein ganzes Leben lang versprochen, dass ich *nicht* in ihre Träume eindringen würde.

Aber warum tötet sie mich in verschiedenen Altersstufen? Warum schmeißt sie mich nicht einfach hinaus, so wie sie es tat, als ich mich zeigte?

Noch wichtiger ist: Sollte ich ihre Wünsche respektieren und nicht zurückgehen?

Ich versuche, mir vorzustellen, sie auf unbestimmte Zeit an diesen Maschinen angeschlossen zu lassen, und alles in mir revoltiert bei dem Gedanken. Selbst wenn ich das Geld aufbringen kann, um sie langfristig in dem teuren Krankenhaus behandeln zu lassen, wird sie irgendwann verkümmern, Maschinen hin oder her. Wenn ich sie nicht wecke, ist sie so gut wie tot.

Das war es also. Wenn der Schlafexperte keine andere Lösung findet, muss ich mir einen Weg überlegen, wie ich mehr Kraft gewinnen kann, um wieder zurückzugehen und zu versuchen, sie aufzuwecken. Ich habe sogar eine Idee, wenn es um das Sammeln von Macht geht …

Die Türen des Krankenhauses gleiten auf, und ich schaue mich um.

Dies ist der Gesundheitsdistrikt, der aufgrund der Vielzahl von Privatkliniken, Pharmaunternehmen und Forschungszentren in der Umgebung so benannt wurde. Er ähnelt vage den Gärten an der Bucht von Singapur, denn die wasserspeichernden Bäume hier sehen den Supertrees dort sehr ähnlich.

Mein Ziel ist zu Fuß erreichbar, also mache ich mich auf den Weg durch die geschäftige Menge der Cogniti. Nach dem Aufenthalt auf der Erde hier so viele nicht-menschliche Fußgänger zu sehen, ist ein wenig irritierend, besonders als ich ein paar Werwölfe in ihrer Tiergestalt sehe.

Das Gebäude, in dem die Schlafklinik untergebracht ist, ist klein und erinnert mich an den Freedom Tower in New York. Ich gehe hinein und nehme den Aufzug zum Stockwerk der Schlafklinik. Eine Elfensekretärin sagt mir, dass ich Dr. Cipactli frühestens morgen Nachmittag erreichen kann, egal wie dringend mein Anliegen ist.

Ich fluche leise über die Verzögerung, verlasse das Gebäude und suche den nächstgelegenen Laden auf, wo ich einen Ersatz-Kommunikator kaufen kann, ohne den ich mich wie eine Höhlenfrau fühle.

»Möchten Sie sich das neueste Modell ansehen?«, fragt mich die Uber-Verkäuferin mit einem Megawatt-Lächeln.

Ich schaue mich um. »Gibt es einen Ort, an dem ich mein CC-Guthaben überprüfen kann?«

Sie nickt einem Spiegel in der Nähe zu, und mir wird klar, dass es ein getarnter Bildschirm ist.

Ich gehe zum Bildschirm, authentifiziere mich und schaue mir meinen Kontostand an.

Moment einmal. Die Zahl hier ist viel größer, als ich erwartet hatte.

Es dauert nicht lange, bis ich herausfinde, was passiert ist. Valerian hat fast das Doppelte des vereinbarten Betrags bezahlt. Wow. Er hat mir schon früher Boni für besonders gut erledigte Arbeit gegeben, aber noch nie so viel.

Sobald ich meinen Kommunikator habe, werde ich ihm danken müssen. Mit diesem Betrag kann ich Mamas ausstehende Rechnungen bezahlen und habe immer noch genug übrig, um den neuesten, teuersten Kommunikator in Betracht zu ziehen.

»Zeigen Sie ihn mir«, sage ich zu der Uber-Frau.

Sie nimmt ein elegant aussehendes Kommunikationsgerät heraus, das ich noch nie zuvor gesehen habe, und öffnet es wie eine Muschelschale – eine weitere Neuheit.

Im Inneren des Kommunikators befinden sich fast unsichtbare Ohrhörer, zwei Kontaktlinsen und zehn Clip-on-Nägel.

Ich betrachte alles voller Ehrfurcht. »Ich habe gehört, dass sich diese in der Entwicklung befanden, aber ich habe nicht gewusst, dass sie bereits auf dem Markt sind.«

Mein letzter Kommunikator wurde über eine spezielle Brille und Handschuhe verbunden, so dass ich ihn auf der Erde nicht benutzen konnte. Das ist so viel diskreter.

»Probieren Sie sie an«, sagt sie mit einem wissenden Grinsen.

Ich greife nach den Kontaktlinsen und reiße dann meine Hand zurück. »Sind die neu?«

Sie neigt ihren Kopf. »Kommen Sie von einem Otherland?« Bevor ich ihr sagen kann, dass ich von hier bin, fügt sie hinzu: »Dieser Kommunikator hat *Hygieia* eingebaut – eine Reinigungstechnologie.«

Ich weiß natürlich wovon sie redet. Hygieia ist der Grund, warum Dinge wie Salmonellen auf Gomorrha ausgestorben sind. Ihre Antwort sagt mir auch, dass das Zeug vorher in den Augen anderer Leute *war* – was ein Problem darstellt, obwohl ich weiß, dass meine Besorgnis nicht rational ist. Es ist wie das Trinken aus einer sterilisierten Toilette auf der Erde – eklig, zumindest für mich.

Sie muss meine Gedanken lesen, denn sie lächelt und holt eine versiegelte Packung heraus.

»Ich verspreche nicht, es zu kaufen«, sage ich zögerlich.

»Das ist in Ordnung.« Sie reicht es mir.

Stimmt. Sie weiß, dass der nächste Kunde nicht meine Bedenken haben wird.

Ich packe das Gerät aus, als wäre es ein Weihnachtsgeschenk, setze die Kontaktlinsen ein und pfeife vor mich hin. Sie sind extrem angenehm – ich fühle sie überhaupt nicht.

Die Verkäuferin lächelt breiter. Sie weiß, dass ich fast am Haken hänge.

Die Ohrhörer sind unglaublich. Einmal in den

Ohren, ist es unmöglich, sie zu sehen, und ich kann immer noch alles um mich herum hören.

Ich halte die Nageldinger an meine Nägel, und sie rasten wie magnetisch ein. Das Ergebnis ist gar nicht so schlecht – ein bisschen wie wenn ich auf der Erde blaue Gel-Nägel hätte.

»Sind die Gesten die gleichen wie mit den Handschuhen?«, frage ich.

Sie nickt, also gestikuliere ich, damit der Kommunikator aktiviert wird.

Vor mir erscheinen die üblichen sphärischen Symbole in der Luft. Mit Brille sahen diese wie *Star-Wars*-Hologramme aus, aber die Kontaktlinsen machen alles schärfer, fast real.

Ich rufe mit einer Geste die Login-App auf, und sobald ich drin bin, ändert sich das Interface in das, was ich eingerichtet habe, mit Symbolen, die wie unmögliche Formen aussehen, wie das Penrose-Dreieck. Es gibt mir das Gefühl, dass ich in der Traumwelt bin.

Ich habe eine Menge Nachrichten, aber bevor ich sie abrufe, rufe ich die Bezahl-App auf und sage: »Ich nehme ihn.«

»Es war mir ein Vergnügen, mit Ihnen Geschäfte zu machen.« Die Verkäuferin schenkt mir ihr bisher breitestes Lächeln.

Als ich hinausgehe, höre ich bereits einige meiner Nachrichten ab. Die meisten sind aus dem Krankenhaus und sagen mir, dass ich die Rechnungen bezahlen muss. Das mache ich und überlege mir dann eine Nachricht an Valerian. Er ist maßgeblich an meiner neuen Idee beteiligt, wie ich mehr Kraft sammeln kann – zumindest sage ich mir das.

Das hat nichts mit dem zu tun, was neulich fast zwischen uns passiert wäre.

Überhaupt nichts.

Zu meiner Enttäuschung antwortet er nicht sofort. Er antwortet auch nicht, bis ich in ein Auto steige. Nun, er verbringt die Hälfte seiner Zeit auf der Erde und die Hälfte auf Gomorrha, also ist er hoffentlich einfach weg und ignoriert mich nicht.

Das Auto setzt mich bei unserem Gebäude ab, einem bescheidenen Wolkenkratzer mit hundertfünfzig Stockwerken.

In die Wohnung zu gehen ist seltsam, nachdem ich weg war. Das Erste, was mir auffällt, ist wie immer, wie wenig Persönlichkeit Mama dem Ort verliehen hat. Die Wände sind kahl, und die Küche ist makellos sauber. Es gibt Ausstellungsräume in Möbelgeschäften mit mehr Ausstrahlung. Wenn ich Mamas Schlafzimmer betreten würde, wäre es noch fader – nur Wände und ein Bett. Manchmal frage ich mich, ob Mama dachte, dass sie mir durch das Dekorieren aus Versehen ein Geheimnis aus ihrer Vergangenheit verraten könnte.

Ich betrete mein eigenes Zimmer. Wie in meiner virtuellen Realität – und der Traumwelt – habe ich eine Menge Kunst, die visuelle Paradoxe und surreale Szenarien zeigt. Arbeiten, die an die Werke von M. C. Escher und Salvador Dalí auf der Erde erinnern, laufen über die Bildschirme, die die Wände meines Zimmers bilden. Auf dem alten tragbaren Bildschirm, den ich mir von Mama geliehen habe, sehe ich das Cover des Lehrbuchs über Videospieldesign, das ich gelesen habe, bevor mein Leben auf den Kopf gestellt wurde. Mein ungemachtes Bett schwebt dank Magneten und Supraleitung ein paar Zentimeter über dem Boden, und es sieht lächerlich einladend aus.

Ich schätze, diese vier Monate ohne Schlaf lasten immer noch auf mir.

Gähnend überprüfe ich, ob Valerian geantwortet hat.

Das hat er nicht.

Ich schätze, ich könnte die Wartezeit genauso gut nutzen, um meine Schlafschulden abzubauen.

Ich stelle meinen Kommunikator so ein, dass er laut klingelt, wenn ich eine Nachricht erhalte, und lege einen Alarm fest, damit ich meinen Termin bei Dr. Cipactli nicht verpasse. Ich bezweifele, dass ich Letzteres brauche – es würde bedeuten, dass ich über zwanzig Stunden schlafe. Trotzdem, besser auf Nummer sicher gehen.

Ich nehme einen Hygieia-Stab, desinfiziere mich ordentlich und stürze mich auf das Bett. Sofort entspannen sich meine verspannten Muskeln. Die besten Kaltschaummatratzen der Erde sind ein Witz, verglichen mit den intelligenten Betten auf Gomorrha. Ich fühle mich, als wäre ich in eine Wolke gehüllt, und das schwebende Gefühl vervollständigt diese Illusion.

Es überrascht nicht, dass ich schneller einschlafe, als wenn ich Schlafgas eingeatmet hätte.

———

ICH WACHE AUF, als der Alarm ertönt.

Verdammter Mist. Ich habe bis zum nächsten Tag geschlafen, und jetzt muss ich mich beeilen, um zu meinem Termin mit Dr. Cipactli zu kommen.

Ich benutze glücklich mein sehr hygienisches und umweltfreundliches Badezimmer. Mein unbeliebtester Teil der Erde ist all das schmutzige Wasser, das als Teil der Rohrleitungen verschwendet wird. Das einzige Wasser, das wir auf Gomorrha haben, ist das Wasser, das aus den Wasserhähnen kommt, und ich trinke es mit Begeisterung. Als Nächstes reinige ich meinen Körper und meine Zähne mit Hygieia, ziehe ein schlichtes schwarzes Shirt und eine dunkle Cargohose an – eines meiner vielen Outfits, die so sind, dass sie sowohl zur Erde als auch zur Gomorrha-Mode passen – und stürze mich aus dem Haus. Sobald ich auf der Straße bin, hole ich mir Manna und springe in ein selbstfahrendes Auto.

Ich knabbere an der Leckerei und stelle fest, dass ich in über zwanzig Stunden Schlaf keinen einzigen Traum hatte. Überhaupt fühle ich mich großartig. Viel besser als vor meinem Schlaf – was mir sagt, dass ich die gesamten zwanzig Stunden, wenn nicht sogar mehr, gebraucht habe.

Das Auto hält an und ich gehe zu Dr. Cipactlis Büro.

»Ich habe einen Termin«, sage ich der Elfensekretärin.

Mit einem höflichen Lächeln drückt sie irgendeinen Knopf, den nur sie in ihrer virtuellen Realität sehen kann. »Einen Moment.«

Ein paar Sekunden später tritt der größte Zwerg, den ich je gesehen habe, aus dem nahegelegenen Büro. Zwerge werden in der Pubertät groß und schrumpfen dann, wenn sie älter werden, also muss dieses Exemplar jung sein – was bei der typischen Lebenserwartung der Zwerge immer noch ein Alter von bis zu tausend Jahren bedeuten kann.

Wie die meisten anderen Zwerge muss auch dieser eine spezielle Maske tragen, da sie auf Welten mit einer Luft, die etwa zwanzig Prozent Sauerstoff enthält – wie die Erde und Gomorrha –, Atemprobleme haben. Laut Itzel sind es diese Probleme mit der Atmung, die die Zwerge anfangs dazu getrieben haben, Technologie zu erforschen.

Dr. Cipactlis Maske ist insofern ungewöhnlich, als dass man unter der schwarz glänzenden Oberfläche nicht wirklich viel von seinem Gesicht sehen kann. Wenn Felix hier wäre, wette ich, er würde sagen, dass diese Maske Dr. Cipactli aussehen lässt wie Darth Vader.

»Bailey«, sagt er mit einer tiefen Stimme, die durch die Maske verzerrt wird, was den Vader-Vergleich verstärkt. »Es ist ein Vergnügen, Sie kennenzulernen.« Er streckt seine Hand in einem erdähnlichen Gruß aus.

Ich ignoriere das angebotene Körperteil und mache einen Knicks – was mich normalerweise Haut-zu-Haut-Kontakt vermeiden lässt.

Es funktioniert. Dr. Cipactli neigt den Kopf und sagt: »Kommen Sie in mein Büro.«

Ich folge ihm hinein und muss blinzeln.

Seine Wandbildschirme zeigen Diashows mit horrorfilmwürdigen Bildern, die mich an die Kreaturen erinnern, denen ich in den Subträumen begegnet bin.

»Ich untersuche Alpträume«, erklärt er mir, als er mein Entsetzen bemerkt. »Deshalb war ich aufgeregt, als Dr. Xipil mir von Ihrem Fall erzählt hat.«

Ich setze mich auf einen schwebenden Stuhl und überschlage die Beine. »Oh?«

Er betrachtet mich, als wäre ich eine Berühmtheit – oder ein exotischer Käfer. »Ich habe noch nie einen Traumwandler getroffen.«

Ich lächele unbehaglich. »Wir sind ziemlich selten.«

»Außerordentlich.« Er setzt sich hinter seinem Schreibtisch. »Deshalb hoffe ich, dass Sie statt der Bezahlung Ihre Macht demonstrieren werden.«

Bezahlung, richtig. Auch dieses hier ist kein Gratis-Krankenhaus. Ich stelle meine Beine wieder nebeneinander. »Das würde ich gerne tun. Das einzige Problem ist, dass Sie ein Zwerg sind. Sie sind nicht der erste, der mich darum bittet, und ich werde Ihnen das Gleiche sagen, das ich auch den anderen gesagt habe: Es kann funktionieren oder auch nicht.«

Zwerge sind dafür bekannt, dass sie gegen viele Cogniti-Kräfte immun sind. Bezirzen funktioniert bei ihnen nicht, Trickser können ihr Schicksal nicht direkt beeinflussen, Illusionisten können sie nicht dazu bringen, ihre Illusionen zu sehen, Seher können sie in ihren Zukunftsvisionen nicht sehen – die Liste geht immer weiter.

Dr. Cipactli nickt eifrig. »Die Resistenz der Zwerge gegen das Traumwandeln ist der Grund, warum ich das ausprobieren möchte. Meine Großmutter sagte mir, dass es funktionieren würde, wenn ein Zwerg zustimmt – aber sie erklärte es nicht weiter. Als ich erwachsen wurde, merkte ich, dass das, was sie sagte, keinen Sinn ergibt. Wenn ich schlafe – und daher bewusstlos bin – wie kann ich meine Zustimmung geben?«

Hmm. Interessant. »Vielleicht stimmen Sie zu, dass ich in Ihnen traumwandle, wenn Sie wach sind?«

»Vielleicht.« Er reibt den Kinnteil seiner Maske. »Aber würde Ihnen das nicht unbegrenzten Traumzugang für immer und ewig geben? Oder kann ich meine Einwilligung widerrufen, nachdem ich aufgewacht bin? Oder vielleicht sogar während der Traumwandler-Sitzung selbst?«

Ich lächele. »Jetzt bin ich tatsächlich neugierig darauf, es auszuprobieren.«

»Ausgezeichnet.« Er springt auf. »Wie wäre es, wenn wir es gleich jetzt versuchen?«

»Eine Sekunde.« Ich wende mich von ihm ab und benutze Pom, um in die Traumwelt hinein- und wieder herauszugehen.

Gut. Meine Kräfte haben sich erholt.

Ich drehe mich wieder zu ihm um. »Jetzt ist alles in Ordnung. Haben Sie einen Platz zum Schlafen?«

»Das ist eine Schlafklinik«, sagt er und geht zur Tür.

Ich folge ihm durch einen Korridor und in eine große Halle voller schwebender Betten. Auf jedem Bett ist ein Schlafender. Manche hängen an Infusionsbeuteln, andere nicht. Viele sind auch an ihr Bett gefesselt, wie gefährliche Verrückte.

Was zum Teufel ...?

Dann erkenne ich jemanden davon, und die Dinge werden klarer.

Es ist Gertrude, die New Yorker Stadträtin, die mich abgrundtief hasst. Sie leidet an einem Zustand, der sich wie eine REM-Schlaf-Verhaltensstörung anhört – was sich schlecht mit ihrer Fähigkeit vereinbaren lässt, jedem, den sie berührt, Wundbrand zu verpassen. Das muss auch bei den anderen gefesselten Patienten der Fall sein: Sie haben einige gefährliche Schlafstörungen.

Auf jeden Fall bin ich froh, dass Gertrude diese Klinik gefunden hat. Ich habe kürzlich erfahren, dass sie jemanden, der ihr wichtig war, im Schlaf getötet hat, also wäre es gut, wenn sie die Hilfe bekommt, die sie braucht. Ich hoffe nur, dass sie nicht aufwacht und mich sieht – sie hasst mich nicht nur dafür, dass ich ihr Problem mit meinem Traumwandeln nicht lösen kann, ich habe sie neulich auch noch bewusstlos geschlagen, und sie könnte einen Groll hegen.

»Wie wäre es hier?« Dr. Cipactli zeigt auf ein leeres Bett.

Ich werfe Gertrude einen vorsichtigen Blick zu.

»Ich würde es lieber an einem etwas privateren Ort machen.«

Verständnisvoll nickend, führt mich der Zwerg in einen leeren Raum mit einem Bett und medizinischen Geräten, die mich an Mamas Einrichtung erinnern.

»Würde das gehen?«, fragt er.

»Sicher. Werden Sie in der Lage sein, auf Wunsch zu schlafen, oder haben Sie Schlafgas zur Hand?«

»Etwas noch Besseres.« Er zieht einen kleinen Apparat hervor. »Ein Medikament, das für meine Forschung entwickelt wurde. Versetzt das Subjekt direkt in den REM-Schlaf.«

Hm. Klingt wie die Droge, die Leal, der Traumwandler vom New Yorker Rat, entwickelt hat. Natürlich hatte das Mittel von Leal eine klitzekleine Nebenwirkung: wer immer sie nahm, wachte nie wieder auf. Ich nehme an, dass Dr. Cipactlis Droge nicht so wirkt, ansonsten bin ich im Begriff, an der seltsamsten Form von assistiertem Selbstmord in der Geschichte teilzuhaben.

»Ich muss meine Maske abnehmen, um es zu benutzen«, sagt er ernst. Es liegt ein seltsamer Blick in seinen Augen – vielleicht Verlegenheit? »Würden Sie sie bitte wieder auf mein Gesicht legen?«

Ich nicke heftig.

Der Zwerg legt sich hin und nimmt seine Maske ab.

Der arme Kerl. Ich verstehe jetzt, warum er eine Maske trägt, die so viel bedeckt. Er muss einen Unfall oder so etwas gehabt haben – die rechte Seite seines

Gesichts ist von Narben verzogen, die wie eine chemische Verbrennung aussehen.

Er richtet den Apparat auf sein Gesicht und aktiviert ihn.

Es ertönt ein deutliches Zischen.

Das Mittel ist geruchlos und scheint sofort zu wirken. Seine Augen beginnen, sich schnell hinter den Lidern zu bewegen.

Ich reinige seine Maske auf beiden Seiten mit Hygieia und setze sie ihm wieder auf. Dann desinfiziere ich auf die gleiche Weise seinen entblößten Unterarm und lege meine Finger darauf.

Jetzt geht es los. Ich bin im Begriff, in einem Zwerg zu traumwandeln.

# KAPITEL VIER

ES PASSIERT ALLERDINGS NICHTS, als ich hineingehen will.

Moment einmal. Nein. Etwas *passiert*. Etwas Seltsames.

Je mehr ich meine Kräfte bemühe, desto mehr bekomme ich das Gefühl, dass ich eine kleine Stimme im Kopf habe. Es erinnert mich daran, wie Pom mit mir kommuniziert, wenn er wach ist – nur klingt es nicht nach meinem pelzigen Freund.

Die Stimme scheint zu sagen: *Wer bist du, und was willst du?*

Ich fühle mich albern und tue das, was ich tun würde, wenn es Pom wäre. In Gedanken antworte ich: *Ich bin Bailey. Sie haben mich gebeten, Ihre Träume zu besuchen.*

Ich bekomme keine Antwort, stattdessen gibt etwas nach, und mit einem Hauch von Ozon stürze ich mich in die Traumwelt des Zwerges.

———

SOBALD ICH IN meinem Traumpalast auftauche, teleportiere ich mich in den Turm der Schlafenden.

»Wie ist es mit Lidia gelaufen?«, fragt Poms Stimme. Dann erscheint er nach und nach, wie eine Grinsekatze.

»Nicht gut«, sage ich und bringe ihn auf den neuesten Stand, was passiert ist.

Er blickt auf eine Nische in der Nähe. »Und das ist der Zwergenarzt?«

»Das ist er.« Ich fliege mit Pom neben mir zu meinem Ziel.

Sobald er die Narbe an Dr. Cipactlis Gesicht sieht, werden seine Ohren schwarz. »Ich werde draußen bleiben.«

»Schon gut.« Ich berühre den Unterarm des Zwerges und gehe hinein.

Dieses Mal gibt es keine Stimme in meinem Kopf. Ich falle einfach in den Traum des Zwerges.

———

FÜR EINEN MOMENT GLAUBE ICH, dass ich versehentlich aufgewacht bin.

Wir sind wieder in genau demselben Raum, in dem Dr. Cipactli einschlief.

Natürlich, wenn es die wachende Welt wäre, gäbe es hier nicht zwei von mir. Das zweite Ich hat einen grausamen Gesichtsausdruck und hält Dr. Cipactlis Hals in einem Todesgriff.

»Sie lassen mir keine Wahl«, krächzt der Zwerg und formt mit seinen Händen einen Blitzball.

Boom.

Mein zweites Ich knallt mit einer verkohlten Brust gegen die Wand und rutscht nach unten, tot.

Jetzt reicht es aber. Warum träumen alle davon, mich zu töten?

Die Traumwelt verändert sich wieder.

Ein jüngerer Dr. Cipactli, ohne Maske und Narben, steht neben einer gigantischen Maschine, die aus Dampfmaschinen, Hebeln und Kolben besteht, die für eine Technologie stehen, die noch primitiver ist als die der Erde.

Ein älterer Zwerg schießt mit einem Blitzball auf einen Teil des Gerätes – so nutzen Zwerge normalerweise ihre Macht, um Geräte mit Strom zu versorgen.

»Die Zahlenwerte werden durch Zahnräder dargestellt«, sagt der Älteste, während der Ball zu seinem Ziel fliegt. »Jede Ziffer einer Zahl hat ihre eigene ...«

Als der Ball aufkommt, explodiert etwas.

»Oh nein!«, schreit der ältere Zwerg.

Eine Flüssigkeit spritzt zischend in Dr. Cipactlis Gesicht.

Als er schreit, wird mir klar, dass dieser Alptraum eine Erinnerung ist. So wurde er verletzt.

Der Traum ändert sich noch einmal.

Dieses Mal ist Dr. Cipactli in seinem jetzigen Alter, aber immer noch ohne Maske und Narbe. Alptraumhafte Kreaturen, die wie die Bilder in seinem Büro aussehen, erscheinen überall um uns herum. Dies ist keine Erinnerung, überhaupt nicht.

»Das ist genug.« Ich verwandele die Alptraumwesen in flauschige Kätzchen. »Sie wollten eine Demonstration meiner Macht, also hier ist sie.«

Dr. Cipactli starrt mich mit offenem Mund an.

»Dies ist ein Traum.« Ich verwandele die Kätzchen in Tigerbabys, um meinen Standpunkt zu verdeutlichen.

Er reibt sich die Augen. »Ich kann es nicht glauben.«

»Erinnern Sie sich nicht daran, dass Sie mir Ihre Zustimmung gegeben haben, in Ihre Träume zu gehen? Ich habe gehört, wie Sie mich gefragt haben, wer ich bin und was ich will.«

»Was habe ich gefragt?« Er schüttelt den Kopf. »Das ist so viel seltsamer, als ich dachte.«

»Ja.« Ich bringe uns in mein Wolkenbüro und bedeute ihm, sich dort hinzusetzen, wo meine Kunden normalerweise sitzen würden. »Nun, zu meine Mutter.«

»Richtig.« Er setzt sich hin und nimmt sein gewohntes professionelles Auftreten an. »Ich habe alle Aufzeichnungen durchgesehen und stimme zu, dass sie aus ihren Träumen erweckt werden muss.«

Ich lasse mich auf meinen eigenen Stuhl fallen. »Durch mich?«

»Nicht unbedingt.« Er lässt, wahrscheinlich ohne es zu merken, seine Narbe auf seinem Gesicht wieder auftauchen, gefolgt von der Maske. »Wir könnten bei ihr dasselbe Mittel verwenden, das ich selbst benutzt habe.«

Ich setze mich aufrechter hin. »Das, das einen in den REM-Schlaf versetzt?«

»Richtig. Was ich vergessen habe, Ihnen zu sagen, ist, dass es mehr als das tut.« Er hält inne. »Wie Sie bemerkt haben, hatte ich Alpträume. Das ist kein Zufall. Das Mittel – Koshmar – ist sehr beständig, wenn es darum geht, diese Reaktion hervorzurufen.«

»Ihr Mittel bereitet ihren Benutzern Alpträume?« Ich mache meine Haare feurig.

Seine Augen weiten sich, aber er fasst sich schnell wieder und nickt. »Koshmar wurde speziell für diesen Zweck entwickelt, deshalb ist es viel stärker als ein Mittel, bei dem das eine Nebenwirkung ist. Es ist von unschätzbarem Wert für meine Forschung.«

Ich runzele die Stirn. »Sie wollen meine Mutter einen heftigen Alptraum durchleben lassen?«

»Ja«, sagt er eifrig. »Koshmar-Alpträume werden immer schlimmer, bis der Schlafende aufwacht, was wir in diesem Fall wollen. Außerdem ist ein interessanter Aspekt dieser speziellen Alpträume, dass der erste immer das zeigt, was der Schlafende zuletzt erlebt hat – im Fall Ihrer Mutter einen schlimmen

Autounfall. Ich wette, sie würde allein dadurch aufwachen.«

Ich betrachte ihn nachdenklich. »Das ist also der Grund, warum Ihr erster Alptraum in dem Raum stattfand, in dem Sie eingeschlafen sind. Es war Ihr letztes Erlebnis – und der Ausgangspunkt eines Alptraums, in dem die Traumversion von mir Sie gewürgt hat.«

»Genau. Ich habe nicht einmal gemerkt, dass ich schlief. Es war, als hätte mein Gehirn die Erinnerung daran gelöscht, dass ich mich mit der Droge besprüht hatte, und dann nahm meine Umgebung eine dunkle Wendung. So funktioniert es jedes Mal.«

»Und Sie schlagen vor, dass ich dieses schreckliche Mittel meiner Mutter gebe?«

Er zuckt mit den Schultern. »Wenn Sie derart erschreckt werden *kann*, dass sie aufwacht, würde das funktionieren.«

»Aber was, wenn sie nicht aufwachen kann? Wenn die Alpträume zunehmen, wird sie in der schlimmsten Hölle enden, die man sich vorstellen kann, ohne Ausweg.«

»Dann müssen Sie sie doch mit Ihrer Kraft wecken.« Er macht sich nicht die Mühe, die Enttäuschung in seiner Stimme zu verbergen. Er muss einen weiteren Probanden für sein Mittel gesucht haben. »Wo wir gerade von Ihrer Macht sprechen«, fährt er fort, »haben Sie etwas gegen ein weiteres Experiment einzuwenden?«

Ich blicke ihn argwöhnisch an. »Was zum Beispiel?«

Er steht auf. »Ich würde gerne sehen, was passiert, wenn ich meine Einwilligung zurückziehe.«

»Oh, das ist in Ordnung.«

Er nickt und kneift sein Gesicht zusammen, spannt …

———

ICH BEFINDE mich wieder in der wachen Welt, in dem leeren Raum, in dem Dr. Cipactli auf dem Bett liegt.

Sieht so aus, als *können* die Zwerge ihre Zustimmung zum Traumwandeln entziehen – beeindruckend.

Dr. Cipactli öffnet die Augen und setzt sich auf. »Das war faszinierend.«

»Ja«, sage ich mit deutlich weniger Begeisterung.

»Können wir noch ein Experiment machen?«

Ich gestikuliere, um meinen Kommunikator zu aktivieren und einen Blick auf meine Nachrichten zu werfen.

Valerian hat gerade geantwortet, und ich bin gespannt, was er gesagt hat.

»Es tut mir leid, vielleicht ein anderes Mal«, sage ich zu Dr. Cipactli. »Ich hoffe, dass das, was wir bisher getan haben, Bezahlung genug für Ihre Zeit ist.« *Besonders wenn man bedenkt, wie wenig hilfreich Sie waren* ist das, was ich nicht hinzufüge.

»Das ist okay«, sagt er. »Wenn Sie jemals einen Job brauchen, denken Sie bitte an uns. Jemand mit Ihren

Kräften könnte von unschätzbarem Wert sein, wenn …«

»Danke. Ich weiß das Angebot zu schätzen. Aber zuerst muss ich meine Mutter gesund und munter machen.«

»Natürlich. Wenn mir etwas einfällt, das ihr helfen könnte, lasse ich es Sie wissen.«

Wir tauschen unsere Kontaktdaten aus, und er führt mich hinaus.

Als ich das Gebäude verlasse, lese ich schließlich Valerians knappe Antwort:

*Lass uns reden. Kannst du mich um vier bei Erato's treffen?*

Als ich das bejaht habe, springe ich in ein Auto und lasse mich an der Hyperloop-Station absetzen. Erato's liegt auf der anderen Seite der Stadt, also brauche ich ein schnelleres Transportmittel.

Die Hyperloop-Station im Gesundheitsdistrikt ist typisch für Gomorrha, und sie würde den nobelsten Flughafen der Erde in den Schatten stellen, sowohl in Bezug auf das geschmeidige Design als auch auf den Komfort für die wartenden Passagiere.

Nicht, dass wir lange warten müssten. Der Zug kommt alle paar Sekunden an.

Als ich einsteige, ist er ziemlich leer. Wie immer kann ich kaum etwas spüren, während er sich bewegt und mich die Distanz von zehn Manhattans in einem Augenzwinkern transportiert.

Eine weitere Autofahrt später betrete ich das

Gebäude, in dem sich Erato's befindet, und fahre mit dem gläsernen Aufzug nach oben.

Erato ist eine mächtige Dryade, die ihre Liebe zu Pflanzen in die vertikale Landwirtschaft kanalisiert hat, was sie zu einer Art Kunstform macht. Die Glaswände des Aufzugs erlauben es mir, Pflanzen in allen Farben und Formen zu betrachten, die jede Oberfläche des Gebäudes bedecken. Sie sind nicht nur optisch ansprechend, auch die Düfte sind göttlich, und die herrlichen Nüsse, Früchte und Gemüse, die aus dem Laub herausschauen, lassen mir das Wasser im Mund zusammenlaufen.

Das muss ich Valerian lassen. Er hat einen großartigen Ort für unser Treffen ausgewählt – und einen romantischen noch dazu.

Vielleicht bin ich nicht die Einzige, die von dieser verrückten Chemie betroffen ist, die ich spüre.

Als ich aus dem Aufzug in das Restaurant trete, fühle ich mich wie in einem Zauberwald. Eine grünhäutige Dryade in einem Blatt-Bikini begrüßt mich mit einem Lächeln, das ihre baumwurzelartigen Zähne offenbart. »Bailey?«, fragt sie mit einer Stimme, die klingt, als würden Herbstblätter fallen.

Ich nicke und schaue in ihre mit Chlorophyll gefüllten Augen.

»Hier entlang.« Sie führt mich durch das dichte Grün, und ihre Kräfte befehlen den Ästen mühelos, uns aus dem Weg zu gehen.

Der Platz, zu dem sie mich führt, sieht aus wie eine

Miniatur-Waldwiese mit einem großen Baumstumpf als Tisch und kleineren als Stühle.

Valerian ist schon da, sitzt auf einem Baumstumpf und nippt an einem Becher Tee. Als er mich sieht, steht er auf und lächelt.

Mir ist plötzlich zu warm. Diese sinnlichen Lippen sollten verboten sein, zusammen mit dem Grübchen am Kinn und dem Rest des perfekt proportionierten Gesichts. Ganz zu schweigen von diesem großen, muskulösen Körper … Ich erinnere mich an die Illusion, die er mir das letzte Mal zeigte, als wir uns trafen – er war nackt und von einer glitzernden Flüssigkeit bedeckt –, und schon habe ich Probleme, nicht zu sabbern. Zum Glück ist er im Moment nicht nackt, obwohl die grüne Tunika, die er trägt, genauso gut hätte aufgemalt sein können. Nicht, dass er in dem Maßanzug, den er auf der Erde trug, nicht wahnsinnig heiß ausgesehen hätte. Er sieht in allem heiß aus – vor allem aber in nichts.

Das ist eigentlich ein Fehler in der Idee, die mir vorhin in den Sinn kam.

Es wird eine massive Ablenkung sein.

Er bemerkt mein Anstarren, und seine ozeanblauen Augen leuchten heller, sein Grinsen wird anzüglich. »Ich bin froh, dass du dich gemeldet hast«, murmelt er, während ich mich ganz unanmutig auf den nächsten Stumpf fallen lasse. Sogar seine Stimme strotzt vor Sexappeal. »Ich hatte Angst, dass ich nach dem Chaos des letzten Jobs nie wieder von dir hören würde.«

Ich schlucke, um meine trockene Kehle zu

befeuchten. »Nun … ich muss mich für die doppelte Bezahlung bedanken.« Ich starre ihn immer noch an, ich weiß, aber ich kann nicht anders. Etwas an ihm kommt mir bekannt vor, das war schon immer so. Ich habe allerdings keine Ahnung, wo ich ihn getroffen haben könnte. Zuerst dachte ich, dass er sich als Illusionist wie eine Mischung aus Berühmtheiten aussehen ließ, aber dann erfuhr ich, dass das nicht der Fall war.

Dies ist der wahre Valerian in all seiner Herrlichkeit, die meinen Mund – und andere Körperteile – wässrig macht.

Endlich reiße ich meinen Blick von ihm los und aktiviere meinen Kommunikator, so dass ich durch meine neuen Kontaktlinsen das Menü in meiner erweiterten Realität sehen kann. Nach ein paar Sekunden Bedenkzeit wähle ich eine Mischung aus verschiedenen Teesorten und als Vorspeise einen Bowl mit einer Obst-und Gemüseauswahl – alles Arten, die es nur hier gibt.

»Gefahrenzulage«, sagt er abwinkend, als ich fertig bin. »Hast du es schon ausgegeben und brauchst noch mehr?«

»Nicht genau.« Ich deaktiviere den Kommunikator, damit nichts meine Sicht auf ihn trübt. Sofort setzt mein Sabbern wieder ein, also verstecke ich es unter einem lebhaften, geschäftsmäßigen Tonfall. »Ich würde gerne eine Theorie mit dir durchgehen.«

Seine dunklen Augenbrauen wölben sich.

»In Bernards Traum sah ich dich über deine VR-

Firma sprechen und hatte eine Erleuchtung. Du planst, den Menschen virtuelle Realitäten zu verschaffen, um deine illusionistischen Kräfte zu steigern, richtig?«

Er zieht seine Augenbrauen weiter nach oben. »Eine beeindruckende Schlussfolgerung. Kein Wunder, dass du den Fall der ermordeten Ratsmitglieder gelöst hast.«

Ich glaube, ich habe den Fall gelöst, weil ich Glück hatte, aber das werde ich ihm nicht sagen – je höher seine Meinung über mich ist, desto besser. »Also streitest du es nicht ab?«

Eine Dryade kommt mit einem Tablett herbei, stellt einen Becher Tee neben mich und dann zwei identische Obstschalen auf den Tisch.

Valerian grinst. »Wir haben das Gleiche genommen. Große Geister denken ähnlich.«

Ich warte darauf, dass die Dryade verschwindet und mein Herz sich von dem hormonbedingten Ausschlag erholt. Ein geradezu mörderisches Grinsen – wenn ich älter und gebrechlich wäre, wäre ich vielleicht schon umgekippt. »Habe ich also recht mit deinen Plänen?«, frage ich nach, als meine Stimme wieder ruhig genug ist.

»Mehr oder weniger.« Er nimmt eine runde Frucht, die wie die Guave der Erde aussieht, und beißt mit Begeisterung hinein.

Ich bekämpfe einen uncharakteristischen Drang, die Fruchtsäfte um seinen Mund herum abzulecken. »In diesem Fall will ich mitmachen«, sage ich und schnappe mir meine eigene Version der gleichen

Frucht, bevor ich etwas völlig Unprofessionelles, um nicht zu sagen Unhygienisches tun kann.

Ich beiße in die Frucht, schmecke ihre süße, aber irgendwie herzhafte Note, und mein Herz rast wieder, als ich bemerke, dass er die Säfte um *meinen* Mund mit einem hungrigen Ausdruck betrachtet.

Meine Vorstellung davon, Dinge abzulecken, muss ansteckend sein.

»Was meinst du?«, murmelt er, seine Aufmerksamkeit noch immer auf meinen Lippen.

Ich hebe meinen Teebecher mit zittrigen Händen hoch. »Ich möchte meine Kräfte mit Hilfe deiner VR-Firma wachsen lassen.« Ich atme tief ein, als sein Blick sich auf meine Augen richtet und schärfer wird. »Dein Plan ist es, mit den Scheinwelten der VR verbunden zu werden, so dass du in gewisser Weise ein Herr der Illusionen im menschlichen Geist wirst. Ich möchte, dass du dasselbe für mich tust. Virtuelle Realität kann traumhaft sein, also mit dem richtigen Spiel oder der richtigen App kann ich als Herrin der Träume gesehen werden – und dann sollten meine Kräfte wachsen. In der Theorie.«

Fast erwarte ich, dass er mir ins Gesicht lacht und weggeht, aber stattdessen sieht er nachdenklich aus. »In einem der Spiele, die wir entwickeln, gibt es einen Illusionisten als Helden«, sagt er langsam. »Wenn man bedenkt, wie ähnlich sich unsere Kräfte sind, bedeutet das, dass das Grundgerüst für einen Traumwandler-Charakter bereits existiert. Wenn wir einige traumbezogene Levels und deine Ähnlichkeit als alternativen Charakter hinzufügen würden …«

Oh, Mist. Ich springe vor Aufregung fast auf. »Du wirst es tun?«

Seine Augen glänzen wie blaue Diamanten. »Ich könnte – aber das ist keine kleine Bitte. So schön, wie du bist, brauche ich etwas als Gegenleistung.«

# KAPITEL FÜNF

ICH BLINZELE IHN GESCHOCKT AN. Er, diese hinreißende Kreatur, findet mich schön? Mich?

Der Schein des Kompliments verdunkelt fast den anderen Teil seiner Aussage: dass ich für meine Bitte bezahlen müsste. Aber jetzt, wo ich darüber nachdenke ... ist es falsch, dass ich hoffe, dass er etwas Unangemessenes als Bezahlung verlangt – sagen wir, meinen Körper?

»Der Senat hat mich gebeten, eine bestimmte Geheimsache für ihn zu untersuchen«, fährt er fort, »und ich könnte jemanden mit deinen investigativen Fähigkeiten gebrauchen, der mir dabei hilft.«

Mein erotischer Wunschtraum zerplatzt. Der Senat ist das wichtigste Regierungsorgan auf Gomorrha, das, anders als die Ratsmitglieder anderswo, durch einen demokratischen Prozess gewählt wird. Nach dem zu urteilen, was ich in den Medien gehört habe, könnte eine geheime Untersuchung für den Senat ein extrem gefährliches Unterfangen sein.

Ich nehme einen Schluck von meinem Tee, um mich zu beruhigen. »Ich habe gerade eine Untersuchung nur knapp überlebt. Was sollst du herausfinden? Ich kann meiner Mutter nicht helfen, wenn ich tot bin.«

Er runzelt die Stirn. »Was stimmt nicht mit deiner Mutter?«

Ich stelle den Becher ab. »Das ist eine lange Geschichte.«

»Erzähl sie mir.« Er schnappt sich eine blaue Frucht, die an eine Orange erinnert, und schält sie.

Ich zögere eine Sekunde, dann erzähle ich ihm alles: wie Mama in den Unfall verwickelt wurde und wie die Arztrechnungen mich dazu trieben, Jobs mit zweifelhafter Legalität anzunehmen, auch seine. Ich erkläre auch, dass die Heilung, die Isis durchgeführt hat, unvollständig war und dass ich jetzt mehr Kraft brauche, damit ich Mama aus dem Inneren ihrer Träume wecken kann.

Während ich spreche, werden Valerians gemeißelte Züge weich, und als ich meine Erklärung abschließe, bedeckt er meine Hand mit seiner großen, warmen Handfläche. »Es tut mir leid«, murmelt er. »Ich bin froh, dass die Jobs, die ich dir gegeben habe, dir geholfen haben.«

Ich widerstehe dem Drang, meine Hand wegzuziehen – zum Teil, weil ich seine Berührung mag, und zum Teil, weil er nett ist und ich ihn nicht beleidigen will, indem ich ihm unterstelle, dass er Keime hat. Obwohl er sie definitiv hat. In seinem Fall stört es mich allerdings seltsamerweise nicht allzu sehr.

Ich wette, sogar seine Keime sind heiß.

Ich räuspere mich. »Diese Untersuchung … wie lange, denkst du, wird sie dauern?«

Bevor er antworten kann, kommt die Dryade mit zwei Tellern und dem, was der zweite Teil seiner Bestellung sein muss, zurück – eine Auswahl an Gemüse in Nusssaucen.

Valerian teilt das Essen geschickt zwischen unseren beiden Tellern auf und probiert einen pilzartigen Bissen. »Köstlich«, haucht er, und seine Augen schließen sich vor Ekstase.

Die Dryade strahlt ihn an. »Erato wird sich über dein Lob freuen.«

Ich fühle einen plötzlichen Drang, eine unschuldige Kellnerin zu erwürgen, ohne jeglichen Grund. Ich meine, alles was sie getan hat, war, Valerian anzulächeln. Wäre es mir lieber, wenn die Frauen um ihn herum deprimiert wären?

Hmm. Vielleicht.

Die Dryade geht, und ich probiere meine eigene Version des Pilzes.

Das Ding ist so foodgastisch, dass ein Stöhnen über meine Lippen kommt.

Als ich die Augen wieder öffne – ich wusste nicht einmal, dass ich sie geschlossen hatte –, beobachtet mich Valerian mit einem Hunger, der nichts mit Essen zu tun hat.

Mein Gesicht wird heiß, und mein Herzschlag schneller. »Du hast meine Frage nicht beantwortet«, murmele ich um den Bissen herum. »Wie lange dauert die Untersuchung?«

Er schaut auf das Grün um uns herum, als ob er durch das Laub andere Gäste und Kellner sieht. Dann konzentriert er sich wieder auf mich. »Ich habe uns gerade mit meinen Kräften Privatsphäre gegeben«, erklärt er mir. »Wenn die Kellnerin zurückkommt, wird sie uns beim Essen und Trivialitäten über das Wetter austauschen sehen. In der Zwischenzeit können wir alles tun, was wir wollen und niemand wird es merken.«

Ich verschlucke mich fast bei dem Gedanken, mit Valerian »alles zu tun, was ich will«, und sehe einen saftigen, brokkoliähnlichen Stängel, den ich mir in den Mund stopfe.

Er beobachtet mich mit offensichtlicher Faszination beim Kauen, bevor er endlich meine Frage beantwortet. »Ich habe keine Ahnung, wie lange die Untersuchung dauern wird.«

Er ignoriert meinen enttäuschten Gesichtsausdruck, greift nach seiner eigenen Version der Pflanze, die ich gerade gegessen habe, und steckt sie sich in den Mund.

Während ich beobachte, wie sich sein Kiefer bewegt, wird mir klar, dass dieser Prozess faszinierend sein *kann* – es fällt mir besonders schwer, meine Augen von seinem Mund fernzuhalten. Mit Mühe ordne ich meine eigensinnigen Gedanken. »Wie wäre es, wenn du mir sagst, was genau wir untersuchen sollen?«

Er schluckt sein Essen mit sichtlichem Vergnügen. »Das ist geheim. Ohne es vorher mit dem Senat zu klären, gibt es nicht viel, was ich dir sagen kann.«

»Gut, dass wir Privatsphäre haben.« Ich spieße eine riesige Bohne mit meiner Gabel auf. »Ich würde nicht wollen, dass jemand das Nichts hört, das du mir gerade erzählt hast.« Ich stecke die mit Soße durchtränkte Bohne in meinen Mund. Genau wie alles andere bis jetzt ist sie göttlich.

Valerian löst seine Augen von meinem Mund und sagt: »Allein die Tatsache, dass ich etwas untersuche, ist eine wichtige Information. Ich habe es dir nur gesagt, weil ich dir vertraue.«

Ich verenge meine Augen. »Ich wünschte, das würde auf Gegenseitigkeit beruhen.«

»Du vertraust mir nicht?« Er macht Welpenaugen – und es ist unklar, ob er seine Kräfte einsetzt, um mich bei diesem Anblick zum Schmelzen zu bringen, oder ob seine Kontrolle über sein Gesicht so gut ist.

Eine kurze Fantasie spielt in meinem Kopf, eine, in der er und ich uns fortpflanzen und einen Jungen haben werden, der mich genau mit diesen Augen ansieht, um ein Schokoladenpony zu bekommen.

Moment einmal, was? Was denke ich gerade?

Ich nehme den Becher und schlürfe laut den Tee, um den wahnsinnigen Gedanken zu verbannen. »Was ist mit der Spielentwicklung?«, frage ich. »Wie lange, glaubst du, würde das dauern?«

Er lächelt. »Ich müsste mit meinem Team reden, um das mit Sicherheit sagen zu können. Ich weiß so viel: Illusion Scope – die Hardware für unsere Spiele – wird in ein paar Tagen zusammen mit ein paar Spielen herauskommen, also ist mein Team sehr beschäftigt. Das fragliche Spiel ist Phase zwei, also niedrigere Priorität.« Er macht kurzen Prozess mit seiner eigenen Riesenbohne – der Hülsenfrucht, nicht dem Teil seines Körpers, zu dem meine Gedanken immer wieder treiben.

Ich unterdrücke meine widerspenstige Libido und frage: »Wäre es möglich, ihm eine höhere Priorität einzuräumen? Vielleicht könnte dein Team parallel zu deiner Untersuchung an den Änderungen am Spiel arbeiten?«

Er hebt eine Augenbraue. »Du willst deine Bezahlung bekommen, bevor der Job überhaupt erledigt ist?«

»Warum nicht? Du hast gerade gesagt, dass du mir vertraust. So oder so, du musst das Spiel nicht veröffentlichen, bis ich die Untersuchung abgeschlossen habe. Ich will Mama einfach so schnell wie möglich helfen.«

Er schenkt mir ein umwerfendes Grinsen. »Du hast Nerven, das muss ich dir lassen.« Er schiebt sich etwas, was wie ein leuchtend orangefarbener Spargel aussieht, mit seiner Gabel in den Mund und isst es mit diesem typischen Genuss.

Ich verschränke meine Arme vor der Brust. »Ist das ein Nein?«

»Wenn du all das Geld nimmst, das ich dir jemals bezahlt habe, und am Ende ein paar Nullen hinzufügst, dann ist das ungefähr so viel, wie es kosten würde, das zu tun, was du verlangst.« Er nimmt noch einen Bissen.

Ich schiebe mich auf meinem Stumpf-Stuhl nach vorne. »Was wäre, wenn ich bei der Entwicklung des Spiels helfen würde?«

Da sein Mund mit dem größten Gemüse auf dem Teller beschäftigt ist, schaut er mich nur ungläubig an.

»Ich habe Kurse in Videospieldesign belegt«, sage ich defensiv. »Obendrein sind Traumwandeln und Spieldesign ziemlich ähnlich – und ich habe viel Erfahrung mit Ersterem.«

Er kaut nachdenklich, offensichtlich nicht überzeugt.

»Ein guter Freund von mir hat auch die gleichen Kurse besucht. Was, wenn ich ihn überzeuge, ebenfalls zu helfen?«

Valerian schluckt sein Essen herunter, sein Gesichtsausdruck ist unleserlich.

Von einem inneren Dämon besessen, platze ich damit heraus: »Er und ich sind *keine* Freunde im romantischen Sinn.«

Jetzt sieht er amüsiert aus. »Damit hättest du anfangen sollen. Er scheint plötzlich perfekt für den Job zu sein.«

Ich tippe mit den Fingern auf die Stumpf-Tischplatte. »Felix ist ein Zauberer mit Computern. Er hat buchstäblich Macht über Silizium, zusätzlich zu tiefgreifenden Informatikkenntnissen.«

Valerians Blick wird schärfer. »Ist er der Technomant, den jeder für seine Cybersicherheit engagiert?«

»Ich denke schon. Er nennt sich auf jeden Fall Technomant.« Ich schaue ihm direkt in die Augen. »Er schuldet mir einen Gefallen und ich glaube, ich kann ihn dazu bringen, mir zu helfen.«

Das ist gelogen. Wenn überhaupt, dann schulde ich Felix einen Gefallen – oder mehrere. Trotzdem denke ich, dass ich ihn überzeugen kann, mir zu helfen. Im schlimmsten Fall könnte ich seine üblichen Tarife zahlen – vorausgesetzt, er würde die Zahlung in gomorrhischen CC statt in US-Dollar akzeptieren.

»Gut.« Valerian streckt seine Hand aus. »Wir haben eine Vereinbarung.«

Fast ohne zu zögern, ergreife ich seine Hand. Keime hin oder her, sein Händedruck ist stark und fest, und seine Haut angenehm warm und trocken, während seine Handfläche sich um meine Finger legt. Ein Teil von mir will ihn nie wieder loslassen, auch wenn das Wissen um die Keime, die wir teilen, mich verdammt nochmal ausflippen lässt.

Ein paar laute Herzschläge später merke ich, dass wir immer noch Händchen halten – und dass er sanft meine Handfläche massiert. Wow. Sein Daumen reibt genau an der Stelle, an der sich meine Handfläche angespannt anfühlt, und es fühlt sich sowohl beruhigend als auch …

Etwas klingelt in Valerians Tasche.

Stirnrunzelnd lässt er mich los und macht eine

Geste, die wie ein VR-Befehl aussieht. »Das war mein Wecker«, sagt er entschuldigend. »Ich habe ein wichtiges Meeting, zu dem ich gehen muss.«

Verblüfft vom Händchenhalten nicke ich einfach.

Er steht auf. »Hol Felix an Bord und trefft mich später heute in meinem Hauptquartier auf der Erde. Ich schicke dir die Zeit und die Adresse.«

Ich nicke wieder, immer noch stumm.

Er macht ein paar Gesten, die aussehen, als würde er sich um die Bezahlung kümmern, dann beugt er sich vor und streicht mit seinen Lippen über meine Wange.

Mein Herzschlag schlägt im Überschallbereich. Mit offenem Mund starre ich ihn an, wie er meinen persönlichen Raum verlässt und aus dem Restaurant schlendert, als müsst er sich um nichts Sorgen machen.

Als er aus meinem Blickfeld verschwindet, desinfiziere ich mir die Hände und das Gesicht mit Hygieia und schlucke den Rest meines Tees hinunter, bevor ich gedankenlos das restliche Essen verschlinge. Obwohl alles so lecker wie vorher ist, hindert mich der überaktive Zustand meines parasympathischen Nervensystems daran, es zu genießen. Nach dem Essen öffne ich die App zum Bezahlen und stelle fest, dass Valerian bereits für meine Bestellung aufgekommen ist.

Das ist nett von ihm. Es ist, als ob wir auf einem Date gewesen wären. Moment einmal – waren wir das?

Ich schiebe den beunruhigenden Gedanken beiseite, verlasse das Restaurant und gehe den gleichen Weg zurück, den ich gekommen bin. Ich nehme den Hyperloop und dann ein Auto zum Hub-Gebäude.

Als ich in den Aufzug steige, höre ich meine Nachrichten ab.

Wie versprochen, hat mir Valerian die Uhrzeit und die Adresse für unser Meeting geschickt.

Ich merke mir den Ort für den Fall, dass mein Kommunikator aufhört zu funktionieren, wenn ich auf der Erde ankomme – obwohl ich bezweifele, dass er das tun wird. Streng genommen sollte ich die ganze gomorrhische Technik hierlassen, aber ich fühle mich heute mutig. Der Rat von New York schuldet mir etwas, also selbst wenn ich erwischt werde, komme ich wahrscheinlich ungeschoren davon.

Hoffentlich.

Ich verlasse den Aufzug, genieße den Blick von der Spitze des Wolkenkratzers und verabschiede mich von der Zivilisation. Mit ein paar entschiedenen Schritten betrete ich die pulsierende Energie des Erdtores und lande im versteckten Bereich des JFK-Flughafens. Ein paar labyrinthische Gänge später schließe ich mich den menschlichen Reisenden an, die keine Ahnung haben, dass dieser Flughafen jemanden in eine andere Welt bringen kann.

Das Wichtigste zuerst: Ich finde einen Laden, der Handdesinfektionsmittel verkauft, und besorge mir ein paar Flaschen. Da ich keinen Zugang zu Hygieia habe, ist dies das Beste, was ich tun kann.

Bereit, mich dieser keimverseuchten Welt zu stellen, mache ich mich auf den Weg zu dem Ort, an dem mich das Taxi abholen soll, und schreibe Felix eine SMS auf meinem Erdentelefon: *Ich muss persönlich mit dir sprechen.*

Seine Antwort erscheint sofort: *Komm in meine Wohnung.*

Ich bestätige und benutze eine App auf meinem Handy, um ein Taxi zu rufen. Bald darauf stecken wir im Verkehr fest, meinem unbeliebtesten Aspekt dieses Ortes – abgesehen von dem Mangel an ordentlichen sanitären Einrichtungen. Auf Gomorrha teilen wir uns die Autos, was in Kombination mit Hyperloop und fliegenden Fahrzeugen den Stau der Vergangenheit angehören lässt.

Schließlich kommen wir in Manhattan an.

Battery Park, das Viertel, in dem Felix wohnt, ist nett, zumindest für die Erde. Ringsherum gibt es viel Grün, und die Aussicht auf das giftige Wasser des Hafens ist angenehm fürs Auge. Als ich auf Felix' Etage ankomme, ist diese kugel- und vielleicht sogar raketensicher, was bei anderen Wohnungen in dem Gebäude nicht der Fall ist.

Ich klingele an der Tür.

# KAPITEL SECHS

DIE TÜR ÖFFNET sich und enthüllt Ariels grinsendes Gesicht.

Ariel ist ein Uber, ein extrem gut aussehender und superstarker Typ von Cogniti. Sie und Felix teilen sich eine Wohnung, also ist es keine große Überraschung, sie hier vorzufinden.

»Bailey!« Bevor ich blinzeln kann, umarmt sie mich so fest, dass ein Bär stolz darauf wäre.

Da sie keine entblößte Haut berührt, fällt es mir leicht, mich nach dem Kontakt zu beruhigen – besonders, als ich erst einmal zu Atem komme und mich vergewissere, dass meine Rippen nicht gebrochen sind.

»Was machst du hier?«, fragt sie aufgeregt und winkt mich herein. »Ich hätte nicht gedacht, dass du so kurz nach dem letzten Abenteuer auf die Erde zurückkommst.«

»Ich überrasche mich selbst, vertrau mir.« Ich

schließe die Tür hinter mir.

Drei pelzige Kreaturen kommen aus dem Küchenbereich heraus und schauen mit unterschiedlicher Neugierde zu mir auf.

Das eine ist ein Chinchilla, ein liebenswerter Nager, der nicht das ist, was er zu sein scheint. Von unserer letzten Begegnung weiß ich, dass es sich um einen Domovoi handelt, eine seltene Art von Cogniti, die in ihrem begrenzten Bereich extrem mächtig sind. Sein Name ist Fluffster, wahrscheinlich wegen all dieser Fusseln.

*Hi, Bailey*, sagt er als Stimme in meinem Kopf. *Schön, dich wiederzusehen.*

Lächelnd erwidere ich den Gruß und betrachte die zweite Kreatur, eine Katze, genauer gesagt eine Perserkatze. Obwohl sie keine Cogniti ist, hat sie eine königliche Ausstrahlung und die Art von böser Intelligenz in den Augen, die mich dazu bringt, sie nicht gegen mich aufbringen zu wollen.

Das dritte Tier ist ein weiteres Chinchilla, was mich zu der Frage veranlasst: »Habt ihr noch ein Haustier bekommen?«

Ariel rollt mit den Augen. »Haben wir nicht. Das ist Kit.«

»Oh, hallo, Kit.« Kit ist eine Gestaltwandlerin, und zwar eine mächtige – so sehr, dass sie im Rat von New York sitzt. Sie kann offensichtlich jede Kreatur sein, die verrückte Menschen als Haustier halten, sei es ein Chinchilla, ein Hund oder ein Nilpferd.

*Ich bin kein Haustier*, sagt Fluffster in meinem Kopf und schafft es, mürrisch zu klingen.

»Entschuldigung.« Ich tue mein Bestes, um ein ernstes Gesicht zu bewahren. »Ich meinte ›noch ein Haustier neben der Katze‹.«

Die Katze wirft mir einen Blick zu, der zu sagen scheint: »In Wirklichkeit sind sie alle *meine* Haustiere.«

Der zusätzliche Chinchilla schimmert und verwandelt sich in Kits zierliche, animeartige blonde Gestalt »Ich bin hier, um Fluffster Gesellschaft zu leisten«, sagt sie mit einem Augenzwinkern.

»Frag nicht«, flüstert Ariel. »Sie sind Freunde mit verstörenden Benefits.«

Ich sehe eigentlich kein Problem mit so einem Arrangement – abgesehen davon, dass es potenziell schlecht für Kits Sexsucht ist. Ariel ist ein Produkt einer Welt, in der jeder mit jemanden intim wird, der humanoid aussieht, also kann ich ihr die Voreingenommenheit nicht übelnehmen. Wir auf Gomorrha sind aufgeschlossener. Neben Gestaltwandlern – die selten sind – haben wir eine Fülle von Werwölfen, die sich andere Cogniti regelmäßig in verschiedenen Gestalten ins Bett holen.

»Was bringt dich hierher?«, fragt Kit und verwandelt sich in Felix. »Wenn es darum geht, den Technomanten zu sehen, der ist im Moment mit jemand anderem beschäftigt.«

»Seiner Freundin«, klärt Ariel verschwörerisch auf. »Ich muss mich immer noch an den Gedanken gewöhnen, dass er eine hat.«

Da mir der Blick, den Kit mir zuwirft, nicht gefällt, sage ich: »Felix und ich sind nur Freunde.« Ihr Ausdruck ändert sich nicht, also füge ich hinzu: »Nicht die Art von Freunden, die du und Fluffster seid.«

»Das ist gut zu wissen«, sagt eine unbekannte Frauenstimme.

Ein Felix betritt mit einem Rote-Bete-farbenen Gesicht und einer winzigen jungen Frau das Wohnzimmer. Sie kommt mir bekannt vor – sie ist das Mädchen aus seinem Traum, das er gegen die Kobolde verteidigt hat, fällt mir wieder ein.

»Maya, das ist Bailey«, sagt Felix. »Wir kennen uns schon lange.«

Maya streckt mir ihre Hand entgegen, und ich habe keine andere Wahl, als sie zu schütteln und in meinem Hinterkopf zu behalten, mich bald zu desinfizieren.

Sie schaut mich durch ihre Brille an. »Felix sagte, dass ihr zusammen Videospielkurse besucht habt, aber er hat nie erwähnt, wie hübsch du bist.«

Ich grinse sie an. »Danke. Die Entwicklung von Videospielen ist eigentlich der Grund, warum ich hier bin. Felix, kannst du mir helfen, Levels und Features zu einem VR-Spiel hinzuzufügen?«

»Warum?«, fragt er.

»Was hast du vor?«, erkundigt sich Kit.

Weitere Fragen folgen von allen außer der Katze, und nach und nach bringe ich sie auf den neuesten Stand über meine Mutter, Valerian und den Deal, den wir gemacht haben. Um nicht über meinen Plan, Macht zu erlangen, zu sprechen, sage ich ihnen einfach, dass Valerian mir helfen wird, im Austausch gegen einige Dienstleistungen, die das Spiel beinhalten.

»Valerian ist ehrgeizig«, sagt Kit, als ich fertig bin. »Sein VR-Headset auf den Markt zu bringen und sich gleichzeitig dafür zu bewerben, im Rat zu sein? Ich habe keine Ahnung, wie er das alles unter einen Hut bringt.«

Ich runzele die Stirn. »Er hat sich dafür beworben, in den Rat aufgenommen zu werden?«

»Er will Hekima ersetzen«, sagt Kit, und ihr Gesicht verwandelt sich in das großväterliche Antlitz des verstorbenen Illusionisten. »Wird wahrscheinlich auch gelingen. Sein Vorgänger hat bewiesen, wie mächtig ihre Art sein kann – ein Segen für den Rat.«

»Ich kann immer noch nicht glauben, dass ich Unterricht bei jemandem genommen habe, der zu all diesen Morden fähig ist«, murmelt Maya. »Er schien so nett zu sein.«

Sie hatte Unterricht bei Hekima?

Oh ja, das ist richtig. Er lehrte etwas namens Einführung hier auf der Erde – eine Art Schule für die jungen Cogniti.

Diese Maya muss nicht nur wie ein Teenager aussehen – sie *ist* einer. Ich hoffe, Felix weiß, was er tut.

Felix wirft Ariel einen schuldbewussten Blick zu. »Eine Chance, an VR zu arbeiten. Vielleicht könnte ich …«

»Nein«, sagt sie streng. »Wir brauchen dich.«

Ich hebe eine Augenbraue.

»Felix kann dir nicht helfen«, sagt Maya mit etwas zu viel Eifer. »Seine andere Freundin aus Gomorrha braucht ihn.«

Ist sie eifersüchtig auf mich? Wenn ja, warum? Ihr Freund wohnt mit Ariel und Prinzessin Peach zusammen – und beide sind attraktiver als ich.

Ich entscheide mich, sie zu ignorieren und schaue Felix skeptisch an. »Du hast *andere* Freundinnen auf Gomorrha?«

»Itzel«, erklärt Kit und verwandelt sich in sie: eine junge Zwergin mit runden Wangen und einem albernen Lächeln. In der wirklichen Welt würde dieses Lächeln durch eine Maske verdeckt werden, da Itzel, wie alle ihre Artgenossen, unter Atembeschwerden leidet.

»Was stimmt nicht mit Itzel?«, frage ich besorgt. Sie ist auch eine Freundin von mir.

»Es ist ihr berühmter Großvater«, sagt Ariel.

Berühmt ist eine Untertreibung. Cadmael hat im Alleingang die Lebensqualität auf Gomorrha auf das Niveau gehoben, das wir derzeit genießen. In seiner Jugend erfand er einen Reaktor, der Energie liefert, die fast kostenlos ist und somit jeden Aspekt unseres täglichen Lebens mit Energie versorgt.

»Was hat er diesmal gemacht?«, frage ich verzweifelt.

Solange ich Itzel kenne, ist ihr Großvater ein Problem für sie. Kürzlich hatte er zum Beispiel Spielschulden, die so hoch waren, dass Itzel den riskanten Job annehmen musste, Felix und seinen

Freunden zu helfen. Sie war so traumatisiert von ihrem Abenteuer, dass sie mich bat, sie mit Traumtherapie zu behandeln – was ich irgendwann in naher Zukunft zu tun gedenke, da ich jetzt weiß, wie man in Zwergenträume eindringt.

»Er ist von Gomorrha verschwunden«, sagt Felix. »Itzel bat uns um Hilfe, und wir sind es ihr schuldig.«

»Natürlich«, sage ich. »Und ich würde auch gerne helfen.«

Alle außer Maya sehen bei diesen Nachrichten glücklich aus – obwohl es schwer zu sagen ist, was Fluffster unter all dem Fell denkt, und das flache Gesicht der Katze scheint auch immer ein bisschen mürrisch auszusehen.

*Was ist mit deiner Mutter?*, fragt Fluffster in Gedanken.

Für einen Moment vergesse ich die Keime, greife hinunter und hebe ihn hoch.

Wow. Das Risiko einer Krankheit ist es wert. Chinchillafell ist fast so himmlisch wie das von Pom.

»Meine Mutter hat natürlich Vorrang«, antworte ich und schaue in seine Nageraugen. »Aber ich hoffe, dass das Videospiel-Zeug und meine Zahlung an Valerian nicht meine ganze Wachzeit in Anspruch nehmen wird.«

Ich füge nicht hinzu, dass ich anfange, Vampirblut zu vermissen. Bei so viel Aktivität ist Schlaf ein Luxus. Aber ich sollte diesen Gedanken besser widerstehen; es könnte die Sucht sein, die ihr hässliches Haupt erhebt. Wenn die Zeit, in der ich wach bin, nicht für die

Menschen ausreicht, können sie mich mal. Besonders Valerian – auf diese Weise könnte ich es sogar genießen.

Felix grinst. »Fantastisch. Wir würden uns über deine Hilfe freuen – und vielleicht kann ich dir immer noch mit dem Spiel helfen, wenn *ich* freie Zeit habe.«

Ich stelle Fluffster wieder auf dem Boden ab. »Das wäre großartig. Vielleicht kannst du es an Stelle einiger deiner bezahlten Aufträge machen. Ich bezahle deinen üblichen Tarif.«

Bei der Erwähnung von Geld bläht sich Fluffster auf. *Felix wird dir gerne helfen. Itzels Gunst wird keine Miete zahlen und keine Lebensmittel in den Kühlschrank legen.*

»Aber er kann es nicht *jetzt* tun«, sagt Maya. »Wir gehen zu Cadmaels Wohnung, damit ich meine Kräfte einsetzen kann, um ihn zu finden.« Sie stemmt ihre winzigen Hände in die Hüften. »Ich habe nur ein kurzes Leben, also sollten wir gehen. Sofort.«

»Richtig«, sagt Felix schüchtern. »Wir sollten besser gehen.«

Komisch, dass sich diese Eile erst dann zu manifestieren schien, als ich eintraf. Ich entscheide mich jedoch dagegen, etwas zu sagen – Maya würde sich sonst noch sicherer sein, dass ich ihren Freund will, was nicht der Fall ist.

Alle meine amourösen Gedanken sind in letzter Zeit auf Valerian gerichtet.

Ich schaue Felix mit einem steinernen Gesichtsausdruck an, damit Maya nicht denkt, dass ich ihn mit den Augen ausziehe. »Bevor du gehst, kannst du mir ein Update von Leals Kommunikator geben?« Ich schaue Maya entschuldigend an. »Leal war ein Traumwandler, dessen Mord der New Yorker Rat mich aufklären lassen wollte. Sein Kommunikator enthält seine Notizen, darin könnten nützliche Informationen über meine Kräfte stehen.«

Felix wird munter. »Oh ja, ich habe vergessen, es dir zu sagen. Ich war in der Lage, ihn zu hacken. Ich habe sein ganzes Tagebuch. Habe nach Soma geschaut, wie du gesagt hast – keine Erwähnung davon. Er schien von einem Geheimbund besessen zu sein, der wie die Illuminati ist, aber auf Steroiden. Wenigstens ist das alles, was ich erreicht habe, bevor mir langweilig wurde.«

Ich kann meine Enttäuschung kaum verbergen. Ich hatte wirklich gehofft, dass es etwas über Soma in Leals Notizen geben würde. Hekima hatte angedeutet, dass es ein Ort ist, an dem Traumwandler leben, aber es ist unklar, ob er eine Stadt oder ein ganzes Otherland meinte.

Dank der Geheimniskrämerei meiner Mutter weiß ich so wenig über meine Art – oder meine Familie. Sie hat noch nicht einmal über meine frühen Kindheitsjahre gesprochen – was scheiße ist, da ich mich an nichts aus der Zeit vor meinem siebten Lebensjahr erinnern kann.

Ariel neigt den Kopf. »Eine geheime Gesellschaft?«

»Ja«, sagt Felix. »Eine Gruppe namens Icelus.«

Kit verwandelt sich in Leal und rollt mit den Augen.

»Das schon wieder? Er brachte das ein paarmal vor dem Rat vor. Eine lächerliche Vorstellung.« Sie verwandelt sich wieder in ihr gewohntes Ich. »Ihm zufolge sind die Icelus eine Sekte von Cogniti, die irgendeinen seltsamen Gott anbeten.«

Ariel sieht fasziniert aus. »Wie die Bruderschaft?«

»Die Mönche machen kein Geheimnis aus ihrem Glauben.« Kit verwandelt sich selbst in eine der Kapuzengestalten.

»Stimmt«, mischt sich Felix ein. »Anders als die Bruderschaft verstecken die Icelus ihre Zugehörigkeit – und ihre Gottheit ist nicht sehr nett. Leal sagt, dass die Icelus hinter einigen schrecklichen Dingen hier auf der Erde stecken.«

Kit schnaubt. »Wahnvorstellungen eines alten Mannes. Er behauptete, sie hätten Kriege begonnen und Terrorakte erfunden. Seine Liste ging weiter und weiter. Es gibt keine Möglichkeit, dass eine Gruppe von Cogniti mit all dem vor den Augen der Ratsmitglieder davongekommen wäre.«

»Es sei denn, sie hätten die Ratsmitglieder infiltriert«, sagt Felix. »Das ist, was Leal behauptete. Er hat sogar …«

»Kann ich die Notizen bekommen, damit ich sie selbst lesen kann?« Ich schaue zur Tür. »Du bist in Eile, erinnerst du dich?«

»Richtig.« Felix verschwindet in sein Zimmer und kommt mit dem antiquierten Kommunikator des Traumwandlers zurück.

Ich nehme mein eigenes glänzendes neues Modell

und mein lokales Telefon heraus. »Schicke sie bitte an eines von diesen.«

Felix reißt mir meinen neuen Kommunikator aus den Händen und untersucht ihn mit der Aufregung, die Männer normalerweise für den weiblichen Körper übrig haben.

Maya blickt mich finster an.

»Wo ist die Brille für dieses Ding?«, fragt Felix. »Und die Handschuhe?«

Ich erkläre die unsichtbaren Kopfhörer, die Kontaktlinsen und die Nägel. Felix sieht so fasziniert aus, dass ich halb einen Orgasmus erwarte, während Mayas Blick finster genug wird, um töten zu können.

»Ich glaube, den hole ich mir, sobald wir Itzels Großvater gefunden haben«, flüstert Felix ehrfürchtig.

Ich atme verzweifelt aus. »Mach, was du willst. Aber schick mir die Dateien jetzt, okay?«

»Oh, richtig.« Er schießt mit einem Bogen seiner Technomantenenergie auf beide Geräte. »Erledigt.«

Ich schalte meine virtuelle Realität ein und sehe eine neue Nachricht mit einem Anhang. Ich öffne sie und bekomme viele Seiten Text zu Gesicht.

Gut. Ich werde das lesen, wenn ich mehr Zeit habe.

Maya ergreift besitzergreifend Felix' Ellenbogen. »Wir sollten besser gehen.«

»Gute Idee«, sage ich. »Ich werde mich über Itzel mit dir in Verbindung setzen, sobald ich wieder auf Gomorrha bin und einen freien Moment habe.«

Während Ariel und die anderen ihre Schuhe anziehen, schaue ich noch einmal nach, wann ich mich mit Valerian treffe, und rechne aus, wie lange ich zu seiner Firma unterwegs sein werde.

Ich habe etwa eine Stunde Zeit zu überbrücken.

»Kann ich hier bei Fluffster bleiben?«, frage ich Felix und Ariel.

»Natürlich«, sagt Ariel und umarmt mich ohne Vorwarnung.

Bevor ich mich von ihrer Umarmung erholen kann, macht Kit das Gleiche.

Maya winkt mir zum Abschied kühl zu, und Felix schüttelt mir vorsichtig die Hand.

Ich warte, bis sie draußen sind, dann laufe ich ins Badezimmer, um mich mit Seife und Handdesinfektionsmittel zu desinfizieren. Als ich mich so sauber fühle, wie es ohne Hygieia möglich ist, kehre ich ins Wohnzimmer zurück und plaudere mit Fluffster, bis es Zeit für mich ist, zu gehen.

*Eines Tages solltest du kommen, wenn ich schlafe,* sagt mir der Domovoi, als ich zur Tür gehe. *Ich bin neugierig darauf, deine Kräfte zu erleben.*

»Abgemacht.« Unfähig, zu widerstehen, streichele ich sein himmlisches Fell. »Wir sehen uns.«

# KAPITEL SIEBEN

IM TAXI DESINFIZIERE ich die Hand, die Fluffsters Fell berührt hat, und öffne Leals Tagebuch.

Oh Mann. Es gibt eine Menge langweiliges Zeug hier – Experimente an seinen armen Vögeln und Seiten über Seiten von Gedanken über alltägliche Themen, einschließlich solch ekliger Dinge wie Aufzeichnungen über seinen Stuhlgang.

Ich suche nach Soma, aber finde nichts, genau wie Felix gesagt hat.

Enttäuscht, mache ich es mir bequem und lese einfach. Schließlich stoße ich auf das von Felix erwähnte paranoid klingende Geschwätz über einen Geheimbund.

Sie verehren Phobetor, den Herrn der Alpträume. Sie halten ihn für einen Gott. Existiert er? Wenn ja, was ist er dann? Könnte er eine Kreatur sein, die für die Cogniti ist, was wir für die Menschen sind?

Ich versuche, diesen Absatz zu analysieren:

*Es gibt Welten, in denen wir, die Cogniti, als Götter verehrt werden. Tatsächlich geschah dies auch in der fernen Vergangenheit der Erde. Loki zum Beispiel, der Gott des Unheils, war ein berühmter Wahrscheinlichkeits-manipulator. Aber was würde es für ein Wesen bedeuten, ein Gott für uns Cogniti zu sein?*

Das Taxi hält neben einem glänzenden Gebäude und unterbricht meine Grübeleien.

Ich fahre in die oberste Etage, wo eine große *Bale-Inc*-Plakette stolz den Namen der Firma verkündet, und nähere mich der Rezeption.

»Mr. Bale, ihr Gast ist hier«, sagt die Empfangsdame in ihr Telefon.

Valerian kommt in einem weiteren Maßanzug heraus. Verdammter Mist, sieht er gut darin aus. Wie, als wäre er der Titelseite eines Modemagazins entsprungen.

Oh, und er muss der Mr. Bale sein, mit dem sie sprach. Deshalb heißt die Firma Bale Inc.

Hm. Wenn ich also Valerian heiratete und dem antiquierten Brauch folgte, den Nachnamen des Ehemannes anzunehmen, wäre ich Bailey Bale.

Ich bin mir nicht sicher, was ich davon halten soll.

»Wo ist der Technomant?« Valerian schaut sich um, als ob Felix sich irgendwo in einer Ecke verstecken könnte.

»Es stellte sich heraus, dass er eine andere Verpflichtung hat.« Ich lege meine Hände in eine betende Position. »Bitte halte dich an die Abmachung.«

Er seufzt. »Wie wäre es, wenn du dich uns im Konferenzraum anschließt?«

Ich folge ihm in einen großen, verglasten Raum, wo zwei andere Männer an einem gläsernen Konferenztisch warten. Einen von beiden kenne ich bereits – einen schnurrbärtigen Typen, der aussieht wie der Videospielcharakter Mario, aber mit einer Narbe auf der Stirn.

Es ist Bernard, der Mensch, den ich auf Valerians Auftrag in seinen Träumen *inspiriert* habe. Es ist der Job, für den Valerian mir diesen netten Bonus gezahlt hat – was er sowieso hätte tun sollen, jetzt, wo ich darüber nachdenke. Ich wurde nicht nur von der New Yorker Stadtverwaltung dabei erwischt, sondern der Job selbst war aufgrund von Bernards endlosen Traumaschleifen ziemlich komplex. Der arme Kerl verlor ein Kind an ein Monster, und wurde dann selbst zu einem, als er Rache nahm.

Wenn man ihn jetzt sieht, würde man sich nie denken können, was passiert ist. Er ist das Ebenbild eines sanftmütigen Softwareingenieurs. Ich frage mich, ob er auf irgendeiner Ebene ein Psychopath ist, oder ob das, was er getan hat, in jedem Elternteil lebt und darauf wartet, durch einen ausreichend schrecklichen Reiz ausgelöst zu werden.

Den anderen Mann habe ich noch nie zuvor getroffen, was schade ist.

Obwohl er sehr dünn ist, ist er fast so attraktiv wie Valerian, mit ähnlich symmetrischen männlichen Zügen und starken dunklen Augenbrauen. Sein Haar ist tiefschwarz, und seine Hautfarbe ist ähnlich wie meine.

»Bailey Spade, darf ich vorstellen: Bernard Anderson und Ratridevi Bhairava«, sagt Valerian und setzt sich.

»Schön, Sie kennenzulernen, Mr. Anderson«, sage ich zu Bernard. »Und Sie, Mr. Bhairava.«

»Bitte nennen Sie mich Bernie.« Bernard lächelt. »Wegen der *Matrix*-Filme möchte ich nicht Mr. Anderson genannt werden.«

Ein weiterer Fan davon. Er und Felix würden sich gut verstehen – vor allem, wenn ich Felix nichts von Bernies grausamer Vergangenheit erzähle.

»Ich bevorzuge auch meinen Vornamen«, sagt Mr. Bhairava mit einem leicht indischen Akzent. »Bitte nennen Sie mich Rattie.«

Ich blinzele ihn an.

»Das kommt von Ratri, der Kurzfassung meines Vornamens«, erklärt er. »Den Leuten hier fällt es leichter, es so zu sagen.«

Na dann, okay. Wenn ihm dieser Spitzname nichts ausmacht, dann soll es so sein. Also ich finde ja überhaupt nicht, dass er rattig aussieht. Wenn ich ihn mit einem Nagetier vergleichen müsste, würde ich sagen, dass er eher wie ein sehr hübscher Biber aussieht. Oder ein Otter, obwohl das kein Nagetier mehr ist. Oder sogar eine *Cheburashka* – eine koalaähnliche Kreatur, die im erhaltenen äquatorialen Dschungel auf Gomorrha lebt.

»Muss ich mir auch einen Spitznamen

ausdenken?«, frage ich und lasse mich in einen schlanken Bürostuhl fallen.

Wie wäre es mit Bails? Oder Beernuts?

Valerian setzt sich hin. »Nicht nötig. Wir tragen nicht *alle* Spitznamen.«

Ich salutiere knackig. »In Ordnung, *Mr. Bale, Sir.*«

Ein sinnliches Lächeln zuckt an seinen Mundwinkeln. »Ich lasse mich von denjenigen, die mir nahestehen, Valerian nennen.« Seine Stimme vertieft sich auf eine Art und Weise, die eine Ranke der Erregung in meine unteren Regionen schickt – eine unangenehme Situation, besonders vor Bernie und Rattie.

Ich atme tief durch, um meinen rasenden Puls zu beruhigen, und ziehe meine Ärmel herunter, um Poms Fell zu bedecken – es hat sich in ein peinliches Korallenrosa gefärbt.

Valerian ist unterdessen wieder ganz beim Geschäftlichen. »Wollen Sie Ihre Teams dazuholen?«, fragt er Bernie und Rattie knapp.

»Noch nicht«, sagt Rattie, und Bernie stimmt zu.

»Gut.« Valerian schaut mich an. »Ich habe ihnen die Idee schon erklärt. Du wirst das Modell für ein Projekt sein, das wir *Lucid Dreamer* nennen.«

Rattie grinst mich an. »Ich habe sie davon überzeugt, dass, anstatt eines neuen Charakters in einem bestehenden Spiel, ein neues, eigenständiges VR-Spielerlebnis viel mehr Sinn macht.«

»Eines, das grundlegende Vorarbeiten der anderen

Projekte nutzt«, fügt Bernie hinzu, »um Ressourcen zu sparen.«

Ich trommele mit meinen Fingern auf dem Glastisch. »Ein neues Spiel? Bedeutet das, dass es länger dauern wird?«

»In gewisser Weise ja«, sagt Valerian. »Aber es gibt auch gute Nachrichten. Rattie glaubt, dass sein Team in wenigen Tagen ein funktionierendes Level haben könnte – durch ihr ›Trembling in the Dark‹-Projekt haben sie fast alles, was sie brauchen. Es ist nur eine Frage des Zusammensetzens der Teile.«

Trembling in the Dark? Ich habe von Felix davon gehört. Er sagte, und ich zitiere: *Es ist das gruseligste Horror-Videospiel aller Zeiten.*

»Also wird *Lucid Dreamer* unheimlich sein?«, frage ich Rattie.

Er zuckt mit den Schultern. »Wenn es in dem Spiel um die Herrin der Träume geht, dachte ich mir, warum sollten wir sie nicht gegen Alpträume kämpfen lassen? Vor allem, wenn mein Team in diesen Dingen so gut ist.«

»Valerian hat kürzlich Ratties ganzes Studio gekauft«, erklärt Bernie. »Sie haben bei allem geholfen, aber sie wollen auch ein eigenes Spiel entwickeln.«

»Das bedeutet, dass mehr als tausend Leute daran arbeiten werden«, sagt Valerian bedeutungsvoll.

Oh, Mist. Kein Wunder, dass er sagte, dies sei keine kleine Bitte – das Budget muss in die Millionen gehen.

Bernie öffnet seinen Mund, um etwas zu sagen, aber sein Telefon klingelt. Er blickt heimlich auf den

Bildschirm, und ein zärtliches Lächeln erscheint auf seinem Gesicht, als er den Anruf entgegennimmt.

»Hi, Schatz, vielen Dank, dass du mich zurückrufst.« Bernie schaltet sein Telefon auf stumm und schaut uns entschuldigend an. »Es ist meine Tochter. Wir haben seit Jahren nicht mehr miteinander gesprochen. Ich bin gleich wieder da.«

Valerian nickt, und Bernie nimmt das Telefon und verlässt das Zimmer.

Also haben sie wieder Kontakt? In seinen Träumen war es etwas, was Bernard – ich meine, Bernie – quälte. Vielleicht fühlt er sich besser, nachdem er seine Traumaschleifen unter meiner Aufsicht durchlaufen hat, und hat wieder Kontakt zu seiner Familie aufgenommen?

»Lass mich das für Bernie beantworten«, sagt Rattie. »Wir müssen natürlich mehr aus der Geschichte machen, als einfach nur ›Alpträume bekämpfen‹, aber angesichts der Erfahrung meines Teams und der Tatsache, dass Valerian das Spiel in Phase eins bringen will, ist das der clevere Weg.«

»Richtig«, sage ich und fühle mich ein bisschen überwältigt. »Was immer dies beschleunigen kann, klingt gut für mich.«

Bernie kommt mit einer Entschuldigung zurück.

Valerian ignoriert ihn und schenkt mir ein wissendes Lächeln. »Ich habe nicht zu Ende erklärt, warum ein funktionierendes Level eine gute Nachricht ist. Wir haben Tester, die mit den Prototypen des Illusion Scope ausgestattet sind und darauf warten, etwas spielen zu können. Es sind zwanzigtausend von ihnen, und ihre Anzahl wächst.« Er schaut mich vielsagend an.

Ich blicke ihn verständnislos an. Abgesehen davon, dass ich noch mehr beeindruckt bin von dem Budget, das er in diese Nummer steckt, kann ich nicht erkennen, was die besonders gute Nachricht daran ist.

Körperlose Buchstaben tauchen plötzlich vor mir in der Luft auf. Sie sehen aus wie Legosteine und bilden einen Textabschnitt – ganz klar das Werk von Valerians Illusionskräften:

*Wenn Tausende von Menschen diese Demo spielen, werden deine Kräfte einen Schub bekommen – ich weiß das aus eigener Erfahrung. Natürlich nicht einen so großen Schub wie bei der Veröffentlichung des Spiels, aber einen spürbaren. Wenn du Glück hast, ist dieser Boost vielleicht das, was du brauchst, um stärker als deine Mutter zu werden.*

Wow. Ich hatte mich auf eine monatelange Wartezeit eingestellt, aber jetzt sieht es so aus, als wenn ich Mama in ein paar Tagen retten könnte.

Ich strahle ihn an. »Das sind in der Tat großartige Neuigkeiten. Was kann ich tun, um das zu beschleunigen?«

»Diese Rolle übernehme ich«, sagt Valerian zu Rattie und Bernie. »Setzen Sie sich mit Ihren Teams in Verbindung, bevor Bailey und ich gehen.«

Wir gehen weg? Okay.

Rattie drückt einen Knopf an der Seite des Schreibtisches, und ein Haufen riesiger Bildschirme gleitet von der Decke und bedeckt die Wände. Eine Videokonferenz-App ertönt, und bald zeigt jeder Bildschirm die begeisterten Gesichter von Hunderten von Leuten – höchstwahrscheinlich Entwickler, Designer, Animatoren, Toningenieure und so weiter.

*Bitte stell dich vor, und wir können beginnen,* sagt Valerian mir über den Legosteintext.

»Hallo, alle zusammen«, sage ich und schaue in die Kamera. »Mein Name ist Bailey, und ich werde das Modell für das Projekt *Lucid Dreamer* sein. Ich weiß zufällig auch etwas über Spieldesign, also helfe ich Ihnen gerne auf jede erdenkliche Weise – lassen Sie mich einfach wissen, was Sie brauchen.« Ich mache immer weiter und fange irgendwann an, wie ein Armeegeneral zu klingen, der seine Truppen für einen Angriff motiviert.

»Danke«, sagt Valerian, als ich meine Rede beendet habe. »Warum gehen wir nicht ins Motion-Capture-Labor und legen los?«

Alle applaudieren und winken mir zu, als wir gehen.

Ich fühle mich seltsam gut, als hätte ich gerade zum ersten Mal einen winzigen Schluck verdünntes Vampirblut genommen.

Bin ich high davon, an der Spielentwicklung beteiligt zu sein, oder ist es Valerians Nähe?

Als wir den Aufzug betreten, bemerke ich, dass er mich aufmerksam beobachtet.

»Ich fühle mich seltsam«, platze ich damit heraus. »Auf eine angenehme Weise.«

Valerian drückt den Knopf für den fünfzehnten Stock. »Es besteht die Möglichkeit, dass deine Kräfte dadurch verstärkt wurden, dass nun so viele Menschen an dich als Vorbild für ein Spiel mit dem Thema Traumwandler glauben«, sagt er mit leiser Stimme. »Als meine eigene Kraft verstärkt wurde, fühlte ich mich sehr seltsam.« Er schließt die Augen, wie in Glückseligkeit, und ich speichere diesen Anblick in meinen Erinnerungsdatenbanken für die Verwendung in der Traumwelt.

Ich stelle mir vor, dass sein Orgasmus-Gesicht so aussieht.

Der Aufzug öffnet sich, und wir betreten einen Raum mit grünen Wandschirmen und genug Computerausrüstung, um einen Raketenstart zu überwachen.

Valerian hebt ein kleines Stück Stoff von einem Stuhl hoch und reicht es mir. »Zieh das an.«

Es ist ein Catsuit aus einem blauen Stoff mit großen grauen Punkten. Ich schaue es an, dann ihn.

Nein, er macht keine Witze. Er erwartet tatsächlich, dass ich es anziehe.

Ich seufze. »Wo ist die Umkleidekabine?«

Ein amüsierter Schimmer legt sich über seine ozeanblauen Augen. »Warum?«

Ich würdige das nicht mit einer Antwort.

»Ich werde einfach wegschauen.« Er lässt den Worten Taten folgen und dreht mir seinen breiten Rücken zu.

Zumindest denke ich, dass er mir den Rücken

zudreht. Er kann seine Kräfte benutzen, um mich *denken* zu lassen, dass er wegschaut, während er in Wirklichkeit eine Lupe auf meine intimsten Bereiche gerichtet hält.

Andererseits, wo ziehe ich die Grenze, wenn es um Paranoia geht? Er kann genauso gut seine Kraft nutzen, um sich unsichtbar zu machen und in jeder beliebigen Umkleidekabine zu sein, wie er es neulich im Badezimmer tat, während ich duschte.

Es ist eine Erinnerung, die mich wütend machen sollte, aber ich fühle mich stattdessen erregt und prickelnd.

Kurzerhand ziehe ich meine Kleidung aus und den Catsuit an. Es ist dehnbar, also passt es problemlos.

Ich schaue auf Valerians Rücken.

Seine Schultern sind angespannt, was ich so interpretiere, dass er unter der Anstrengung leidet, sich nicht umzudrehen, um meine Herrlichkeit anzustarren.

»Fertig«, verkünde ich.

Er dreht sich um und grinst mich an, bevor er zu einem Tisch in der Nähe geht, um einen Haufen Gegenstände aufzuheben, die wie die Punkte aussehen, die an meinem Outfit befestigt werden müssen.

»Ich muss die an dein Gesicht kleben«, sagt er und kommt auf mich zu.

»Du musst *was*?«

»Sie sind steril, ich schwöre es«, sagt er, und bevor ich etwas dagegen einwenden kann, klebt er mir den ersten an die Stirn, wobei die Spitzen seiner Finger über die Haut um den Punkt herum streichen.

Heilige Digitalisierung. Ich hatte keine Ahnung, dass meine Stirn eine erogene Zone ist.

Er bringt einen weiteren Punkt auf meiner Stirn an, dann noch einen.

Meine Atmung wird flach.

Valerian grinst, seine Augen glänzen schelmisch, und er fängt an, Punkte auf meine Nase, meine Wangen und in die Nähe meiner Lippen zu kleben. Als er endlich einen Punkt an meinem Kinn anbringt, habe ich das Gefühl, dass ich einen Wechselslip brauche.

Er lässt mich völlig durcheinander zurück, als er weggeht, um die primitive Ausrüstung der Erde aufzubauen.

»Kannst du Anweisungen befolgen?«, fragt er schmunzelnd.

Ich räuspere mich trocken. »Was soll ich tun?«

Er bittet mich, verschiedene Gefühle mit meinem Gesicht darzustellen, und ich gebe mein Bestes – manchmal mache ich das so gut, dass Pom die Farbe an meinem Handgelenk ändert, um dem Ausdruck zu entsprechen. Dann bittet er mich, mich für ihn zu bewegen, indem er mich in diese und jene Richtung lenkt. Das Komische daran ist, dass ich dieses ganze Herumkommandieren irgendwie heiß finde – und nicht nur an den Stellen, an denen er mich bittet, meine Hüften zu schwingen und so.

Stunden der Bewegungserfassung später sagt Valerian: »Das reicht. Das sollte für die Demo ausreichen, aber danach brauchen wir dich vielleicht wieder zurück.«

Ich halte den Atem an, als er vorsichtig die Punkte aus meinem Gesicht entfernt und mir wieder den Rücken zuwendet.

Ich schüttele meine hormonbedingte Benommenheit ab und schlüpfe aus dem Suit. Bevor ich mein ursprüngliches Outfit anziehe, verbrauche ich all mein restliches Handdesinfektionsmittel auf meinem Gesicht und meinem Körper – denn das ist das Vernünftigste, was man tun kann.

Wie sehr es mich auch anmacht, ich kann nicht vergessen, dass Valerians Berührung voller Erdkeime ist.

»Ich habe geschäftlich etwas auf Gomorrha zu tun«, sagt er, als er sich umdreht. »Du solltest hierbleiben und so lange wie möglich mit Rattie und dem Team zusammenarbeiten. Aber in fünfzehn Stunden brauche ich dich für den ersten Teil der Senatsuntersuchung, also triff mich dann wieder bei Erato.«

Erato's? »Essen wir dort wieder?«

Er schüttelt den Kopf. »In fünfzehn Erdstunden wird es Mitternacht auf Gomorrha sein. Anstatt zu essen, werden wir in Eratos Träume eindringen.«

»Wir?« Bezieht er sich selbst in dieses Traumwandler-Abenteuer mit ein?

»Wir besprechen die Details, nachdem du eine Traumverbindung hergestellt hast und dich von Eratos Apartment entfernt hast. Ich nehme an, du kannst in einer Dryade träumen?«

»Ich wüsste nicht, warum nicht, aber …«

»Gut. Gehen wir.«

Er führt mich zurück zum Aufzug, und als er den Knopf für das oberste Stockwerk drückt, fällt mir etwas ein, was ich ihn fragen wollte. »Sagt dir das Wort *Soma* etwas?«

Er versteift sich eine Sekunde lang, dann entspannt sich sein Gesichtsausdruck. »Kannst du mir einen Kontext geben?«

»Es ist etwas, was Hekima in seinen letzten Momenten erwähnt hat«, sage ich, überrascht von seiner Reaktion. »Er ließ es wie einen Ort klingen, an dem Traumwandler leben. Es hörte sich auch so an, als ob mindestens eine Familie von Illusionisten dort lebt – Hekimas eigene.«

Valerians Kiefer spannt sich an. »Du kannst den Worten eines Mörders nicht trauen.«

»Es sagt dir also nichts?«, frage ich – obwohl es für mich offensichtlich ist, dass es das tut.

»Es tut mir leid. Ich kann dir nicht helfen.«

»Aber …«

»Wenn du möchtest, dass ich dich weiterhin unterstütze, lass das Thema fallen«, knurrt er, als sich die Fahrstuhltüren öffnen.

Gut. Wenn er mich so nett darum bittet, werde ich wohl nicht mehr neugierig sein.

Er geht zurück ins Versammlungszimmer, und ich folge ihm. Bernie und Rattie sind da, aber statt der Telefonkonferenz gibt es auf den Bildschirmen Zeichnungen von markerschütternden Monstern und

Umgebungen, die einen den Verstand verlieren lassen. Offensichtlich geht die Arbeit an der Demo in halsbrecherischer Geschwindigkeit voran.

»Mein Team ist extrem aufgeregt«, sagt Rattie zu Valerian. »Ich habe schon ein paar Sachen, die ich Ihnen zeigen möchte.«

Valerian hält seine Hand hoch. »Ich habe eine Verpflichtung, aber Bailey kann mich vertreten.« Er blickt mich an. »Ich vertraue ihr bedingungslos, wenn es um den *Lucid Dreamer* geht.«

Als Valerian uns verlässt, schaut Bernie mich zweifelnd an, aber Rattie zuckt nicht mit den Wimpern

»Also, Bailey«, sagt er, »sollte der Traumwandler-Charakter Ihrer Meinung nach tatsächlich laufen, wenn er im Traum von jemandem ist? Einige Leute schlugen vor, dass er herumfliegen oder teleportieren sollte.«

»Lassen Sie ihn laufen«, sage ich. »Wenn Traumwandeln real wäre, könnte ich mir vorstellen, dass all das oben Genannte möglich wäre, aber sie könnte trotzdem laufen, da es für sie normal ist und keine zusätzliche Anstrengung und Konzentration erfordert.«

»Logisch«, sagt Rattie. »Und nicht zu fliegen verkürzt die Entwicklungszeit.«

»Wir sind noch nie in der VR geflogen«, fügt Bernie hinzu.

»Das Fliegen könnte auch die Möglichkeit erhöhen, dem Spieler VR-Übelkeit zu bereiten«, sage ich, ohne zu begründen, warum ich so denke. Es gibt Flugspiele auf Gomorrha, die das bei mir geschafft haben – und ich bin ein erfahrener Flieger, zumindest in meinen Träumen.

Rattie überschüttet mich mit weiteren Fragen, und ich antworte so gut ich kann, wobei ich bei Bedarf auf mein Spieldesign-Wissen zurückgreife, aber auch auf meine Traumwandler-Erfahrung.

Nach einer Weile gähnt Rattie auf die ansteckendste Weise. »Ich glaube, es ist Zeit für ein paar Stunden in der Kapsel«, sagt er entschuldigend. »Ich bin immer noch auf Bangalore-Zeit.«

Bernie erstickt sein eigenes Gähnen. »Es ist nicht dein Jetlag. Ich könnte selbst etwas Zeit in der Kapsel gebrauchen.«

Ich stecke mich an und kann nicht anders, als auch zu gähnen. »Was ist dieses Kapsel-Ding?« Ich strecke mich, um die Schläfrigkeit zu vertreiben.

Rattie steht auf. »Spieleentwicklung ist ein verrücktes Geschäft. Wir arbeiten oft so viel, dass wir keine Zeit haben, zum Schlafen nach Hause zu gehen.«

»Deshalb haben wir hier in den New Yorker Büros Schlafkapseln installiert«, sagt Bernie und erhebt sich ebenfalls.

Ich schaue beide Männer nacheinander an. »Sie schlafen bei der Arbeit?«

Rattie zuckt mit den Schultern. »Wenn es nötig ist. Normalerweise während Krisenzeiten.«

Ich nicke, dann gähne ich wieder.

»Wir haben eine Kapsel, die niemandem zugeordnet ist«, sagt Bernie. »Sie können sie haben, wenn Sie ein Power-Napping wollen.« Als er mich vor Ekel zusammenzucken sieht, fügt er hinzu: »Sie ist brandneu. Sie wären die erste Person, die sie benutzen würde.«

Die Neugier übermannt mich, und ich stimme zu.

Rattie geht vor, bis wir einen Raum erreichen, der voll mit den vorher erwähnten Kapseln ist, die wie eine Mischung aus Rakete und Sarg aussehen.

Rattie öffnet den durchsichtigen Plastikdeckel von einer von ihnen. Er winkt uns zu, legt sich hin und schließt den Deckel und seine Augen.

»Das ist die Kapsel, von der ich gesprochen habe.« Bernie zeigt auf eine, die tatsächlich brandneu aussieht.

»Danke«, sage ich. »Ich werde sie vielleicht einfach benutzen.«

Bernie lächelt und geht zu einer Kapsel, auf deren Innenseite das Bild eines Kindes aufgeklebt ist. Ich erkenne das Bild als das seiner Tochter – ich habe sie in seinen Träumen gesehen. Als er hineinklettert, murmelt er etwas von süßen Träumen und schließt den Deckel.

Hm. Mir war nie bewusst, dass die Spieleentwicklung eine so hektische Arbeit ist, dass man nicht einmal zum Schlafen nach Hause gehen kann. Ich denke, dass ich vielleicht beim Traumwandeln als meiner Hauptkarriere bleibe, zumindest nachdem ich Mama gerettet habe.

Ich stelle meinen Wecker auf *vibrieren*, damit ich die anderen nicht aufwecke, klettere in meine eigene Kapsel und schließe die Augen.

# KAPITEL ACHT

DIE VIBRATION des Alarms weckt mich.

Ich fühle mich müde, so als könnte ich noch viele Stunden schlafen. Na gut. Vielleicht werde ich schlafen, nachdem ich Valerian mit der Erato-Sache geholfen habe.

Als ich aus meiner Kapsel herausklettere, bemerke ich, dass Bernie und Rattie immer noch in ihren schlafen. Ich nähere mich Rattie und sehe nach seinen Augenlidern. Ja. Er träumt jetzt gerade. Das bedeutet, ich könnte eine Traumverbindung mit ihm aufbauen, wenn ich wollte.

Ich brauche nicht lange, um mich zu entscheiden. Ich *möchte* es. Ich könnte ihn dann inspirieren, wenn es um die Level meines Spiels geht.

Heimlich hebe ich den Deckel an und berühre Ratties Stirn.

ICH ERSCHEINE in meinem Traumpalast und sehe Pom von Angesicht zu Angesicht.

»Bailey«, ruft er aus und färbt sich tief violett. »Ich habe dein Gesicht vermisst.«

Ich zerzause sein Fell. »Kannst du dir nicht einfach eine Traumversion meines Gesichts machen und es immer, wann du es willst, anschauen?«

Zur Demonstration erstelle ich eine körperlose Nachbildung meines grinsenden Gesichtes und lasse es neben mir in der Luft schweben.

Er erschaudert ein wenig. »Das sieht irgendwie gruselig aus.«

Ich rolle mit den Augen. »Gut zu wissen. Ich wusste nicht, dass mein Gesicht diese Wirkung auf dich hat.«

»Nur, wenn der Rest von dir nicht dranhängt, wird es gruselig«, sagt er ernsthaft. »Ich vermute, dass deine Arme und Beine diese Wirkung auf mich verhindern.«

Kopfschüttelnd teleportiere ich mich zum Turm der Schlafenden und suche nach Rattie.

Er ist in der Tat in einer Nische, nicht weit entfernt von Bernie, der auch in seinem Bett aufgetaucht ist.

»Traumaschleife«, sagt Pom, die Spitzen seiner Ohren verdunkeln sich, als er die Wolken über Ratties Kopf betrachtet.

Er hat recht. Und nicht irgendwelche Wolken, sondern turbulente. Ich reibe mir die Nasenspitze. »Das verstehe ich nicht. Sucht Valerian Software-Ingenieure mit einem tiefen psychologischen Trauma, oder ist es einfach nur Pech?«

Poms Fell verdunkelt sich weiter. »Ich werde nicht mit dir da reingehen.«

»Ich glaube auch nicht, dass ich hineingehe. Ich muss Valerian treffen und einen Job für ihn in der wachen Welt erledigen. Ich habe eine Verbindung zu diesem Typen hergestellt, damit ich ihn in Zukunft inspirieren kann, nicht, um mich damit zu befassen.« Ich winke den Wolken zu.

»Ihn inspirieren?« Pom wird hellorange. »Sprichst du über die privaten Dinge, die du mit Valerian machst und die ich nicht miterleben durfte?«

Ich stemme die Hände in die Hüften. »Zunächst einmal bin ich mit Traum-Valerian nie weiter als bis zum ersten Schritt gekommen. Zweitens …«

»Was ist der erste Schritt?«

»*Zweitens* ist das nicht die Art von Inspiration, von der ich spreche. Rattie ist vielleicht angenehm anzuschauen, aber solche Sachen mit ihm zu machen würde sich anfühlen wie Valerian zu betrügen, sogar im Traum.«

Moment, was sage ich da? Wie kann man jemanden betrügen, wenn man nicht in einer Beziehung ist?

Pom nimmt die Farben von Wurzelgemüse an – erst eine Karotte, und dann eine Rote Bete. »Habe ich dich verärgert?«

»Es ist in Ordnung.« Ich seufze. »Der private Kram, den du erwähnst, ist ein sensibles Thema, das ist alles.«

Er wackelt mit den Ohren. »Wie das P-Wort für mich?«

Das P-Wort steht für *Parasit* – und Pom behauptet,

dass er es nicht ist. Er zieht stattdessen *Symbiont* vor. Wenn man bedenkt, dass er mich als Nahrungsquelle benutzt, meine Emotionen spürt, möglicherweise seine Stoffwechsel-Nebenprodukte in meinen Blutkreislauf ausscheidet und bis zum Ende unserer Tage an meinem Handgelenk befestigt ist, ist das letzte Wort hinsichtlich Parasit-versus-Symbiont natürlich noch nicht gesprochen.

Er wird gereizt. »Ich kann nicht glauben, dass du das gerade gedacht hast.«

»Ich wollte nur testen, ob du meine Gedanken liest. Du hast gesagt, du würdest es nicht tun, aber du hast es trotzdem getan.«

Er wird noch röter. »Entschuldigung. Ich werde mich in Zukunft aus deinen Gedanken heraushalten.«

»Danke.« Ich zerzause sein Fell. »Und wir sind definitiv Symbionten.«

Seine Ohren spitzen sich. »Wie Bienchen und Blümchen?«

»Definitiv *nicht* wie Bienchen und Blümchen«, sage ich und rüttele mich aus der Traumwelt.

———

WÄHREND ICH DAGEGEN ANKÄMPFE, zu lachen, öffne ich meine Augen neben Ratties Kapsel. Obwohl es unklar ist, wen von uns Pom als Blümchen betrachtet, weiß ich eines: Wenn mich jemand bestäuben will, dann besser Valerian.

Da wir gerade davon sprechen ... ich muss mich

beeilen, sonst schaffe ich es nicht rechtzeitig nach Gomorrha. Ich verlasse das Gebäude und kaufe noch mehr Handdesinfektionsmittel, bevor ich mir ein Taxi zum JFK nehme. Sobald wir auf den unvermeidlichen Verkehr treffen, öffne ich Leals Tagebuch in meiner VR-Ansicht, um einen weiteren Blick hineinzuwerfen.

Ich überfliege viele Details und finde etwas, was mein Interesse weckt:

*Ein weiterer Tag, ein weiterer Misserfolg. Ich fange an zu denken, dass berührungsloses Traumwandeln unmöglich ist – oder wenn es möglich ist, ist es vielleicht etwas, was nur diejenigen von uns mit mehr Kraft meistern können.*

Berührungsloses Traumwandeln? Wie funktioniert das?

Ich suche im Tagebuch nach weiteren Erwähnungen dieses Begriffes und finde schließlich heraus, dass es im Grunde eine Möglichkeit ist, in den Traum von jemandem aus kurzer Entfernung einzutreten – anstatt durch Hautkontakt.

Verdammt, das wäre unglaublich. Am wenigsten gefällt mir an meinen Kräften, dass ich all diesen Keimen ausgesetzt bin. Das nächste Mal, wenn ich einem Schlafenden begegne, werde ich sehen, ob ich das tun kann.

Am JFK angekommen, mache ich mich auf den Weg zum geheimen Knotenpunkt und betrete das Tor, das nach Gomorrha führt. Dort angekommen, schaue ich bei mir zu Hause vorbei, um auf die Toilette zu gehen, mich umzuziehen, mich von Kopf bis Fuß mit Hygieia zu desinfizieren, wie ein Kamel zu trinken und etwas

Manna hinunterzuschlingen. Dann mache ich mich auf den Weg zu meinem Ziel – Eratos Restaurant.

Valerian ist schon da und wartet am Eingang auf mich.

Er hat seinen Anzug gegen ein Outfit getauscht, das auf den mir vertrauten Teilen der Erde definitiv fehl am Platz aussehen würde. Es ist ein schwarzer, sportlicher, hautenger Bodysuit, der jeden Muskel an seinem Körper so zur Geltung bringt, als wäre er nackt und mit Teer bedeckt.

Eine weitere Welle der Erregung erhitzt meine Haut. Dieses Outfit wird es mir definitiv schwer machen, mich auf die Arbeit zu konzentrieren, was auch immer sie ist.

Valerian ist aber offensichtlich nicht in der Stimmung zum Flirten. »Du kommst zu spät.« Er setzt sich eine Atemmaske auf, die seine Gesichtszüge bedeckt und ihn wie einen Zwerg aussehen lässt, dann gibt er mir auch eine. »Setz die auf.«

Bevor ich irgendwelche sachdienlichen Fragen stellen kann – wie zum Beispiel: *Was zum Henker machen wir hier?* – schleicht er sich in das Gebäude und ruft den Aufzug.

Ich eile ihm hinterher und setze unterwegs die Maske auf. »Wa...«

Er legt einen Finger dorthin, wo sich die Lippen unter der Maske befinden würden, und die Legobuchstaben tauchen in der Luft auf: *Meine Kräfte können keine Apparate täuschen, die auf Geräusche reagieren, sollte es welche geben.*

Ich nicke verständnisvoll, und wir fahren schweigend mit dem Aufzug nach oben. Als wir den hundertfünfzehnten Stock erreichen, tritt Valerian heraus, und ich folge ihm und starre ehrfürchtig auf unsere Umgebung.

Die Wände sind vom Boden bis zur Decke mit vertikal wachsenden Pflanzen bedeckt, jede mit einer eigenen Lampe und einer Nebelmaschine, die sie nährt.

»Ich fühle mich, als wären wir in einem Gewächshaus«, flüstere ich.

*Rede nicht und bleib in der Mitte des Korridors*, sagt er mir in Legobuchstaben.

Um zu demonstrieren, was er meint, hält er sich von den Wänden fern, während er vorwärts schleicht.

Ich ahme ihn so gut nach, wie ich kann, obwohl ich bezweifele, dass meine Bewegungen seine räuberische Anmut haben.

Er bleibt neben einer mit Moos bewachsenen Tür stehen und schwenkt ein unbekanntes Gerät über ein Schloss. Die Tür klickt und gleitet auf. Er nimmt einen weiteren Apparat heraus und wirft ihn hinein.

*Das wird die gesamte Elektronik für eine Weile außer Gefecht setzen*, sagt er mir in Lego.

Ich nicke.

Er gibt mir ein Zeichen, ihm zu folgen, und bewegt sich noch vorsichtiger, was logisch ist, da wir jetzt offiziell in eine Wohnung eingebrochen sind.

Ich rufe meine virtuelle Realität auf und schreibe ihm eine Nachricht: *Wenn wir erwischt werden, wird der Senat uns begnadigen?*

Nachdrücklich aussehende Legobuchstaben tauchen sofort in der Luft auf: *In elektronischen Nachrichten darf nie wieder auf diesen Job Bezug genommen werden. Und um deine Frage zu beantworten: es wäre einfacher für sie, uns verschwinden zu lassen, also lassen wir uns besser nicht erwischen.*

Großartig. Einfach großartig. *Jetzt* sagt er mir das.

Seufzend folge ich ihm tiefer in die Wohnung, die mich an das Restaurant erinnert – ein wahrer Dschungel aus verschiedenen Pflanzen in allen Formen und Größen. Nur im Gegensatz zum Restaurant ist die Vegetation hier unheimlich, wie die Säure-Samen-Okra, eine blühende Pflanze, die ihre Schoten öffnen und Samen bis zu sechzig Meter weit ausspucken kann. Diese Samen sind, wie der Name schon sagt, mit einer stark ätzenden Säure bedeckt. Und das ist eine unmodifizierte Pflanze. Andere scheinen von ihren fiesen natürlichen Brüdern erschaffen worden zu sein, wie der, der wie Riesen-Bärenklau aussieht – eine Pflanze, die mit tödlichem Gift bedeckt ist, aber zusätzlich mit Dornen. Es gibt auch einen Cousin der berühmten Schwalbenwurzen, nur größer. Der Gewinner der Gruselshow sitzt allerdings in einem riesigen Topf in der Mitte des Raumes. Es ist ein entfernter Bruder der Venusfliegenfalle, nur dass er groß genug ist, um einen Menschen und keinen Käfer zu fressen.

*Drück hier.* Valerians Legotext informiert mich, als er einen Knopf auf der rechten Wange seiner Maske berührt.

Das tue ich, und der Geruch der Luft, die in die Maske kommt, verändert sich und wird steriler. Sie muss gefiltert werden.

Valerian holt eine Schlafgranate heraus.

Interessant.

Wie ein Jaguar gleitet er durch die Pflanzen, bleibt neben einer Tür stehen und öffnet sie leise, bevor er die Granate hineinwirft.

*Berühre sie, um eine Verbindung herzustellen*, befielt er ein paar Sekunden später. *Wenn sie nicht geschlafen hat, sollte sie es jetzt tun.*

Ich gebe mein Bestes, keine Geräusche zu machen, schleiche in den Raum und betrachte die schlafende Dryade.

Aufgrund ihres Rufes dachte ich mir, dass Erato älter sein müsste, aber ich wusste nicht, dass sie geradezu uralt ist. Ihr grünes Haar ist fast vollständig grau, und die grüne Haut ihres Gesichts sieht aus wie verwitterte Baumrinde.

Als ich ihre Augenlider betrachtete, runzele ich die Stirn.

*Worauf wartest du noch?*, fragt Valerian.

Ich zeige auf ihre Lider, dann auf die Augenhöhlen meiner Maske, während ich meine Augen schnell bewege, um zu erklären, was ich brauche.

*Also werden wir einfach hier stehen bleiben, bis sie anfängt zu träumen?*

Da ich nicht weiß, wie man pantomimisch *Ich will nicht riskieren, mörderisch verrückt zu werden* darstellt, zucke ich nur mit den Schultern.

Mit einem kaum hörbaren Seufzer verschränkt er die Arme über seiner breiten Brust und schließt die Augen.

Ich ignoriere sein Schmollen und richte dann meine Aufmerksamkeit auf Eratos Augenlider.

Nichts.

Ich rufe mein VR-Display auf und stelle einen Timer für die Zeit ein, die das Gas normalerweise braucht, um den Körper einer großen Person zu verlassen. Wenn diese kleine Frau nicht in den REM-Schlaf fällt, bis der Wecker klingelt, muss ich riskieren, mich mit dem Subtraum auseinanderzusetzen. Hoffentlich muss ich das nicht. Das letzte Mal bei meiner Mutter war brutal.

Ich fühle mich wie der schlimmste Fassadenkletterer in der Geschichte des Diebstahls. Ich öffne das Tagebuch von Leal in meiner VR-Ansicht und suche nach etwas Interessantem zum Lesen. Ich habe immer noch nichts gefunden, als der VR-Alarm klingelt, also schließe ich es.

Und dann merke ich, dass etwas Merkwürdiges in dem Raum passiert.

All die Pflanzen um uns herum scheinen lebendig zu werden und sich mit einer unheimlichen Absicht zu bewegen.

*Sie befindet sich im REM-Schlaf*, informiert mich Valerian.

Ich schaue auf ihre Augenlider. Das ist sie in der Tat, und sie muss von etwas träumen, was sie die Pflanzen bewegen lässt.

Vorsichtig nähere ich mich ihrem Bett und strecke meine Hand aus. Bevor meine Finger ihre lederne Haut berühren, erinnere ich mich an das, was ich kürzlich über meine Macht gelernt habe – berührungsloses Traumwandeln –, und beschließe, es zu versuchen.

Mit der ausgestreckten Hand versuche ich, in Eratos Traum zu gelangen.

Nichts passiert.

Ich strenge mich so sehr an, dass mir eine Vene in der Stirn platzt.

Immer noch *nada*.

Die Art, wie sich die Pflanzen bewegen, wird immer gruseliger.

*Warum die Verzögerung?*, fragt Valerian. *Stell die Verbindung her, und lass uns von hier verschwinden. Du wirst das eigentliche Traumwandeln machen, sobald wir in Sicherheit sind.*

Gut. Vielleicht ist jetzt nicht die richtige Zeit für Experimente.

Ich berühre die grüne Stirn der Dryade und gehe auf die normale Art und Weise hinein und heraus aus dem Traumpalast, bevor Pom die Chance hat, Hallo zu sagen.

Als diese Aufgabe erledigt ist, nicke ich Valerian zu und ziehe meine Hand weg. »Lass uns gehen«, sage ich, als sich die Augen der Dryade öffnen und die Pflanzen um uns herum sich wie eine Armee von Schlangen zum Angriff schlängeln.

# KAPITEL NEUN

VERDAMMTER MIST. Ich werfe einen verzweifelten Blick auf Valerian. Warum beschwört er nicht ein paar Illusionen herauf, um uns zu retten?

*Ich habe uns für ihre Sinne unsichtbar gemacht*, sagt er, als er die Panik in meinen Augen sieht. *Aber ihre Pflanzen nehmen uns irgendwie wahr, und ich weiß nicht, wie ich sie täuschen soll.*

Pflanzen mit Sinnen? Ich schätze, das ergibt Sinn. Wie sonst wären sie in der Lage, sich dem Licht zuzuwenden oder Wurzeln in den Boden zu schlagen anstatt in irgendeine zufällige Richtung?

»Ist jemand hier?« Die Dryade setzt sich auf, und die Pflanzen bewegen sich zielgerichteter, Ranken und Äste strecken sich wie Arme aus.

Valerian ergreift meine Hand und beginnt, auf Zehenspitzen aus dem Raum zu schleichen.

Die Dryade springt nackt aus dem Bett, schnappt

sich ein Messer und fängt an, durch die Luft zu schneiden.

Valerian zerrt mich aus dem Schlafzimmer.

Auf halbem Weg durch das Wohnzimmer schiebt sich eine Würgeranke von der Decke und legt sich um meinen Hals. Keuchend schlage ich um mich, während sie mich hochzieht. Valerian reißt an der Rebe, aber alles, was sie macht, ist, ihren Griff etwas zu lockern, damit ich langsamer ersticke.

»Wer auch immer du bist, du wirst hier nicht lebend rauskommen!«, schreit Erato und rennt aus dem Schlafzimmer. Ihr Blick schweift immer noch blind durch den Raum und nimmt uns dank Valerians Kräften nicht wahr.

Plötzlich schaut sie mich direkt an.

Verdammter Mist.

Mit dem gezückten Messer stürzt sie sich auf mich. Die Klinge schneidet einen Zentimeter über meinem Kopf durch die Ranke, die mich festhält.

Als ich in Valerians Arme falle, verstehe ich, was passiert ist. Er ließ Erato alles sehen, was sie sehen musste, um dort zu schneiden, wo sie schnitt – und um mich ungewollt von der Ranke zu befreien.

Er muss ihr immer noch etwas zeigen, denn sie knurrt vor Wut und springt in die Mitte des Raumes, während Valerian mich auf meine Füße stellt.

Wir rennen zur Tür.

Der Riesen-Bärenklau schnappt nach mir, und seine Dornen verfehlen nur um Haaresbreite mein Gesicht.

Verdammter Mist. Ich sollte nie vergessen, nicht wieder in das Haus einer Dryade einzubrechen.

Ich schaue zurück und sehe Erato in die tödliche Umarmung der Venusfliegenfalle stolpern. Die riesige Falle der Blume schließt sich und dämpft den verwirrten Schrei der Dryade. Bevor ich unsere knappe Flucht feiern kann, drehen sich die Schoten der Säuresamen des Okra zu mir und bewegen sich wie in Zeitlupe.

Ich bekomme nicht einmal die Chance, das Wort *ducken* zu denken, bevor ein ätzender Samen wie eine Kugel auf meine Brust zufliegt.

## KAPITEL ZEHN

ER KRACHT JEDOCH NICHT in mich hinein. Mit der Schnelligkeit, auf die ein Secret-Service-Agent stolz wäre, reißt Valerian mich hinter sich her und fängt das Geschoss für mich ab.

Der Stoff seines Outfits beginnt zu brutzeln, und Entsetzen überflutet mich. Verdammter Idiot! Was hat er sich dabei gedacht? Wer hat ihn zu meinem Leibwächter ernannt? Ich möchte ihn anbrüllen, aber wir haben keine Zeit. Mit zitternden Händen greife ich nach meinem Handdesinfektionsmittel und spritze die Flüssigkeit auf die Stelle, an der die Säure Valerians Anzug angreift.

Das Brutzeln scheint nachzulassen.

Valerian reißt sich vorne ein Stückchen von seinem Anzug weg.

Er hat eine scheußliche Verbrennung auf seiner Brust, die ich mit mehr Handdesinfektionsmittel abspritze.

*Ich werde es überleben,* informiert er mich über Legobuchstaben. *Wir müssen hier weg.*

Er zieht vor Schmerzen eine Grimasse, greift nach meiner Hand und zieht mich zur Tür, während Eratos Messer die Venusfliegenfalle durchschneidet.

Wir laufen zum Aufzug. Erato ist uns auf den Fersen, und die Pflanzen im Flur versuchen, uns aufzuhalten – aber da es normale und nicht tödliche Pflanzen sind, schaffen sie es nicht.

Als er den Aufzug ruft, scheint Valerian eine Sekunde geopfert zu haben, damit Erato etwas sieht, was nicht da ist, denn sie schleudert ihr Messer in die entgegengesetzte Richtung.

Wir springen in den Aufzug, und er drückt den Knopf für das Dach.

Die Türen schließen sich vor der Dryade, aber ich atme nicht aus, bis wir ganz nach oben kommen, wo ein fliegendes Auto auf uns wartet. Sobald wir hineinspringen, hebt es vom Dach ab.

Ich reiße mir die blöde Maske vom Gesicht und spritze noch mehr Desinfektionsmittel auf die Verbrennung auf Valerians Brust. Er wird nicht sterben, das weiß ich jetzt, aber ich bin immer noch wütend, dass er dieses Risiko eingegangen ist.

»Was hast du dir dabei gedacht?«, frage ich zähneknirschend. »Du könntest …«

»Es ist in Ordnung.« Er nimmt seine eigene Maske ab und bedeckt meine Hand mit seiner. »Es tut nicht mehr weh.«

»Aber warum hast du überhaupt …« Ich höre kurz

auf zu sprechen, weil er eine kleine Phiole herauszieht und einen Schluck nimmt.

Seine Augen schließen sich, als er ein glückseliges Orgasmus-Gesicht bekommt und die Wunde augenblicklich heilt.

Ich verenge meine Augen bei der Phiole. »Vampirblut?«

Er steckt es weg. »Ich benutze es nur in Notfällen.«

Ich atme tief ein, ein wenig von meiner Wut lässt nach. Wenn er das bei sich hatte, dann war er durch den säurehaltigen Samen nicht so sehr in Gefahr, wie ich dachte. Trotzdem, der Gedanke, dass er dieses tödliche Geschoss für mich abgefangen hat …

»Mach das nicht noch einmal. Nie wieder«, sage ich grimmig. »Dass du dein Leben für mich riskierst, meine ich. Und sei vorsichtig mit diesem Blut.«

Er zieht die Augenbrauen hoch. »Ich bin immer vorsichtig. Hast du ein Problem damit?«

»Ich hätte es beinahe gehabt.« Ich erzähle ihm von meinen jüngsten Problemen mit dieser stark süchtig machenden Substanz, und als ich fertig bin, nimmt er das Fläschchen heraus und gießt es demonstrativ aus dem Autofenster.

»Du musst diese Art von Versuchung nicht in deiner Nähe haben«, erklärt er. »Ich brauche es nicht so sehr.«

Bevor ich das verarbeiten kann, landet der Wagen auf einer Landebahn auf einem Dach. Abgelenkt, betrachte ich es. Es sieht aus wie ein privates Dach – in diesem Fall ist Valerian noch reicher als ich dachte.

Wir landen, und als wir aussteigen, sagt er dem Auto, dass es uns für eine Weile nicht erwarten soll.

Ich blinzele ihn an. »Das ist dein eigenes Auto?«

Die meisten Bürger von Gomorrha teilen sich Transportmittel – sowohl bei Fahrten mit dem Auto als auch mit dem Flugzeug –, weshalb wir nicht den gleichen Verkehr haben wie in New York und anderen Städten der Erde. Nur ein Prozent der reichsten ein Prozent hat eigene Fahrzeuge.

Er tätschelt liebevoll die glänzende Oberfläche des Autos. »Manchmal bestellt man eine Fahrt, und es dauert, bis sie kommt.«

»Sicher. Es macht Sinn, ein Vermögen auszugeben, um diese wertvollen Millisekunden nicht zu verschwenden.«

Er grinst und führt mich zum Aufzug.

Überraschung. Wir fahren nur eine Etage hinunter, zum Penthouse dieses Wolkenkratzers – der teuersten Wohnung, die man sich vorstellen kann. Er winkt mit der Hand, und die glänzende schwarze Tür gleitet leise auf und enthüllt einen ausgedehnten loftartigen Raum mit sechs Meter hohen Decken, die fast vollständig aus Glas bestehen.

Das ist mal ein Himmelslicht.

Das ist aber nicht das, was mir den Atem in der Brust stocken lässt.

Jemand hat hier einen zehn Meter breiten Teich angelegt, genau in der Mitte des Penthouses.

Ob er echt ist? So etwas habe ich noch nie gesehen. Andererseits schätze ich, wenn man einen Pool haben kann, kann man auch einen Teich haben, wenn man darauf steht, Geld aus dem Fenster zu werfen. Wenn dieses Ding nicht eine Illusion ist, muss Valerian die Etage unter dieser hier besitzen, nur um Platz für den Grund dieses Gewässers zu schaffen.

Als ich mich nähere, sehe ich ein paar Sumpfblumen, auf denen mehrfarbige Legu sitzen – froschähnliche Amphibien, die quieken, anstatt zu quaken.

Es ist ein ganzes verdammtes Ökosystem, und ein schönes noch dazu. Der Duft der Blumen, ihre Farben, die Geräusche des plätschernden Wassers und das leise Quieken scheinen sorgfältig berechnet zu sein, um die Sinne angenehm anzuregen.

»Das ist keine Illusion«, sagt Valerian, bevor ich fragen kann. »Es leben auch Ri im Wasser«

Tatsächlich sehe ich die kleinen fischähnlichen Kreaturen. Sie sehen aus wie Rubine mit Flossen und Schwänzen.

Valerian zieht seine Schuhe aus, setzt sich an den Rand des Teiches und taucht seine nackten Füße mit einem zufriedenen Seufzer ins Wasser. Als er meinen Blick erhascht, grinst er und tätschelt die Stelle neben sich.

Ich kauere mich vorsichtig dort hin.

»Du kannst deine Füße hineinstecken.« Er bewegt seine Zehen und genießt eindeutig das Gefühl des Wassers. »Es ist schön.«

Ich ziehe eine Grimasse. »Nein, danke. Ich könnte mein ganzes Leben leben, ohne meine Füße an der gleichen Stelle zu baden, an der diese Legu und Ri zur Toilette gehen.«

»Dein Pech.« Sein Ausdruck wird ernst. »Bist du bereit, in Eratos Traum zu gehen?«

Ich fühle mich wohler, als ich mich in eine Lotus-Pose begebe, die ich in einer Yogastunde auf der Erde gelernt habe. »Sicher. Wonach suche ich, wenn ich da drin bin?«

»Richtig.« Sein Blick ist auf mein Gesicht gerichtet. »Ich muss dir sagen, was der Senat von mir verlangt hat.«

Endlich. »Nur zu.«

»Wie viel weißt du über Icelus?« Seine Stimme spannt sich beim letzten Wort an.

Icelus? Redet er aus den Notizen von Leal über die Geheimsekte? Diejenige, die Kit damit abgetan hat, dass der Traumwandler verrückt ist? »Nun«, sage ich langsam, »angeblich haben sie einige schlimme Dinge auf der Erde getan und …«

»Was zum Teufel meinst du mit ›angeblich‹?«

Erschrocken über seine heftige Reaktion, rutsche ich zurück. »Ich weiß es nicht. Während meiner Ermittlungen für den Rat bekam ich Leals Tagebuch – du weißt schon, der tote Traumwandler –, und er hatte Behauptungen über Icelus aufgestellt, die wie Verschwörungstheorien klingen. Niemand im Rat nahm ihn ernst, also …«

Valerians Unterarmmuskeln beugen sich, als ob er dagegen ankämpft, seine Hände zu Fäusten zu ballen. »Welche abscheulichen Verbrechen auch immer Leal ihnen vorgeworfen hat, Icelus ist an weitaus schlimmeren schuldig.«

Ich starre ihn ungläubig an. »Schlimmer als Kriege und Terrorakte?«

Er nickt grimmig. »Ihr Ziel ist es, die Anzahl und Häufigkeit der Alpträume überall zu maximieren, um ihrer Gottheit zu dienen.«

Oha, okay. Vielleicht war Leal gar nicht so wahnhaft. »Diese Gottheit ist Phobetor, der Gott der Alpträume?«

»Sprich diesen Namen *nicht* aus«, fährt mich Valerian an. »Genau wie die Alpträume gibt es ihm Kraft.«

Moment einmal, was? Ist Phobetor wie Voldemort, der nicht genannt werden darf? Eigentlich glaube ich nicht, dass Harry Potters Nemesis mehr Macht bekam, als sein Name laut ausgesprochen wurde. Wie auch immer, warum klingt Valerian so, als würde er denselben Hokuspokus wie Icelus glauben?

Auf keinen Fall gibt es so etwas wie Phobetor.

»Ich werde es nicht wieder tun«, sage ich beruhigend, nur für alle Fälle. »Wie wäre es, wenn ich ihn etwas Sicheres nenne, wie Collywobbles? Auf Englisch bedeutet das Magenschmerzen oder Übelkeit.«

»Ich kann gut Englisch«, sagt Valerian, und sein Blick wird etwas sanfter. »Ich bin länger auf der Erde gewesen als du.«

»Ach?«

»Ich bin vor einer Weile eingewandert.«

Ich schiebe mich, von Neugierde angetrieben, zu ihm zurück. »Was ist mit deinen Eltern? Sind sie auch eingewandert?«

»Nein.« Seine Züge verdunkeln sich. »Icelus hat sie mir vorher weggenommen.«

Die Qualen in seinen Augen lassen meine Brust schmerzen, und Pom an meinem Handgelenk wird dunkler als ein schwarzes Loch. Ungewollt strecke ich meine Hand aus und lege sie beruhigend auf Valerians angespannte Schulter.

»Es tut mir so leid«, murmele ich.

Seine Schulter entspannt sich nach und nach. »Es war vor langer Zeit.« Mit funkelnden Augen fügt er hinzu: »Der Mörder hat für das, was er getan hat, teuer bezahlt.«

Zweifellos. Ich will mir gar nicht vorstellen, was für schreckliche Dinge Valerian mit seinen Kräften jemandem antun kann, den er hasst.

Er legt seine Handfläche über meine, und sein Blick wird schwer.

Wow. Seine Berührung ist wie die Hitze eines explodierenden Quasars. Sie breitet sich in meinem Körper aus und setzt sich irgendwo tief in meinem Unterleib fest.

Ich reiße meine Hand weg, bevor ich etwas Verrücktes tue, wie mich vorzubeugen und diese sinnlichen Lippen zu küssen. »Zurück zum Senatsjob.«

»Richtig.« Seine Gesichtszüge werden wieder ernster. »Seitdem die Regierung hier von ihrer Existenz weiß, sind die Icelus sehr vorsichtig, wenn es um ihre Operationen auf Gomorrha geht – das heißt, bis vor kurzem. Der Senat hat Grund zu der Annahme, dass die Icelus hier etwas aushecken, und sie haben viele Leute, mich eingeschlossen, gebeten, dem nachzugehen.«

»Und diese Dryade …«

»Ist der Grund, warum der Senat *mich* für diesen Teil der Untersuchung brauchte. Wegen einiger der schrecklichen gentechnisch veränderten Pflanzen, die sie kürzlich patentiert hat, halten sie sie für eine Agentin oder zumindest für eine Spur zu einem, aber sie wollen sie nicht verschrecken. Sie wollen, dass ich meine Kräfte nutze, um die Informationen aus ihr herauszuholen, ohne dass sie merkt, dass sie ihr auf der Spur sind, aber ich glaube, dass deine Kräfte noch besser funktionieren werden.«

Ich massiere meinen Nasenrücken. »Du glaubst doch nicht, dass unser kleiner Besuch sie erschreckt hat?«

»Hoffentlich nicht. Während wir flogen, brachte ich den Senat dazu, die Überwachungsaufnahmen in ihrem Haus und dem Rest des Gebäudes zu ersetzen. Als sie sie überprüfte, sah sie sich selbst wie eine Verrückte herumlaufen.«

Ich pfeife anerkennend. »Ist das nicht illegal?«

Er zuckt mit den Schultern. »Der Senat entscheidet, was legal ist.«

»Richtig. So viel zur Rechtsstaatlichkeit.«

Es spritzt, als er mit dem Fuß ins Wasser taucht.

»Hast du alles, was du für das Traumwandeln brauchst?«

»Nein. Ich könnte einen Anker gebrauchen.«

Er hebt eine Augenbraue.

»Etwas, was mir helfen würde, den richtigen Traum zu beginnen«, erkläre ich. »Spart eine Tonne Zeit.«

»Benutze ihre Patentanmeldungen.« Er gestikuliert herum, wobei er eindeutig seinen Kommunikator aktiviert.

Ich schaue in meinen Posteingang. Ja. Dort wartet eine Nachricht voller Anhänge von ihm.

Als ich die Pflanzenentwürfe durchsehe, läuft mir ein Schauer über den Rücken.

Diese lassen die menschenfressenden Pflanzen aus ihrer Wohnung wie kuschelige Kätzchen erscheinen.

Der zahmste ist ein Baum mit Blüten, die mich an Leichenblumen erinnern, die auf der Erde heimisch sind, aber hässlicher. Der Pollen, den diese Bäume produzieren, wäre giftig genug, um selbst einen Vampir zu töten. Mit dem richtigen Wind könnte ein einzelner Baum ganze Stadtviertel auslöschen.

»Sie ist wahnsinnig«, murmele ich, während ich mehr von der tödlichen Flora betrachte.

»Die Icelus versuchen, wann immer sie können, Alptraumtreibstoff zu erzeugen«, sagt Valerian. »Sogar jemand, der einen Artikel über diese Pflanzen schreibt, kann für sie hilfreich sein.«

»Definitiv.« Ich schalte die VR aus. »Ich selbst könnte einen Alptraum über einen Garten mit diesen

Abartigkeiten haben. Glaubst du, dass Icelus plant, diese Pflanzen auf uns loszulassen?«

»Ich möchte, dass du genau das herausfindest«, sagt er. »Werden diese Informationen als Anker funktionieren?«

»Es gibt nur einen Weg, das herauszufinden.« Ich stehe auf. »Bitte stör mich nicht, wenn ich in Trance gehe.«

Ich weiß nicht, warum, aber ich wende mich von ihm ab, bevor ich Pom berühre. Ich schätze, ich traue ihm mit diesen Informationen immer noch nicht.

Ich lege die Hand auf das beruhigende Fell meines Loofts und tauche in die Traumwelt ein.

# KAPITEL ELF

ICH FINDE Pom in der Lobby meines Traumpalastes, wo er mit einer Laserpistole auf Ziele schießt, die mich an die Tore zwischen den Otherlands erinnern, nur mit einem schimmernden Bullauge in der Mitte.

Ein Anflug von Schuldgefühlen überkommt mich. Bevor all meine Probleme anfingen, bin ich regelmäßig in allen möglichen Sportarten gegen Pom angetreten, vom Tennis bis zum Fechten. Das hat meinem kleinen Freund unermesslich glücklich gemacht, und ich habe dabei auch eine Menge Spaß gehabt. Jetzt habe ich ihn so lange ignoriert, dass er gezwungen war, mit sich selbst zu spielen.

Aber nicht auf schmutzige Art und Weise.

Wahrscheinlich.

Hoffentlich.

»Bailey!« Pom lässt seine Spielausrüstung verschwinden und fliegt mir mit der Begeisterung eines Welpen auf Koffein um den Kopf. »Was ist los?«

Ich nehme einen langsamen Weg zum Turm der Schlafenden, damit ich ihn auf den neuesten Stand bringen kann.

»Und das ist sie? Die Dryade?« Er schaut zu dem grünen Neuankömmling in einer der Nischen.

»Ja.« Ich fliege hinüber zu ihrem Bett. »Sieht aus, als ob sie wieder einschlafen konnte.«

Er landet auf meiner Schulter. »Kann ich mich dir in ihren Träumen anschließen? Scheint nicht sehr beängstigend zu sein.«

»Gib nur unsere Anwesenheit nicht preis«, sage ich und mache uns beide unsichtbar, während ich die Hand ausstrecke, um Eratos Stirn zu berühren.

———

ERATO LIEGT NACKT auf ihrem Bett. Ein nahegelegener Strauch streckt eine gurkenartige Frucht in Richtung ihrer Leiste aus.

Bevor Pom und ich Zeuge von etwas werden, das wir nie mehr ungeschehen machen können, verwandele ich die Pflanze in einen riesigen VR-Bildschirm.

Trotz der Inkongruenz wacht die Dryade nicht auf. Gut. Ich lege die Pflanzenentwürfe aus ihren Patenten auf den Bildschirm, und sie konzentriert sich darauf, wie ich gehofft hatte.

Mit ihrer Aufmerksamkeit beschäftigt, verändere ich den Raum um uns herum, um allgemeiner zu sein, dann kleide ich sie ein und stelle sicher, dass sie aufrecht steht.

Es ist so weit. Wenn dies nah genug an einem Gedächtnis ist – und die Intuition sagt mir, dass es das ist –, wird sie sich um den Rest kümmern. Und das tut sie. Das Zimmer fängt an, wie ihr Wohnzimmer auszusehen, nur dass die Eingangstür anders ist.

Plötzlich bricht die fragliche Tür in winzige Stücke, und ein riesiger Wolf springt durch das, was übrig bleibt. Mit einem Blitz verwandelt er sich in ein nacktes Männchen mit Elvis-ähnlichen Koteletten und einem Irokesenschnitt, der bei Kobolden sehr beliebt ist.

Wut verzerrt Eratos Gesichtszüge. Sie erkennt ihn wieder.

»Dumme Schlampe«, knurrt er. »Welchen Teil von ›diskret‹ hast du nicht verstanden?«

Drei Würgeranken schlängeln sich von der Decke. Einer schlingt sich um die Kehle des Kerls, und zwei greifen nach seinen Handgelenken. »Nochmal von vorne«, sagt Erato bedrohlich, »was hast du gesagt?«

Der Typ lacht höhnisch. »Wenn mir etwas passiert, werden die Leute, für die ich arbeite, dich finden.«

Erato winkt mit der Hand, und ein giftiger Bärenklau schlängelt sich eine Haaresbreite von seinen Füßen am Boden. »Angesichts deines Mangels an Verstand bezweifle ich, dass du so unentbehrlich bist, wie du denkst.«

»Du kannst es ja darauf ankommen lassen«, knurrt er.

Sie winkt wieder mit der Hand, und die säurehaltige Okraschote bewegt sich zum Körper des Typen. »Ich muss dich nicht töten, weißt du. Irgendetwas sagt mir, dass die Leute, für die du arbeitest, mir dankbar sein werden, wenn ich dich noch hässlicher aussehen lasse.«

Interessant. Es klingt nicht so, als gehörten sie zur selben Gruppe. Heißt das, sie ist keine Icelus?

»Die Patente«, knirscht er aus. »Wie konntest du …«

»Ich lasse alle meine Kreationen patentieren«, sagt Erato ruhig. »Ich habe dir Exklusivrechte angeboten, aber es war außerhalb deines Budgets.«

Er zeigt seine Zähne. »Ich wusste nicht, dass es das war, worüber wir sprachen.«

»Du hast es nicht verstanden. Hast nicht nachgedacht.« Sie tippt sich an die Schläfe. »Fängst du an, hier ein Muster zu sehen?«

Im Nu verwandelt sich der Werwolf wieder in seine Wolfsform.

Eine Mauer aus Grün erhebt sich zwischen ihm und Erato.

»Wenn mir etwas passiert, geht ein Brief an den Senat«, sagt sie. »Wenn du für den arbeitest, von dem ich denke, dass du es tust, ist das das Letzte, was du willst.«

Er knurrt, springt durch die Tür zurück und verschwindet aus dem Blickfeld.

Der Traum hört an diesem Punkt auf, eine Erinnerung zu sein, da sich einige der Pflanzen in grüne Kreaturen verwandeln, die nicht existieren, zumindest nicht auf Gomorrha.

Als ich genug Informationen habe, um sie mit Valerian zu teilen, verlasse ich die Traumwelt.

———

ER STEHT DIREKT NEBEN MIR, als ich aus der Trance auftauche, nahe genug, dass seine Bakterien leicht auf mich springen könnten, wenn sie es wollten. Und er starrt mir ins Gesicht wie ein Dermatologe auf der Suche nach einem unheimlichen Muttermal.

Instinktiv trete ich zurück und erröte.

Er neigt den Kopf.

Ich befeuchte meine Lippen. »Hast du mich die ganze Zeit angestarrt?«

»Nicht angestarrt«, murmelt er, und sein Blick wandert kurz zu meinem Mund. »Bewundert.«

Ich werde noch röter. Ich räuspere mich und sage: »Bereit, von Eratos Traum zu hören?«

Sein Gesichtsausdruck wird ernst, und ich erzähle ihm, was ich gerade gesehen habe.

»Das macht Sinn«, sagt er.

Ich blinzele ihn an. »Tut es das?«

»Der Senat hatte zwei Theorien, warum Erato diese Patente anmelden würde. Eine davon war, dass sie bei Icelus ist, und die Anmeldung sollte den Angestellten des Patentamtes und anderen, die Bescheid wissen, Alpträume bescheren.«

Ich reibe mir die Augenbrauen. »Klingt nach zu viel Ärger für relativ wenige Alpträume.«

Er nickt. »Deshalb denke ich, dass ihre zweite Theorie die richtige sein muss. Sie nahm diesen Job von Icelus aus an, meldete aber die Patente an, um den Schaden zu mildern, den ihre Arbeit tatsächlich anrichten würde.«

»Ach?«

»Wenn jemand diese Pflanzen für einen Terroranschlag verwenden würde, hätte der Senat bereits Gegenmaßnahmen ergriffen«, sagt Valerian. »Und ich wette, Erato wusste, dass das der Fall sein würde – und deshalb hat sie überhaupt erst die Patente eingereicht. Kein Wunder, dass ihr Arbeitgeber so sauer war.«

Das ergibt definitiv Sinn. »Und was jetzt?«

»Gib mir eine Sekunde.« Er macht einige Gesten und fragt etwas in seinem Kommunikator ab. »Ich kann keinen Werwolf in der Vollstrecker-Datenbank finden, auf den deine Beschreibung passt«, sagt er nach einem Moment. »Er war wahrscheinlich verkleidet.«

Ich denke zurück an die Koteletten und den Irokesen. »Das könnte erklären, warum er so seltsam aussah.«

Valerian macht noch ein paar VR-Gesten. »Ich werde meine Kräfte in einer Sekunde auf dich anwenden, wenn es dir nichts ausmacht.«

Bevor ich tatsächlich sagen kann, ob es mir etwas ausmacht oder nicht, verschwindet das Wohnzimmer, ersetzt durch ein riesiges Stadion. Um mich herum stehen Menschen mit verschiedenen Gesichtern, aber den gleichen Elvis-Koteletten und dem Irokesenschnitt wie der Werwolf im Traum. Jeder trägt ein Namensschild, als ob dies eine Tagung der Kieferorthopäden wäre.

»Ich zeige dir jeden Werwolf auf Gomorrha, der vorbestraft ist.« Valerians körperlose Stimme scheint aus allen Richtungen zu kommen. »Ich habe die Haare hinzugefügt, um es dir leichter zu machen, die aus dem Traum zu identifizieren.«

Ich nicke, und die Werwölfe beginnen, vor mir zu paradieren, wobei jeder von ihnen mir ausreichend Gelegenheit gibt, einen Blick auf sein Gesicht zu werfen.

Nach etwa einer Stunde gähne ich.

»Es tut mir leid«, sagt Valerian von überall her. »Ich wünschte, ich wüsste einen schnelleren Weg, dies zu tun.«

»Ich könnte ihn dir im Traum zeigen«, sage ich und schaue in den Himmel.

»Nur noch ein paar Verdächtige mehr«, sagt er. »Dann kannst du nach Hause gehen und dich ausruhen.«

Die Werwolfparade geht in die gleiche Richtung, bis ich einen Kerl entdecke, der der Richtige sein könnte.

»Er«, sage ich, als er näher kommt, und ich bin mir sicher. »Hans Stubbe.«

»Bist du sicher?«, fragt Valerian.

»Seine Koteletten waren länger, aber er ist es. Ich bin mir sicher.«

Das Stadion und alle Werwölfe außer Hans verschwinden und lassen mich in Valerians Wohnzimmer zurück.

Valerian wendet seinen Blick von etwas in seinem VR-Display zu mir. »Seinem Profil nach ist er wahrscheinlich ein Auftragskiller und kein wirklicher Eingeweihter von Icelus.«

Ich gähne wieder. »Weißt du, wo wir ihn finden können? Denn wenn nicht, dann kenne ich einen Typen.«

»Ja, ich kümmere mich darum.« Valerian lässt Hans verschwinden. »Bis morgen Abend werde ich den Aufenthaltsort haben.«

»In diesem Fall hole ich mir besser meinen Schönheitsschlaf«, sage ich und unterdrücke ein weiteres Gähnen. »Ich schulde mir noch viele Stunden davon.«

»Weißt du«, murmelt Valerian, und seine Augen verdunkeln sich, »du kannst hier schlafen.«

Mein Hals wird trocken. »Ich bin mir nicht sicher, ob das eine gute Idee ist.«

Moment. Warum habe ich das gesagt? Es *ist* eine gute Idee. Und überhaupt, warum bin ich nicht schon über ihn hergefallen? Wie lange kann ich Jungfrau bleiben, bevor es gruselig wird? Vielleicht ist es das sogar schon. Und ich könnte mir niemand besseres als ihn vorstellen, um diesen Zustand zu been…

Er tritt auf mich zu. »Ich weiß, dass du es willst.«

»Tust du das?« Ich werfe heimlich einen Blick auf mein korallenrosafarbenes Pomarmband.

Ist es das, was mich verraten hat? Oder hat es etwas damit zu tun, wie ich rieche oder aussehe?

Anstatt zu antworten, beugt er seinen Kopf hinunter und drückt seine Lippen auf meine.

Wow. Wow. Wow.

Zuerst bin ich zu schockiert, um etwas anderes zu tun, als die Empfindungen zu verarbeiten. Seine Lippen sind weich und warm, ihr sanfter, zwangloser Druck macht mir Lust auf mehr. Aber dann überfluten unwillkommene Statistiken mein Gehirn, die über die Millionen von Bakterien, die wir bereits austauschen, sogar mit geschlossenem Mund.

Wenn der Kuss intimer wird, werden unsere Mikroben verschmelzen und für immer und ewig so bleiben. Und Bakterien sind nur die Spitze des furchterregenden Eisbergs. Auch Viren wie Herpes simplex oder Papilloma sind nicht unwahrscheinliche Szenarien – abhängig davon, wen Valerian noch vor mir geküsst hat.

Ich weiß nicht, ob es die Vorstellung ist, dass er andere geküsst hat, oder meine Furcht vor Keimen, aber ich ziehe mich von dem Kuss zurück.

Es liegt ein verletzter Ausdruck auf seinem umwerfenden Gesicht.

Verdammter Mist. Habe ich mich zu abrupt zurückgezogen? Und, Keime beiseite, war Zurückziehen das, was ich wirklich wollte?

Ich fühle mich wie ein Idiot und mache einen Schritt zurück – und mein Fuß taucht in das kalte Teichwasser. Ich quieke und fuchtele mit den Armen, um mein Gleichgewicht wiederzuerlangen, aber mein anderer Fuß rutscht von der Kante.

Valerian stürzt sich nach vorne, fängt mich auf und zieht mich in Sicherheit.

Kaum bin ich wieder auf den Beinen, lässt er mich los, und sein Gesicht ist unleserlich.

Einen schwachen Dank murmelnd, gehe ich zur Tür und hinterlasse nasse Fußabdrücke hinter mir.

———

MEINE GEFÜHLE SIND AUFGEWÜHLT, als ich in ein Auto steige. Den Sternen sei Dank ist es selbstfahrend. Das Letzte, was ich will, ist, einem fühlenden Wesen in meinem gegenwärtigen Zustand gegenüberzusitzen.

Als wir losfahren, stoße ich frustriert den Atem aus. Was zum Teufel sollte das? Ich wollte Valerian küssen, seit ich ihn das erste Mal gesehen habe, aber als er endlich den Schritt wagte, habe ich alles in den Sand gesetzt.

Jetzt weiß er, dass ich ein Freak bin, die einzige Frau in meinem Alter, die noch nie jemanden geküsst hat. Intimität kann ich nur in meinen Träumen haben – und selbst dort, nicht mit einer realen Person, sondern mit einem Hirngespinst meiner eigenen Fantasie.

Das ist der Grund, warum ich nie gedatet habe. Ich würde mich lieber den Zahnärzten der Erde stellen, als das alles einem Typen zu erklären, den ich mag.

Um mich von meinem desaströsen Liebesleben

abzulenken, öffne ich Leals Tagebuch. Jetzt, wo ich Grund zur Annahme habe, dass er nicht nur ein paranoider Griesgram war, lese ich seine Gedanken über Icelus mit viel mehr Interesse.

Ihm zufolge tötete jemand Icelus-Agenten auf der Erde – eine mysteriöse Person, der gegenüber Leal große Dankbarkeit empfand.

Ich erstarre für eine Sekunde und erinnere mich daran, was Valerian mir gerade über seine Eltern erzählt hat. Könnte er das gewesen sein? Ist er zu so einer Skrupellosigkeit fähig? Ich erinnere mich an seinen Gesichtsausdruck, als er über Icelus sprach, und erkenne, dass die Antwort Ja lautet.

Ich kann mir vorstellen, dass er Icelus-Agenten auf alle möglichen grausamen Arten ausschaltet.

Meine Brust verkrampft sich wieder vor Mitgefühl, als ich daran denke, dass er mit dem Verlust seiner Eltern leben muss. Ich kann mir nicht vorstellen, meine Mutter zu verlieren. Selbst jetzt, mit ihrem hoffentlich reversiblen Koma, fühle ich mich wie eine Waise. Wie viel schlimmer muss es für Valerian in diesem Alter gewesen sein?

Ich bin eine schreckliche Person. Er öffnete sich mir, erzählte mir von dieser Tragödie in seiner Vergangenheit, und ich behandelte ihn wegen meiner dummen Keimphobie wie einen Aussätzigen.

Mürrisch kehre ich zu den Notizen zurück und blättere einen Haufen langweiliger Sachen durch. Aber dann stoße ich auf etwas Interessantes.

Leal behauptet, dass die Icelus ein Mittel haben, das

die Menschen in den REM-Schlaf versetzt. Er sagt, dass es eine schreckliche Nebenwirkung hat, verrät aber nicht, welche, bevor er darüber spricht, wie unschätzbar wertvoll so etwas für ihn wäre.

Als ich weiterlese, bin ich nicht überrascht, dass er davon spricht, jemanden anzuheuern, der die besagte Droge repliziert. Ich weiß, dass ihm das gelungen ist. Natürlich hatte seine Version auch einen Nebeneffekt, den schlimmstmöglichen. Wer auch immer seine Mittel nahm, wachte nie wieder auf. Das ist das, was mit Eduardo, dem Werwolf im New Yorker Rat, passiert ist.

Ich überfliege die Aufzeichnungen, bis ich gähnen muss. Jetzt, wo das Adrenalin von dem Kuss nachlässt, kehrt meine Schläfrigkeit mit voller Wucht zurück, und Leals langweilige Notizen sind auch keine Hilfe.

Ich schließe das Tagebuch, öffne meine Nachrichten und suche Itzel in meinen Kontakten.

*Ich kann dir morgen bei der Suche nach deinem Großvater helfen*, sage ich ihr. *Lass mich wissen, wo ich euch treffen kann.*

Ich sende die Nachricht, gerade als das Auto vor meinem Gebäude hält. Die Fahrt mit dem Aufzug geschieht in einem schläfrigen Schleier, ebenso wie das Ausziehen und das Desinfizieren mit Hygieia am ganzen Körper.

Als ich endlich ins Bett komme, bin ich eingeschlafen, bevor mein Kopf das Kissen berührt.

# KAPITEL ZWÖLF

Während ich frühstücke, aktiviere ich die VR und sehe nach meinen Nachrichten. Itzel hat mir geantwortet, wo ich sie und die Gomorrha-Bande treffen soll. Sobald ich meine Mahlzeit beendet habe, mache ich mich auf den Weg zu Nebulabucks.

Nebulabucks ist eine Teeladenkette, und die Filiale, die Itzel ausgesucht hat, muss neu sein – die Schlange der durstigen Cogniti ist nur zehn Minuten lang. Felix, Ariel, Itzel und Kit sitzen am größten Tisch in der Ecke, und jeder hält ein Heißgetränk in seinen Händen.

Felix hält mir auch einen Becher hin. »Nebelblume, so wie du ihn magst.«

Ich bedanke mich bei ihm, nehme den Becher und rieche daran, während ich mich neben Ariel setze. Die fruchtigen Noten des Tees sind göttlich.

»Wie lief deine Spielentwicklungssache mit Valerian?«, fragt Ariel mit einem Augenbrauenwackeln.

Ich erröte bei der Erinnerung an das Kussfiasko.

»Lange Geschichte.« Ich schaue Itzels maskiertes Gesicht an. »Hast du deinen Großvater gefunden?«

»Nein«, sagt die Zwergin, und ihre nasale Stimme wird durch das Atemgerät verzerrt. »Aber wir haben einige Fortschritte gemacht.«

»Oder genauer gesagt hat Maya das«, sagt Felix stolz.

Ich schaue noch einmal um den Tisch herum und dann unter den Tisch. »Wo ist deine kleine Freundin?«

»Sie ist achtzehn«, sagt Felix defensiv – und kein Wunder. Ich bin mir ziemlich sicher, dass er mindestens Mitte zwanzig ist.

Ariel grinst. »Erst seit sehr kurzem.«

»Aber sag Bailey, wo sie ist.« Kit verwandelt sich in die fragliche zierliche Freundin und schenkt Felix ein böses Grinsen. »Ich bin sicher, es wird kristallklar machen, wie erwachsen sie ist.«

Felix starrt Ariel und Maya-Kit an. »Sie hat eine Trigonometrieprüfung.«

Kit verwandelt sich in Felix. »*Fortgeschrittene* Trigonometrie«, sagt sie in seiner Stimme. »Das darf man nicht vergessen.«

Ariels Grinsen wird breiter. »Immer noch ein Schulfach. Und nein, es wird nicht helfen, wenn du Bailey von den fortgeschrittenen Kursen erzählst, die Maya besucht.«

»Komm schon«, sage ich mit übertrieben ernstem Gesicht. »Maya klingt wie eine sehr aufgeweckte junge Dame«

Felix schlürft seinen Tee sehr laut und sagt dann:

»Wie auch immer, diese Highschool-Schülerin war die Einzige, die uns helfen konnte, Licht in Cadmaels Verschwinden zu bringen.«

»In der Tat«, sagt Itzel streng. »Und wenn wir auf das besagte Verschwinden zurückkommen könnten, wäre das großartig.«

Ich richte meine Aufmerksamkeit auf ihr mürrisches Gesicht. »Was habt ihr herausgefunden?«

»Wir haben in Großvaters Wohnung einen Vape Pen gefunden«, sagt Itzel. »Er schien nicht ihm zu gehören, also baten wir Maya, ihn zu berühren.«

»Ihre Kraft ist Psychometrie«, wirft Felix ein. »Sie kann sagen, wem ein Gegenstand gehört, wenn sie …«

»Wir wissen alle, was Psychometrie ist«, sagt Ariel mit einem Augenrollen.

Itzel stellt ihren Becher ab. »Willst du sehen, wie es gelaufen ist?«

»Bitte.« Ich nehme einen großen Schluck von meinem Tee.

Itzel setzt eine VR-Brille und Handschuhe auf und macht ein paar Gesten.

Ich verberge meine Überraschung, als ich sehe, dass sie ein älteres Kommunikator-Modell hat. Da sie ein Zwerg ist, hatte ich erwartet, dass sie die neuesten technischen Apparate besitzt. Andererseits könnte sie sich aber auch über dieses Klischee ärgern, ähnlich wie friedliche Orks es nicht mögen, als gewalttätige Bestien wahrgenommen zu werden.

Ich öffne mein eigenes VR-Interface und klicke auf das Video, das sie mir gerade geschickt hat.

———

DIE VR BRINGT mich in ein vollgestopftes Zimmer, vermutlich in Cadmaels Wohnung. Maya sitzt auf dem Boden neben dreckigen Socken und hält das Vape-Ding in ihren kleinen Händen.

Eine leuchtende, violett gefärbte Energie sickert aus ihrer Haut in das Objekt, und ihr Gesichtsausdruck wird tranceartig. »Er schlägt einer Elfe ins Gesicht«, singt sie vor sich hin. »Jetzt schlägt er einen Zwerg, dann ei…« Ihre Augen rollen zurück. Dann atmet sie aus, und ihre Augen werden wieder normal.

»Sein Name ist Vas Lube«, sagt sie und klingt müde. »Er ist ein extrem aggressiver Ork.«

So viel zur Nicht-Stereotypisierung. Niemand um mich herum sieht auch nur ansatzweise überrascht aus, von der Beteiligung eines Orks zu hören.

Itzels Stimme erklingt von dort, wo die VR-Kamera gestanden haben muss. »Wo können wir diesen Ork finden?«

Maya zuckt mit den Schultern. »Ich kann dir nur sagen, wer er ist, nicht seinen Standort.«

Die VR-Aufnahme wird beendet.

———

ICH VERLASSE meine virtuelle Realität und finde mich am Tisch im Teehaus wieder.

»Man kann also davon ausgehen, dass er Cadmael

entführt hat«, sage ich und schaue meine Freunde an. »Ein Ork namens Vas Lube.«

Kit grinst. »Ich hoffe, Vas ist nicht die Abkürzung für Vaseline.«

»Typisch Kit, selbst den Namen eines Orks in etwas Sexuelles zu verwandeln«, murmelt Felix vor sich hin.

Ich nehme meinen Tee. »Was habt ihr unternommen, nachdem ihr den Namen erfahren habt?«

»Nichts«, knurrt Itzel. »Ich kenne niemanden, der diesen Namen schon einmal gehört hat. Und sie auch nicht.« Sie lässt ihren Blick um den Tisch herum schweifen.

»Dann ist es gut, dass du mich hast«, sage ich, »denn ich kenne da einen Typen.«

»Wen?«, fragt Ariel, und ihre Augenbrauen ziehen sich zusammen.

»Ich glaube nicht, dass ihr ihn kennt. Ich habe ihm einmal geholfen, und jetzt hilft er mir, wenn ich etwas aus Gomorrhas Unterwelt brauche.« *Wie beispielsweise Vampirblut,* sage ich nur in Gedanken, da es immer noch ein sensibles Thema für Ariel sein könnte.

Itzel springt auf. »Gehen wir zu ihm.«

———

WÄHREND WIR ZU der Bar fahren, in der mein Kontakt – Napoleon – immer herumhängt, überlege ich, ob es nicht klüger wäre, Valerian um Hilfe zu bitten. Wenn er den Werwolf aus Eratos Träumen ausfindig machen kann, kann er vielleicht auch diesen Ork finden.

Das Problem ist, dass ich mir nicht sicher bin, ob ich Valerian nach dem Debakel von gestern Abend gegenübertreten geschweige denn um einen Gefallen bitten kann. Tatsächlich wäre ich nicht überrascht, wenn er jemand anderen finden würde, der ihm mit dem Werwolf hilft und für immer aus meinem Leben verschwindet. Er sagt wahrscheinlich gerade das Projekt *Lucid Dreamer* ab, also wird sogar meine Mutter darunter leiden, dass ich nicht in der Lage bin, einen Typen zu küssen, den ich mag.

»Bailey.« Ariel berührt meine Schulter. »Wir sind da.«

Und das sind wir. Das ist genau die schäbige Bar, die wir brauchen.

Nach ein paar beruhigenden Atemzügen steige ich aus dem Auto aus und führe alle zu unserem Ziel.

———

»DIESER ORT ERINNERT mich an die Mos Eisley Cantina in *Star Wars*«, flüstert Felix, als wir eintreten.

»Alle Bars und Clubs auf Gomorrha erinnern dich daran«, sagt Ariel. »Du musst mehr rausgehen.«

Napoleon sitzt auf einem extra hohen Barhocker an der Seite und sieht rot, gehörnt und winzig klein aus, wie immer.

Ich nicke ihm zu. »Das ist mein Mann.«

»Warte eine Sekunde«, sagt Felix. »Ich kenne ihn.

Er hat mir einmal eine Pistole verkauft.« Schusswaffen sind hier auf Gomorrha extrem illegal, bis zu dem Punkt, dass es nicht einmal den Vollstreckern – unseren Gesetzeshütern – erlaubt ist, sie zu tragen. Nur die Senatsgarde, eine Art Geheimdienst für die Regierung, und das gomorrhische Äquivalent zu SWAT tragen Waffen.

Andererseits, wenn man bedenkt, was ich über Napoleon weiß, überrascht es mich nicht, dass er Waffen und andere verbotene Gegenstände verkauft.

»Was für ein Cogniti ist er?«, Ariel flüstert laut. »Er sieht aus wie ein kleiner roter Teufel.«

Ich werfe einen besorgten Blick auf Napoleon. Ich hoffe, sein Gehör kann nicht einfangen, was wir sagen. »Er nennt sich selbst einen Nain Rouge.«

»Das ist nur ›roter Zwerg‹ auf Französisch«, flüstert Itzel.

Natürlich spricht sie Französisch. Zwerge sind sehr gut in Sprachen.

»Ich glaube, seine Art wird eher als Lutin bezeichnet«, sagt Kit in einem gedämpften Tonfall und verwandelt sich in einen hübschen und weiblichen kleinen roten Teufel. »Sie sind gezwungen, auf der Erde wie Menschen auszusehen.« Sie verwandelt sich in einen zierlichen Menschen mit den gleichen Merkmalen wie der kleine Teufel. »Die Lutin sind erstaunliche Liebhaber.«

»Jemand muss wirklich mal wieder flachgelegt werden«, murmelt Felix vor sich hin.

»Bietest du dich freiwillig an?« Kit schimmert, wird

zu Maya und leckt ihre Lippen auf eine beunruhigend sexuelle Art und Weise.

Felix wird so rot wie Napoleon, während Ariel vor Lachen erstickt. An der Bar zuckt Napoleons spitzes Ohr.

»Hey, Napoleon!«, rufe ich laut und gehe auf ihn zu.

Der Nain Rouge stellt seinen trüben, rubinroten Drink ab und dreht sich um, um die Bar mit den Augen zu durchsuchen. Als er mich sieht, entblößt er seine scharfen, räuberischen Zähne zu einem einem breiten Lächeln.

»Bailey.« Er spricht meinen Namen mit einem französischen Akzent aus. »Schön, dich zur Abwechslung mal außerhalb meiner Träume zu sehen.«

Ich lächele und begrüße ihn auf Französisch, bevor ich zum Wohle meiner amerikanischen Freunde ins Englische wechsele. »Das sind Kit, Itzel und Ariel, und Felix kennst du ja schon.«

Napoleon schaut Felix von oben bis unten an. »*Oui*, die Pistole. Ich hoffe, du hast sie nur auf deiner Provinz-Welt benutzt, wie du mir versichert hast.«

Felix nickt. »Ich würde sie niemals auf Gomorrha verwenden.«

»Gut. Gut.« Napoleon greift nach seinem Drink und nimmt einen Schluck. »Ich verlange das Doppelte des Preises, den du bezahlt hast, wenn sie für den lokalen Gebrauch bestimmt ist.«

Itzel stöhnt. »Hast du Angst, wenn jemand erwischt wird, wird sich das rächen?«

»Zwerge und ihre Direktheit.« Napoleon schluckt den Rest seines Getränks. »Sogar Orks haben mehr Finesse.«

»Wo wir gerade von Orks sprechen«, sage ich ganz beiläufig, in der Hoffnung, die Kosten für die Informationen, die wir brauchen, so niedrig wie möglich zu halten, »wir suchen nach einem namens Vas Lube. Wo können wir ihn finden?«

Napoleon schnippt mit seinen kleinen roten Fingern, ruft den Elfen-Barkeeper und bestellt einen weiteren Drink – Chimäras Feuer.

Ich zucke innerlich zusammen. Er ist dabei, ein Gebräu zu bekommen, das so scharf und würzig ist, dass manche sagen, dass es durch die Gärung von Carolina Reaper hergestellt wird – einer abartigen Chilisorte mit einer Schärfe von mehreren Millionen Scoville.

Der Barkeeper stellt das Getränk vor Napoleon, und als ein Tropfen davon auf den Untersetzer schwappt, brutzelt es.

Der Nain Rouge nimmt einen kräftigen Schluck und grinst so zufrieden wie ein Kind, das einen Schokokeks mit warmer Milch bekommen hat.

»Also, zu Vas«, sage ich mit übertriebener Geduld. »Wir brauchen Informationen.«

Napoleon senkt sein Getränk, um mich zu betrachten. »Ich mag dich«, sagt er, sein Atem riecht nach Pfefferspray. »Ich will nicht, dass du dich umbringst.«

Meine Freunde und ich tauschen Blicke aus.

»Er ist gefährlich?«, fragt Felix.

»So gefährlich, wie sie nur sein können.« Napoleon schaut sich verstohlen um. »Er arbeitet mit den Dreckigen Bastarden.«

Ich schaue Itzel an, um zu sehen, ob sie weiß, wovon er redet.

Sie sieht genauso ahnungslos aus wie ich, und unsere Begleiter von der Erde erscheinen noch ahnungsloser.

Napoleon seufzt schwer. »Ich spreche von einer Bande, die sich Dreckige Bastarde nennt. Muss ich das wirklich näher erklären?«

Itzels Augenbrauen ziehen sich zusammen. »Es ist mir egal, ob sie sich Widerwärtige Schurken oder Abscheulicher Abschaum nennen«, knurrt sie und beugt sich nahe zu Napoleon. »Diese Vas-Person weiß etwas über das Verschwinden meines Großvaters, und ich beabsichtige, mit ihm zu sprechen.«

»Erinnere mich daran, dass Itzel niemals eine Bande benennen darf«, flüstert Felix. »Schurken?«

Wenn Napoleon lieber nicht von Angesicht zu Angesicht mit Itzels Atemmaske sein will, zeigt er das nicht. »Wer ist dein Großvater?«, fragt er scheinbar beiläufig.

»Du kennst ihn nicht«, sage ich schnell. Wenn Itzel erwähnt, dass ihr Opa ein berühmter Erfinder ist, wird der Preis für die Information, die wir suchen, eine Reihe von Nullen angeheftet bekommen, wenn das nicht schon geschehen ist.

»Wenn ich dir sage, was ich weiß, setze ich mich

selbst einem Risiko aus«, sagt Napoleon direkt zu Itzel gewandt. »Ich hoffe, du bist bereit, mich entsprechend zu entschädigen.«

Itzels Augen tränen – wahrscheinlich von Napoleons würzigem Atem. Sie wischt sich mit ihrem Ärmel am Gesicht ab und tritt zurück.

»Wie viel?«, frage ich.

Napoleon nennt eine verrückt hohe Zahl.

»Leg Waffen für jeden einzelnen von uns drauf, und wir sind im Geschäft«, sagt Itzel, bevor ich überhaupt anfangen kann zu verhandeln.

Er nimmt noch einen Schluck von seinem höllischen Getränk. »Ich habe nur noch eine Waffe. Und ihr müsstet sie außerhalb der Welt benutzen.«

»Wir planen, die Waffe zu benutzen, wenn wir Vas gegenüberstehen«, sage ich ruhig. »Akzeptier das oder lass es bleiben.«

Auf keinen Fall ist dies tatsächlich die letzte Waffe, die er besitzt, aber wenn ich ihn damit konfrontiere, wird es mehr schaden als nutzen.

Napoleon grinst und entblößt seine Reißzähne. »Ich nehme an … *wenn* du meine Träume noch einmal besuchst.«

Hoffentlich weiß Itzel mein Opfer zu schätzen. »Zu einem Zeitpunkt meiner Wahl«, sage ich widerwillig. »Und nicht bald.«

»*Oui*. Bedenke nur, dass der Zeitpunkt sein muss, bevor du wieder meine Hilfe brauchst.« Er trinkt sein Glas aus, und wahrscheinlich bekommt er davon an der ein oder anderen Stelle ein Geschwür.

Wir alle leisten unseren Beitrag, um Napoleons Dienste zu bezahlen, wobei Itzel darauf besteht, den Löwenanteil zu tragen. Als wir ihm sagen, dass er seinen Kontostand überprüfen soll, gestikuliert Napoleon in seiner VR wie ein Operndirigent. Als er das Geld auf seinem Konto sieht, schenkt er uns ein räuberisches Grinsen und gestikuliert noch ein paarmal, bevor er sagt: »Checkt eure Nachrichten.«

Tatsächlich hat er uns den Ort geschickt, an dem sich die Gang normalerweise trifft.

»Es war mir ein Vergnügen, mit euch Geschäfte zu machen«, sagt er, als ich bestätige, dass ich den Standort bekommen habe.

»Was ist mit der Waffe?«, fragt Itzel.

Grunzend greift er unter die Bar vor ihm und zieht ein geschmeidiges, kurzes, musketenartiges Gerät heraus. Bevor irgendjemand die höchst illegale Waffe sehen und uns melden kann, schnappe ich sie mir und verstecke sie hinten in meinem Hosenbund.

Wir eilen schnell aus der Bar und rufen ein Auto. Itzel weist das Auto an, zu ihr zu fahren. »Felix' Anzug ist da«, erklärt sie. »Wenn wir nach einem Gangmitglied in seinem eigenen Versteck suchen wollen, brauchen wir jede Hilfe, die wir bekommen können.«

———

ITZELS WOHNUNG SIEHT aus wie das Versteck eines verrückten Raketenwissenschaftlers. Es gibt unzählige

Bildschirme mit Raketenmotiven, halb gebaute Drohnen, Kabelgewirr und Gefäße mit exotischen Treibstoffen.

Im begehbaren Kleiderschrank neben dem Wohnzimmer steht der fragliche Anzug, der aussieht wie ein Science-Fiction-B-Movie-Roboter.

»Felix behauptet, er sei von der allerersten klapprigen Version eines von Iron Man gebauten Anzugs inspiriert worden«, sagt Ariel. »Während ich eher glaube, dass er den Mech Batsuit abgekupfert hat.«

Felix bläht seine Brust auf. »Dies ist ein Neo-Golem-Original.« Er stürzt sich in eine Erklärung des Namens, die darauf hinausläuft, dass es sein Name wäre, wenn er ein Superheld sein würde.

»Wir haben also eine Waffe«, ich klopfe auf die Rückseite meiner Hose, »und den Neo-Golem-Anzug. Hat sonst noch jemand das Gefühl, dass das nicht genug sein könnte?«

»Kommt darauf an, wie viele von den so genannten Dreckigen Bastarden da sein werden«, sagt Itzel. »Aber das ist mir egal. Es ist die einzige Spur, die wir haben.«

Ich streichele Poms Fell. Sie fängt an, mir etwas Angst zu machen. »Wie wäre es, wenn wir bei meiner Wohnung vorbeischauen?«, schlage ich vor. »Ich habe dort Schlafgranaten, die uns helfen könnten, Gewalt ganz zu vermeiden.«

Felix schlüpft in seinen Anzug und lässt die roboterähnliche Frontplatte einrasten. »Klingt gut.« Seine Stimme klingt gedämpft.

Als wir auf die Straße gehen, werden ein paar neugierige Blicke auf Felix geworfen, aber nicht so viele, wie er auf der Erde, außerhalb eines Vergnügungsparks, bekommen würde.

Wir fahren mit einem Auto zu meiner Wohnung, wo wir uns ein paar Schlafgranaten und einen Happen zu essen holen. Da wir schon dabei sind, bitte ich Felix, mir beizubringen, wie man die Pistole benutzt, da er Erfahrung zu haben scheint.

»Richtig.« Er nimmt mir die Pistole weg und drückt einen Knopf an der Seite. Ein antiquiert aussehender Bildschirm erscheint über der Waffe – das ist ganz offensichtlich kein neues Modell. Er zeigt auf ein selbsterklärendes Etikett auf dem Bildschirm. »Dies kontrolliert, ob der Strahl der Waffe tödlich ist oder nicht.« Er stellt die Waffe in den Betäubungsmodus und richtet sie auf Ariel.

»Ha-ha«, sagt sie humorlos. »Anzug oder nicht, ich kann dich immer noch in zwei Hälften reißen.«

Wütend richtet Felix die Waffe auf mein Fenster. »Es ist wirklich so einfach. Zielen und schießen.« Er mimt das Drücken des Abzuges.

Ich nehme die Waffe und übe, den Bildschirm auszufahren und wieder zu verstecken. Es ist so einfach, wie Felix gesagt hat. Ich stecke die Pistole zurück in meine Hose. »Verstanden. Gehen wir.«

Wir rufen wieder ein Auto und fahren direkt zu dem Ort, den Napoleon uns geschickt hat, und der sich als eine schäbig aussehende Sackgasse in einem der schlimmsten Teile von Gomorrha herausstellt.

»Wenigstens wird sich niemand an Felix' Anzug stören«, sagt Ariel und rümpft die Nase, als wir eine urinverseuchte Straße betreten, die von nicht abgeholten Müllhaufen dekoriert wird. Es ist mehr als eklig, selbst mit der kühlen Brise, die den schlimmsten Gestank wegweht. Ich halte den Atem an, so gut ich kann, aber das faulige Aroma dringt trotzdem in meine Nasenlöcher.

Itzel ist mir wirklich etwas schuldig. Die Keime hier müssen fast so schlimm sein wie auf der Erde.

Napoleons Wegweiser führen uns zu dem, was einst ein Schaufenster war, jetzt aber zugenagelt ist, ohne ein Schild.

»Man kann nicht sehen, was uns im Inneren erwartet«, flüstert Ariel, während sie versucht, hinter die Plastikverkleidung der Fenster zu schauen.

Kit lässt sich wie ein Ork aussehen. »Ich könnte so tun, als wäre ich ein Neuling, der der Gang beitreten will.«

»Nein«, flüstert Itzel. »Lasst uns an Baileys Schlafgranatenplan festhalten.«

Nickend überprüfe ich die Tür.

Sie ist abgeschlossen.

Ich hole meine Dietriche heraus, aber Felix legt mir eine Hand auf die Schulter, bevor ich sie benutzen kann. Dann schießt er mit einem Bogen magentafarbener Energie auf die Tür. »Für den Fall, dass es einen Alarm gibt«, erklärt er leise.

Immer noch in ihrer Ork-Form, betrachtet Kit misstrauisch die Tür. »Ich glaube nicht, dass es hier funktionierende Rohrleitungen gibt, geschweige denn Alarme.«

Ich bedeute ihnen, still zu sein, und mache mich an die Arbeit mit den Dietrichen. Alle beobachten fasziniert meine Hände. Als das Schloss nachgibt, öffne ich vorsichtig die Tür und werfe die Granate hinein. Ich schließe die Tür und zähle die Sekunden in meinem Kopf, um sicherzugehen, dass derjenige, der darin ist, eingeschlafen ist – und das Gas neutralisiert wurde, so dass wir sicher hineingehen können.

»Hey!«, knurrt eine Stimme hinter uns. »Was zum Teufel macht ihr da?«

Erschrocken drehen wir uns gleichzeitig um.

Die echten Dreckigen Bastarde schauen uns finster an.

# KAPITEL DREIZEHN

»SIE MÜSSEN sich an uns herangeschlichen haben, als Bailey sich um das Schloss kümmerte«, flüstert Felix, und alle sind zu angespannt, um ihn darauf hinzuweisen, dass er gerade das Offensichtliche ausgesprochen hat. Ariel reagiert zuerst, und ihre militärische Ausbildung zeigt sich, als sie nach vorne springt und einem doppelt so großen Ork in die Brust schlägt. Ihr Gegner fliegt auf seine Kameraden, die zurücktaumeln, bevor sie ihn auffangen und zu ihr zurückschleudern.

Bevor ich sehen kann, wie es Ariel geht, entdecke ich einen Stein, der in unsere Richtung fliegt.

Es schlägt gegen Felix' metallische Brust. Sein Neo-Golem-Visier schließt sich, und der Roboteranzug schiebt sich durch die Menge unserer Angreifer und macht auf dem Weg beunruhigende Fleisch-gegen-Metall-Schmatzgeräusche.

Ich würde überlegen, meine verbleibende

Schlafgranate zu benutzen, wäre da nicht die Brise, die das Gas zu schnell verflüchtigen würde. So wie die Dinge stehen, ziehe ich die Waffe heraus, aktiviere sie und richte sie auf den Kopf des nächsten Orks.

Die Waffe piepst. Obwohl nichts aus dem Lauf zu kommen scheint, fällt der Ork bewusstlos um. Die Waffe ist immer noch auf der nicht-tödlichen Einstellung – eine gute Sache, denn dieser Ork könnte derjenige sein, den wir suchen.

»Wir wollen nur mit Vas reden«, ruft Itzel. »Es gibt keinen Grund, dass jemand verletzt wird!«

Ein Dreckskerl mit den perfekten Zügen eines Ubers spuckt Itzel an, und sein Speichel landet auf ihrer Maske.

Verdammter Mist. Wenn ich sie wäre, würde ich ihn für dieses unautorisierte Teilen von Körperflüssigkeiten töten.

Itzel muss dasselbe empfinden. Ihre Augen verwandeln sich in Schlitze, während sie einen Blitzball zwischen ihren Händen formt und ihn auf ihren Angreifer schleudert.

Der Kerl fliegt zurück, kracht auf seine Brüder und haut sie wie Bowlingkegel von den Füßen.

Ein Ork nimmt seinen Platz ein.

Mit klopfendem Herzen schieße ich ihn mit meinem Gewehr bewusstlos und überblicke den Rest des Schlachtfeldes.

Felix kämpft gegen einen Zwerg und einen Ork – und es sieht aus, als würde er gewinnen. Ariel verprügelt mühelos zwei Elfen. Kit, immer noch in ihrer Ork-Form, steht einem Elfen gegenüber, der eine hässliche Narbe im Gesicht hat. Einen Schlag von Ork-Kits Faust später stürzt der Elf zu Boden, aber ein anderer Dreckiger Bastard – ein Vampir – tritt an seine Stelle.

Ich richte die Waffe auf den Vampir und drücke den Abzug, aber nichts passiert. Ich schalte in den tödlichen Modus und schieße erneut auf ihn – immer noch nichts.

Verdammter Mist. Was ist los?

Bevor ich richtig ausflippen kann, verwandelt sich Kit in eine Riesin und tritt den Vampir mit aller Kraft. Der Typ fliegt zum Ende der Sackgasse und steht nicht mehr auf. Ich atme erleichtert aus, schalte meine Waffe wieder in den Betäubungsmodus und lege Felix' Zwerg sowie einen von Ariels Elfen um.

Zwei Vampire mit bösartig aussehenden Messern greifen die riesige Kit an, und ein Zwerg taucht aus dem Nichts auf und reißt an meiner Hand, die die Waffe hält. Die Pistole knallt auf den Boden, und bevor ich danach greifen kann, schlägt mir der Zwerg in den Bauch.

Ich springe zurück und mildere dadurch die Auswirkungen des Schlages. Trotzdem rauscht mein Atem aus meinen Lungen. Verdammter Mist. Zwerge sind unglaublich stark – und dazu noch wilde Kämpfer. Sogar mit meinem Martial-Arts-Training bin ich ohne diese Waffe in großen Schwierigkeiten.

Ich entscheide mich, zu unfairen Mitteln zu greifen, weiche dem nächsten Schlag aus, greife nach dem buschigen Bart des Zwerges und ziehe bösartig an ihm. Der Schmerzensschrei meines Gegners ist meine Belohnung – und das eklige Souvenir, das aussieht wie etwas, was ein Löwe ausspucken könnte, nachdem er das ganze Rudel mit seiner Zunge geputzt hat.

Ich schleudere den ekligen Haarklumpen zurück zu seinem Besitzer und schlage mit meiner Faust in seinen Solarplexus.

Er ist wie aus Stein, und es gibt keine Anzeichen von Schmerz von dem Zwerg.

Ein gestiefelter Fuß versucht, mir die Beine wegzutreten. Ich springe drüber hinweg, lande wie eine Katze und trete meinem Angreifer in den Schritt.

Der Zwerg blinzelt kaum.

Doppelter Mist. Das muss eine Zwergin sein – auf keinen Fall würde ein Mann danach noch weiterkämpfen können. Sowohl männliche als auch weibliche Zwerge haben Bärte, auch wenn einige Zwerginnen sich dafür entscheiden, ihren Bart mit Nano-Haarentfernung loszuwerden, wahrscheinlich, damit andere Cogniti nicht denselben Fehler machen wie ich gerade.

Ja. Jetzt, wo ich danach suche, sehe ich einen Hauch von Brüsten unter ihrer ausgebeulten Kleidung. Da ich mich jetzt besser fühle, dass ich keinem männlichen Zwerg den Bart herausgerissen habe – er ist oft eine Quelle ihres Stolzes –, schlage ich ihr ins Gesicht.

Die Zwergin taumelt für einen Moment zurück. Dann stürzt sie sich mit einem Brüllen auf mich wie ein tollwütiger Honigdachs.

# KAPITEL VIERZEHN

MIT EINEM MANÖVER aus einem Traum eines Aikido-Meisters von der Erde nutze ich den Schwung der Zwergin, um sie zu Boden zu bringen. Dann breche ich mit der Aikido-Philosophie und trete meiner Gegnerin gnadenlos gegen den Kopf, bis sie liegen bleibt.

Ich kann meinen Sieg nicht lange genießen. Als ich nach oben schaue, sehe ich einen Vampir, der in meine Richtung schießt.

Es ist so weit. Das war es für mich.

»Das reicht«, dröhnt Felix' Stimme durch die Sackgasse, zweifellos durch seinen Anzug verstärkt.

Erschrocken hält der Vampir inne, wie alle anderen auch.

Die Brust von Neo Golem öffnet sich. An der Stelle, wo die Brustwarzen von Felix sein würden, tauchen zwei riesige Gewehre auf und feuern auf eine leere Stelle in der Nähe.

*Bumm*. Die Explosion versetzt die inneren Organe von allen in Schwingungen.

Der Roboter richtet die Waffen auf die noch stehenden Dreckigen Bastarde. »Habe ich mich klar ausgedrückt?«

Ein paar nicken wütend.

Sein Visier wandert von Ork zu Ork. »Wer von euch ist Vas?«

»Drinnen«, zischt der Vampir, der mir am nächsten steht.

»Bleib hier«, sage ich Felix. »Ich werde ihn suchen gehen.«

Der Metallkopf des Roboters nickt, und ich schlüpfe in den verlassenen Laden.

Die Bande hat den Ort in eine Mischung aus Fitnessstudio und Casino verwandelt. Es gibt überall Gewichte und einen Boxring in der Mitte des Raumes, aber auch Kartentische und sogar eine kleine Rennbahn, wahrscheinlich für illegale Rennen mit kleinen Tieren.

Überall gibt es schlafende Körper. Das Problem ist, dass es fünf Orks gibt.

Ich durchsuche die Taschen des ersten nach einem Ausweis.

Nicht mein Typ.

Ich überprüfe den nächsten. Nein.

Bei dem dritten Ork treffe ich ins Schwarze. Das ist nicht nur Vas, sondern er befindet sich auch im REM-Schlaf.

Indem ich die Hand ausstrecke, stelle ich die

Verbindung her und komme dann zurück in die wache Welt. Dann knüpfe ich Verbindungen zu ein paar weiteren Mitgliedern der Bande – für den Fall, dass das Durchstöbern von Vas' Träumen keine Großvater-Früchte hervorbringt.

Ich verlasse den Laden und nicke meinen Freunden zu, während ich mir die Hände desinfiziere.

»Hast du ihn getötet?«, dröhnt der nächste Ork.

»Nein. Ich musste nur sehen, wie er aussieht«, lüge ich. »Jetzt, wo ich es weiß, werden wir gehen.«

»Wenn wir dich lassen«, knurrt der Ork.

Die Gewehre in Felix' Brust drehen sich in seine Richtung, und der Ork tritt zurück.

Ein Vampir verschwindet in den Laden und kommt genauso schnell wieder heraus.

»Vas lebt«, berichtet er. »Genau wie alle anderen auch.«

»Und das bleibt auch so, wenn ihr es euch nicht mit uns verscherzt«, sage ich.

Die Bastarde geben uns den Weg frei.

Ich hebe meine Waffe auf und stehe Schulter an Schulter mit meinen Freunden, während wir aus der Sackgasse hinausgehen. Sobald wir außer Sichtweite sind, beginnen wir zu rennen und schnappen uns ein paar Blocks weiter ein Auto.

»Das war heftig«, sagt Kit und verwandelte sich in schneller Folge in mehrere Bandenmitglieder.

Ariel schaut auf Felix' Brust. »Ich dachte, du hättest nur einen Schuss in deinen Tittenpistolen.«

Felix klappt das Visier hoch und grinst. »Die Dreckigen Bastarde wussten das aber nicht.«

Itzel dreht sich zu mir um, und ihre Augen strahlen hoffnungsvoll. »Hast du herausgefunden, wo mein Großvater ist?«

»Ich bin im Begriff, das zu tun.« Ich berühre Poms Fell.

————

ALS ICH IM TRAUMPALAST ERSCHEINE, informiere ich Pom über das, was gerade vor sich geht, während ich im Turm der Schlafenden nach Vas suche.

»Puh«, sage ich, als ich meinen grünen Brecher finde. »Die anderen Bandenmitglieder haben ihn noch nicht aufgeweckt.«

Pom fliegt auf den Ork zu und schaut ihn misstrauisch an. »Du solltest dich trotzdem beeilen. Wenn es dir nichts ausmacht, schließe ich mich dir an.«

Ich stimme zu, und Pom hockt sich auf meine Schulter. Ich kann nicht widerstehen, das Antlitz eines Piraten anzunehmen, bevor ich uns beide unsichtbar mache und in den Traum des Orks springe.

————

DER RAUM, in dem der Traum stattfindet, ist vertraut. Es ist der verlassene Laden der Dreckigen Bastarde. Vas und ein anderer Ork tragen Handschuhe und stehen im Boxring.

Der Traum ist ganz klar eine Erinnerung.

Ich lasse sie weiterlaufen, bis Vas in die Umkleidekabine geht. Während seine Aufmerksamkeit von dem Wechsel seines Outfits beansprucht wird, verwandele ich die Umkleidekabine in Cadmaels überladenes Quartier, das ich in der VR gesehen habe.

Nachdem er sich umgezogen hat, schaut Vas auf und füllt den Rest der Informationen selbst auf, angefangen mit dem Vape Pen, der in seinem Mund auftaucht.

Ein paar der Gangmitglieder sind hier und sehen angesengt aus – wahrscheinlich von Blitzkugeln. Itzels berühmter Großvater ist auch da und liegt bewusstlos auf dem Boden.

»Ruf ihn an«, sagt Vas zu einem Vampir in der Nähe, einem der Vampire, die Kit in der Sackgasse angegriffen haben.

Der Vampir fummelt für eine Sekunde in seiner VR, und ein Hologramm erscheint in der Mitte des Raumes.

Es ist ein großer, dünner Mann, dessen Gesicht von einer Koboldmaske verdeckt wird, ein beliebtes Accessoire, das auf Kostümpartys auf Gomorrha getragen wird und das mir leider nicht viel über die Person verrät, die sich dahinter verbirgt.

»Hast du ihn?«, fragt der Typ mit einer Stimme, die wie knarrende Dielen klingt.

Vas deutet auf den bewusstlosen Zwerg.

Der maskierte Kerl nickt zufrieden und zeigt auf

den Vampir, der das Hologramm gestartet hat. »Ich will, dass *er* den Zwerg zu mir bringt.«

Verdammter Mist. Es wäre besser gewesen, wenn er Vas gefragt hätte – auf diese Weise könnte ich dieses Treffen in der Traumwelt zur Sprache bringen.

Na gut. Vielleicht hat Vas diesen Kerl sowieso irgendwann einmal getroffen?

Während Vas' Träume sich von dieser Erinnerung zu entfernen beginnen, habe ich Gelegenheit, den Mann mit der Koboldmaske in verschiedene Umgebungen zu versetzen.

Leider führt nichts zu dem Traum, den ich suche. Vas scheint den mysteriösen Mann nie außerhalb dieses Hologrammgesprächs getroffen zu haben.

Ich gebe auf, gehe für einen Moment zurück in die wache Welt und erinnere mich dann an ein paar weitere Gangmitglieder, mit denen ich Kontakte geknüpft hatte. Als Nächstes schnüffele ich in ihren Träumen herum.

Kein Glück.

Außerhalb des Hologrammgesprächs scheint niemand den maskierten Fremden getroffen zu haben.

Ich verlasse den Traum der letzten Person und informiere das Team über das, was ich gerade herausgefunden habe.

Itzel grunzt. »Wir wurden fast umsonst getötet.«

»Da bin ich mir nicht so sicher.« Kit verwandelt sich in einen männlichen Vampir, entblößt die Reißzähne und schaut mich mit bezirzenden Augen an.

»Ist das derjenige, der den maskierten Kerl eskortiert hat?«

Ich schüttele den Kopf.

Kit verwandelt sich in einen weiteren Vampir aus dem Kampf. Dann in noch einen.

»Dieser«, sage ich, als sie sich in den Vampir aus dem Traum verwandelt.

»Ah, gut.« Kit verwandelt sich wieder in sich selbst. »Einer der hübscheren Teufel. Das sollte Spaß machen.«

Alle starren sie an, als sie theatralisch innehält und die Aufmerksamkeit genießt. Als Itzel bereit dazu scheint, sie mit einem Blitzball zu erschießen, sagt Kit: »Mein Plan ist einfach. Ich werde eine andere Gestalt annehmen und meine weibliche List einsetzen, um die Informationen aus diesem Vampir herauszuholen.«

Ariel zuckt zusammen, denkt wahrscheinlich an ihre Probleme mit Vampiren, und Itzel sieht Kit besorgt an. »Bist du sicher? Ich liebe meinen Großvater, aber ich weiß nicht, ob …«

»Mach dir darüber keine Sorgen.« Kit verwandelt sich in eine schöne Frau, gefolgt von einer noch attraktiveren. »Ich habe vor, diese Mission zu genießen – Vampire sind großartige Liebhaber.«

»Welche Art von Cogniti ist das nicht?«, murmelt Felix leise.

»Technomanten«, sagt Kit, ohne eine Sekunde zu zögern. »Zumindest bis jetzt. Willst du das Gegenteil beweisen?«

Felix wird rot, und wir alle lachen auf seine Kosten. Er ist direkt in ihre Falle getappt.

»Wie lange, denkst du, wird das dauern?«, fragt Itzel Kit.

Kit verwandelt sich wieder in ihr gewohntes Selbst. »Eine Nacht, vielleicht zwei.«

Itzel runzelt die Stirn.

»Gut. Eine Nacht«, sagt Kit beruhigend. »Wenn die Zuckerstückmethode nicht funktioniert, werde ich ihn unter dem Vorwand von mehr Spaß fesseln und die Informationen aus ihm herausfoltern.«

Wir fahren schweigend ein paar Blöcke lang und verdauen diesen noch beunruhigenderen Teil von Kits Plan. Dann fangen Ariel und ich an, sie über die Sicherheit dieser Sache zu befragen, und sie erinnert uns daran, dass sie im Rat von New York ist und auf sich selbst aufpassen kann.

Ich zucke geschlagen mit den Schultern, dann wechsele ich in die VR und schaue nach meinen Nachrichten.

Nichts von Valerian. Hat er mich wirklich aufgegeben – oder hat er Probleme, diesen Werwolf zu finden?

Um meiner Mutter willen kann ich Ersteres nicht akzeptieren.

Ich schaue Felix an. »Was sind deine Pläne für die ein oder zwei Nächte, während Kit ihr Ding macht?«

Er blinzelt. »Ich habe keine.«

»Willst du mir bei einem VR-Videospiel helfen? Ich werde dich für deine Zeit bezahlen.«

Er grinst. »Nicht nötig. Ich wollte es schon immer mal ausprobieren, aber ich wurde als Sicherheitsexperte typisiert.«

Ich danke ihm und frage Kit, wohin sie gefahren werden will. Nachdem das Auto sie an ihrem Wunschort abgesetzt hat, fahren wir bei Itzel vorbei, um auch sie abzusetzen und den Anzug von Felix zu verstecken, bevor wir zum Gebäude mit dem Drehkreuz gehen, um zur Erde zurückzukehren.

———

ALS WIR AUS dem JFK kommen, nimmt Ariel ihr eigenes Taxi, und Felix und ich fahren direkt zu Valerians Büro.

»Es besteht die Möglichkeit, dass wir aus dem Gebäude rausgeschmissen werden«, sage ich Felix, sobald wir im Aufzug sind. »Valerian und ich hatten einen kleinen Streit, es hängt also alles davon ab, wie sehr er sich dafür entscheidet, ein Arschloch zu sein.«

Als wir uns der Rezeption nähern, lächelt mich die Dame dort an, als ob ich eine Berühmtheit wäre. »Ms. Spade. Wie kann ich helfen?«

»Ich bin hier, um Rattie oder Bernie zu sehen«, sage ich.

Sie blinzelt verständnislos.

»Mr. Bhairava und Mr. Anderson«, stelle ich klar.

Felix' Monobraue hebt sich beim zweiten Namen, wie ich es mir dachte – schließlich ist *Matrix* sein Lieblingsfilm.

»Mr. Anderson hat sich freigenommen, um seine Tochter zu besuchen«, sagt die Frau. »Ich lasse Mr. Bhairava wissen, dass Sie hier sind. Bitte nehmen Sie Platz.«

Um Zeit mit seiner Tochter zu verbringen? Gut für Bernie. Er macht tatsächlich Fortschritte bei der Lösung seiner Probleme.

Felix und ich setzen uns, aber wir müssen nicht lange warten. Rattie kommt innerhalb weniger Minuten und lächelt mich genauso an wie die Rezeptionistin.

Was hat das zu bedeuten?

»Hey, Rattie.« Ich stehe auf und deute auf meinen Technomanten-Freund. »Das ist Felix. Er ist ein brillanter Entwickler. Ich habe ihn mitgebracht, um beim Projekt *Lucid Dreamer* zu helfen.«

Rattie schüttelt Felix die Hand. »Mr. Bale hat Sie erwähnt.«

»Das ist Valerian«, flüstere ich Felix zu, während Rattie darauf besteht, dass Felix ihn bei seinem seltsamen Spitznamen nennt und uns durch die Etage führt.

Als ich mich umschaue, fange ich an, eine Ahnung von all den seltsamen Blicken zu bekommen. Der Großteil der Kabinen ist mit Bildern von mir bedeckt, nur mit Brustvergrößerungen und in völlig unpraktischen Outfits, wie einem Bikini aus Kettenhemd.

Felix starrt eines der Bilder auf eine Weise an, die

Maya nicht gutheißen würde. Ich räuspere mich, und er errötet.

»Hm.« Er räuspert sich auch. »Bist du in diesem Spiel eine Kriegerprinzessin?«

»Natürlich nicht. Ich bin eine Traumwandlerin.«

Felix zuckt zusammen. Im Gegensatz zu mir steht er unter dem Mandat, einem Werkzeug, das Cogniti auf Welten wie dieser benutzen, um ihre Natur vor den Menschen zu verbergen. Infolgedessen wäre er nicht in der Lage, ohne tödliche Folgen Rattie gegenüber zu sagen, dass er ein Technomant ist.

Rattie zuckt natürlich nicht mit der Wimper. »Ich hoffe, das stört Sie nicht«, sagt er und betrachtet die Bilder mit Abneigung. »Das Marketing-Team steht dahinter – es geht davon aus, dass fünfundsiebzig Prozent der Zuschauer Männer sind. Aber da der Spieler in der VR Ihren Standpunkt einnimmt, sieht er nicht wirklich viel von Ihnen. Nur wenn er in einen Spiegel schaut.«

»Das ist in Ordnung«, sage ich großmütig. Was ich nicht hinzufüge, ist, dass ich mich von ihnen völlig nackt und auf riesigen Brüsten rollend darstellen lassen würde, wenn ich dadurch genug Kraft gewänne, um Mama zu retten.

Erleichtert führt Rattie uns in einen Meetingraum, wo die Bildschirme bereits heruntergefahren sind und sein Team aus Indien mich mit der gleichen Bewunderung anschaut. Er setzt sich und faltet seine Hände auf dem Tisch wie ein Internatsschüler. »Wie wäre es, wenn ich Ihnen ein Update gebe?«

Ich nehme ihm gegenüber Platz. »Das wäre großartig.«

»Das Team hat seit unserem letzten Treffen fast ohne zu schlafen gearbeitet«, sagt Rattie und blickt anerkennend auf die Gesichter auf den Bildschirmen. »Irgendwie ironisch, angesichts des Themas des Spiels.«

Ich nicke ihm und den Bildschirmen wohlwollend zu. »Ich weiß, wie beschissen sich Schlafentzug anfühlt. Lassen Sie mich wissen, wenn Valerian Sie für Ihre harte Arbeit nicht angemessen entschädigt.«

Auf dem Bildschirm ändert sich der Gesichtsausdruck eines der Entwickler von glücklich zu besorgt. »Unsere Entschädigung ist großzügig. Das ist sie wirklich.«

»Das stimmt«, sagt Rattie.

Ich fühle mich sofort wie ein Idiot. »Natürlich. Ich wollte damit nicht sagen, dass jemand undankbar ist oder so. Bitte fahren Sie mit dem Update fort, bevor ich in noch mehr Fettnäpfchen trete.«

Rattie lächelt. »Die gute Nachricht ist, dass wir bei jedem Schritt des Weges Glück hatten und das Level fast fertig ist.« Er hält inne, um mir eine Chance zu geben, ihn überglücklich anzustrahlen. »Aber bevor wir es die Tester spielen lassen können, müssen wir ein Problem lösen, das nicht die Spieleentwicklung an sich ist. Es gibt ein Sicherheitsproblem, das …«

»Felix kann helfen«, platze ich heraus.

»Ernsthaft?« Felix schaut mich wie ein Welpe an, dem sein quietschendes Spielzeug weggenommen wurde. »Ich dachte, ich würde mit der Arbeit am Spiel beginnen.«

»Ich bin mir sicher, sobald du dich bei der Sicherheit beweist, wird das Team auch einige spielbezogene Aufgaben für dich finden.« Ich schaue Rattie eindringlich an.

»Definitiv.« Rattie betrachtet Felix intensiv. »Wenn Sie Erfahrung mit …«

»Habe ich.« Felix bläht sich auf wie ein geiler Pfau. »Was auch immer es ist, es wird kein Problem sein.«

Rattie schaut mich zweifelnd an.

»Felix ist unglaublich in seinem Job«, sage ich. »Betrachten Sie Ihr Sicherheitsproblem als gelöst.«

»In diesem Fall«, Rattie nimmt eine Schachtel, zwei Zettel und zwei Stifte heraus, »kommen wir zum lustigen Teil.« Er schiebt die Papiere vor jeden von uns. »Tut mir leid wegen der Vertraulichkeitsvereinbarungen. Es ist eine Standardvorkehrung für unveröffentlichtes geistiges Eigentum.«

Felix und ich unterschreiben die Geheimhaltungsdokumente, während Rattie die Schachtel mit einem theatralischen Schwung öffnet und das darin befindliche Headset herausnimmt. »Dies ist das Illusion Scope.«

»Wow«, flüstert Felix. »So klein.«

Eigentlich ist es größer als jedes gomorrhische Headset, aber für die primitive Technologie der Erde ist es nicht schlecht.

»Der Raum ist schon verkabelt für die Handverfolgung«, sagt Rattie und gibt mir das Ding.

»Es ist nur recht und billig, dass Sie es zuerst anprobieren.«

Ich gehe hinüber in den offenen Teil des Raumes und setze das Headset auf. Das Dashboard hier ist einfach und hat nur ein Icon, eine kleine Version von mir in einem knappen Outfit. Als ich eine Geste auf das Symbol mache, lädt sich das Spiel, und während ich warte, lese ich den Text unter der Überschrift »Hintergrundgeschichte«:

*Baileys Mutter wurde von einem bösen Traumwandler, dem Rattenkönig, entführt. Mit ihren eigenen traumwandlerischen Kräften findet Bailey ihren Weg in den Palast des Rattenkönigs und wird sich ihm in einem Kampf stellen, um …*

Das Spiel beginnt, und ich halte ein riesiges Schwert in der Hand.

Ohne Spiegel in der Nähe gibt es wirklich keine Möglichkeit, zu sagen, ob ich in diesem Moment wie ich aussehe. Die einzigen Teile von mir, die sichtbar sind, sind meine Hände – die, abgesehen von der Verpixelung, sehr wie die meinen aussehen. Es ist ein Segen, dass sich niemand die Mühe gemacht hat, mir diese Brüste aus der Marketingabteilung zu geben – sie würden mir den Blick nach unten komplett versperren, ganz zu schweigen davon, mir ins Gesicht zu schlagen, wenn ich laufen muss.

Ich schwinge das Schwert ein paar Male und beginne, die dunkle Höhle zu betrachten, als ein Monster mich stört, indem es von der Decke herunterspringt.

Es hat den Körper einer Spinne, aber den Kopf eines Clowns. Falls das noch nicht schrecklich genug wäre, wird der untere Teil des Clownsgesichts von einer chirurgischen Maske verdeckt und die Vorderbeine halten Skalpelle.

Bevor ich auch nur blinzeln kann, springt das Ding auf mich zu.

KAPITEL FÜNFZEHN

ICH SCHWINGE mein Schwert und schneide eines der skalpellschwingenden Beine ab. Die Augen des Clowns schießen Feuer auf mich. Ich lasse mich zur Seite fallen und weiche dem Geschoss aus.

Das muss ich den Kameras und dem primitiven Headset lassen: Meine Bewegungen in der realen Welt werden in der VR ziemlich gut wiedergegeben.

Nur um zu sehen, wie gut die Physik funktioniert, schleudere ich der Kreatur mein Schwert an den Kopf. Es fliegt in einem sehr realistischen Bogen und durchtrennt die Maske mit einem Schnitt. Sie fällt herunter und enthüllt ein Clownsgesicht, das unter all der weißen Schminke vage vertraut erscheint.

Haben sie es einer Berühmtheit nachempfunden?

Die Kreatur schreit wütend auf, und eine kleine Wolke erscheint über mir. Darüber verkündet ein Textfeld: *TRAUMKRAFT.*

Ich aktiviere die Wolke, und ein neues Schwert wächst in meiner Hand, aber es ist zu spät.

Der Kopf des Monsters rauscht auf mich zu, und seine Reißzähne graben sich in meine Brust.

Die Welt um mich herum wird rot, außer einer Zeile schwarzen Textes, der düster in der Luft schwebt.

*GAME OVER.*

»Das ist so cool.« Ich nehme das Headset ab und gebe es Felix. »Das musst du dir ansehen.«

Rattie strahlt mich an. »Ich bin so froh, dass es Ihnen gefällt.«

Felix setzt das Headset auf. Eine Minute später schreit er Obszönitäten und reißt es sich vom Kopf. »Ich hoffe, das dürfen keine kleinen Kinder spielen«, sagt er, und seine Atmung ist ungleichmäßig. »Oder Menschen mit Arachnophobie, Coulrophobie und wie auch immer die Phobie vor medizinischem Personal genannt wird.«

Rattie nickt. »Der Branchenkonsens ist, dass kleine Kinder überhaupt nicht in der VR spielen sollten. Was Erwachsene mit Phobien angeht, so können sie immer aufhören zu spielen, wenn sie etwas sehen, was ihnen nicht gefällt.«

Während er spricht, wird mir klar, warum das Gesicht des Monsters mir bekannt vorkam.

Es teilt die Gesichtszüge mit Rattie.

Dann dämmert mir etwas anderes: Der Bösewicht, der in dieser Hintergrundgeschichte erwähnt wird, hieß der *Rattenkönig*.

Ich schaue Rattie an. »Hat dein Team dein Ebenbild im Spiel benutzt?«

Sein gesamtes Team kichert, und er lächelt schüchtern. »Mein Team versteckt gerne solche Ostereier in all unseren Spielen. Auf diese Weise könnten mich die Leute auf der Straße für einen Traumwandler halten und mein Gesicht noch jahrelang in ihren Alpträumen sehen.«

»Wenn du es satthast, dass dein Gesicht in all diesen Spielen ist, kannst du meins benutzen«, sagt Felix hoffnungsvoll.

Ich grinse. »Ich glaube nicht, dass wir der Nutzerbasis *so* viel Angst einjagen wollen.«

Felix stöhnt. »Das ist das zweite Mal, dass ich ungewollt ins Fettnäpfchen trete.« Er schaut Rattie an. »Erzähl mir von dem Sicherheitsproblem, das gelöst werden musst.«

Rattie erklärt es Felix und sieht aufgeregt aus, als klar wird, dass Felix versteht, wovon er spricht.

Ich gähne. Kryptographie und Schlafschulden vertragen sich nicht gut.

Nach gefühlt tagelangem, todlangweiligem Tech-Talk holt Rattie einen Laptop mit einem richtigen Zugang heraus, und Felix fängt an, darauf zu tippen.

Ich unterdrücke ein weiteres Gähnen. »Was kann ich tun, um zu helfen?«

Rattie wirft einen Blick auf sein Team. »Sie können im Moment nicht viel für die Demo tun, aber wir könnten Ihre Hilfe beim Leveldesign darüber hinaus gebrauchen. Valerian sagte, Sie seien gut darin.«

Ich bin sicher, dass Valerians Lob vor dem Kussfiasko stattfand. Ich bezweifele, dass er jetzt nette Dinge über mich sagen würde.

Ich verbanne alles, was mit Küssen zu tun hat, aus meinen Gedanken und beschreibe einige gute traumweltähnliche Level für das Team, wobei ich mich zum Teil auf meinen Spieldesign-Hintergrund verlasse und viel mehr auf die tatsächliche Traumwandlererfahrung. Rattie mag es besonders, als ich die Decke in meinem Traumpalast beschreibe – ein Mosaik, das eine Bogenschießscheibe darstellt –, ein Mandala aus buntem Glas.

Gerade als ich wieder laut gähnen will, sagt Rattie: »Das ist mehr als genug für den Anfang.«

»Gut.« Ich reibe mir die Augen. »Wenn mich in den nächsten Stunden niemand braucht, würde ich gerne eine Schlafkapsel benutzen.«

Rattie lächelt verschmitzt. »Natürlich. Diejenige, die Sie zuletzt benutzt haben, gehört offiziell Ihnen.«

Ich gehe hinüber zu Felix, um mich zu vergewissern, dass er mit meinem Päuschen einverstanden ist, und er gibt winkend sein Einverständnis, ohne vom Bildschirm aufzublicken.

»Mach ein Nickerchen. Ich sollte in ein paar Stunden damit fertig sein.«

Süß.

Ich schleife meine müden Füße zur Kapsel und schlafe sofort ein.

———

ICH WACHE ERFRISCHT auf und habe keine Ahnung, wie viel Zeit vergangen ist.

Auf dem Weg zum Badezimmer sehe ich, dass die Etage leer ist. Als ich herauskomme, eile ich zur Rezeption. Die Empfangsdame ist auch verschwunden. Es scheinen keine regulären Geschäftszeiten mehr zu sein.

Ich treffe Rattie bei den Fahrstühlen. »Ah, gut, Sie sind aufgewacht. Felix ist vor einiger Zeit gegangen, er sagte, Sie sollten Ihre Freundin Itzel kontaktieren, wenn Sie ihn brauchen.«

»In Ordnung« Ich lächele. »Hat Felix beendet, was er angefangen hat?«

»Das hat er«, sagt Rattie bewundernd. »Ihm ist es zu verdanken, dass die Demo in wenigen Stunden zu den Testern kommt. Der Rest des Teams macht jetzt eine wohlverdiente Pause und wird die Entwicklung danach wiederaufnehmen.«

»Das ist großartig.« Ich drücke den Knopf, um den Aufzug zu rufen. »Sie sollten sich auch ausruhen.«

Er seufzt. »Das werde ich. Zuerst brauche ich eine Bestätigung, dass die Demo in den Händen der Tester ist.«

»Viel Glück«, sage ich und betrete den Aufzug. »Wir sehen uns.«

Während ich nach unten fahre, erlaube ich mir, aufgeregt zu werden. Selbst wenn Valerian vorhat, aus unserem Arrangement auszusteigen, klingt es so, als ob die Demo immer noch stattfindet – es sei denn, er taucht in letzter Minute auf und sagt ab, was ich bezweifele. Und da Valerian gesagt hat, dass ich allein von den Testern einen Energieschub bekommen soll, ist es möglich, dass das reicht, um Mama zu retten.

———

DIE FAHRT zum JFK und der Weg von dort nach Gomorrha sind ereignislos. Ich fahre mit dem Auto in meine Wohnung, desinfiziere mich von Kopf bis Fuß mit Hygieia, ziehe mir saubere Kleidung an und esse.

Erfrischt und wiederbelebt, schaue ich nach meinen Nachrichten.

Nichts von Valerian.

Ich schaue auf die Uhr. Er hatte den Rest der vorherigen Nacht und danach fast einen ganzen Tag Zeit, um nach dem Werwolf zu suchen. Ich wette, er hat ihn ausfindig gemacht und ist ohne mich mit ihm fertiggeworden.

Es ist an der Zeit, die unangenehme Realität zu akzeptieren.

Valerian spricht nicht mehr mit mir.

Nur für den Fall, dass ich falschliege, stelle ich meinen Posteingang so ein, dass er einen Alarm auslöst, wenn Valerian mir eine Nachricht schickt. Dann, in dem Versuch, dem seltsamen Unwohlsein nicht nachzugeben, das mich bei dem Gedanken packte, ihn nie wiederzusehen, scrolle ich durch die letzten Nachrichten, bis ich eine ungelesene von Itzel finde.

Sie sagt, wir sollen uns alle um neun Uhr abends bei Nebulabucks treffen.

Ich sehe mir die Dämmerung draußen an und schaue auf die Uhr.

Wenn ich mich beeile, schaffe ich es noch zum Treffen.

———

INS NEBULABUCKS ZU gehen ist wie ein Déjà-vu. Felix, Ariel, Itzel und Kit sitzen am selben Tisch, und jeder hält ein Heißgetränk in den Händen.

Genau wie beim letzten Mal reicht mir Felix meinen Lieblings-Nebelblütentee.

»Danke für deine Hilfe heute«, sage ich zu ihm und genieße die fruchtigen Noten, während ich einen Schluck nehme. »Die Demo wird jeden Moment herauskommen.«

Er schwillt vor Stolz an. »Es war mir ein Vergnügen. Rattie hat mich auch bereits an dem Aussehen eines der …«

»Ich denke, wir sollten uns von Kit auf den neuesten Stand bringen lassen«, unterbricht Itzel. »Bis jetzt weiß ich nur, dass sie versagt hat.«

»Es ist nicht meine Schuld.« Kit verwandelt sich in den Vampir, den sie befragen wollte. »Ich glaube nicht, dass er etwas wusste. Man kann nicht dabei versagen Informationen zu extrahieren, die nicht da sind.«

Ariel zieht eine perfekte Augenbraue in die Höhe.

»Bist du sicher, dass du so überzeugend bist, wie du denkst?«

»Oder deine Foltermethoden?«, fügt Felix hinzu und erblasst dabei merklich.

Kit verwandelt sich wieder in sich selbst. »Ich war *außerordentlich* überzeugend.«

»Wie wäre es, wenn *ich* ihn befrage?«, sagt Itzel, und ihre Hand strafft sich um ihrer Tasse. »Ich bin motivierter als du.«

»Da gibt es ein kleines Problem.« Kit vermeidet die Blicke aller. »Ich habe ihn vielleicht … irgendwie getötet.«

Ich verenge die Augen. »Du hast *was?*«

Sie betrachtet ihren Fingernagel. »Er wollte mir nicht sagen, was ich wissen musste, also habe ich die Befragung vielleicht etwas eskalieren lassen. Er muss frisch verwandelt worden sein – die meisten Vampire, mit denen ich normalerweise zu tun habe, sind aus robusterem Material gemacht.«

Ich schüttele den Kopf und konzentriere mich auf meinen Tee.

Itzels Schultern hängen herab. »Was jetzt?«

Ich kratze mich am Kinn. »Vielleicht könnte Felix die Läden hacken, die diese Koboldmasken verkaufen?«

Felix runzelt die Stirn. »Die gomorrhische Security ist …«

Ein Alarm ertönt in meinem Kommunikator.

»Eine Sekunde«, sage ich zu den anderen und aktiviere das VR-Dashboard.

Es ist eine Nachricht von Valerian in meinem Posteingang:

*Komm zu mir nach Hause, so schnell du kannst.*

Ich stoße den Atem aus, von dem ich nicht gemerkt hatte, dass ich ihn anhielt, und grinse wie eine Verrückte.

»Valerian?«, fragt Ariel mit einem wissenden Lächeln.

»Genau der.« Ich schaue Itzel entschuldigend an. »Ich muss mich beeilen. Er und ich haben eine Abmachung, dass …«

»Es ist in Ordnung.« Itzel winkt mit ihrer kleinen Hand. »Wir werden deine Hacking-Idee ausprobieren, mit Felix oder jemand anderem am Ruder.«

»Gut.« Ich springe auf. »Haltet mich auf dem Laufenden.«

———

WÄHREND ICH ZU VALERIAN FAHRE, wiederholen sich Variationen einer Gedankenschleife in meinem Kopf, immer und immer wieder.

Er ignoriert mich nicht.

Die Frage ist, ob er mich als notwendiges Übel sieht, um die Informationen zu bekommen, die er will, oder ob er tatsächlich mit diesem schlechten Witz eines Kusses klarkommt.

Ich grübele den ganzen Weg zu seinem Penthouse darüber nach, aber als er tatsächlich die Tür öffnet, wird mein Kopf völlig leer.

Es muss der *Die-Liebe-wächst-mit-der-Entfernung-*Effekt sein, denn er sieht noch köstlicher und heißer aus als in meiner Erinnerung – und ich habe Erinnerungen, zu denen ich ein Jahr lang masturbieren könnte.

»Bitte komm rein.« Er deutet in Richtung des Teiches.

Ich trete mit zitterigen Knien ein und plumpse am Teich in die Lotus-Pose.

Er hockt sich neben mich, so dass wir auf Augenhöhe sind. »Zuerst möchte ich über neulich sprechen.«

Ich schlucke so laut, dass es wahrscheinlich auf der Etage unter uns zu hören ist. Wird er mir gleich sagen, dass er so tun will, als wäre es nie passiert? Oder …

»Es tut mir leid«, sagt er leise. »Ich habe die Situation falsch verstanden. Ich dachte, du …«

»Hast du nicht«, platzt es aus mir heraus.

»Habe ich nicht?« Er neigt ratlos den Kopf. »Ich dachte, du wolltest mich küssen, aber als ich es versuchte, gefiel es dir nicht.«

Mein Gesicht brennt. »Ich *wollte,* dass du mich küsst. Irgendwie tue ich das immer noch. Und ich mochte es …«

»Du hast dich zurückgezogen.« Sein Kiefer spannt sich an.

Ich beiße mir auf die Lippe. »Wollen und Mögen war nicht genug, wie es scheint. Ich schätze, ich war noch nicht so weit. Ich … habe einige Probleme, wenn es um Intimität geht.«

Sein Gesicht verdunkelt sich, und seine Kraft lässt den Raum um uns herum tosend und düster erscheinen, als ob ein Sturm aufzieht. »Hat dir jemand etwas angetan?«, fragt er mit einer unterschwelligen Drohung in der Stimme.

»Nein, nein, das ist es nicht.« Ich erinnere mich an die leeren Stellen, wenn es um meine Kindheit geht, und füge hinzu: »Zumindest nicht, dass ich davon wüsste. Ich habe mich aus einem ganz anderen Grund zurückgezogen.«

Der Raum kehrt zur Normalität zurück, als sich sein Gesichtsausdruck in einen neugierigen verwandelt. »Ach?«

»Wenn ich es dir sage, wirst du mich für seltsam halten.«

Der Hauch eines Lächelns berührt seine Augenwinkel. »Das impliziert, dass ich nicht jetzt schon denke, dass du seltsam bist.«

»Vergiss es.« Ich beginne, meine Beine aus der Lotus-Pose zu entwirren.

»Ich habe nie gesagt, dass seltsam schlecht ist.« Das Lächeln wandert hinunter zu seinen Lippen. »Bitte sag es mir.«

Meine Schultern krümmen sich. »Ich habe … das noch nie gemacht.«

Seine Augen weiten sich, und das Lächeln verschwindet. »Du hast noch nie jemanden geküsst?«

»Ich habe auch nichts anderes gemacht«, sage ich, und Pom an meinem Handgelenk wird rot wie Rote Bete. »Selbst wenn es nicht um mein anderes Problem ginge, Küssen – oder überhaupt irgendetwas zum ersten Mal zu tun – ist irgendwie keine kleine Sache.«

Er reibt das Grübchen an seinem Kinn. »Anderes Problem?«

Ich atme tief ein. »Ich mag keine Keime.«

»Keime?«

»Bakterien, Viren, Hefen. Nenne einfach eine mikroskopisch kleine Kreatur, und ich werde Angst haben, sie mir einzufangen.«

»Und du glaubst, ich …«

»Ich sage nicht, dass deine Keime schlimmer sind als die von anderen Menschen«, werfe ich schnell ein. »Oder dass meine Ängste hundertprozentig rational sind. Obwohl, wenn du über das Mikrobiom liest, *ist* es dauerhaft verändert mit …«

Er hebt seine Hand und unterbricht mich mitten im Wort. »Du hast das Recht, dich so zu fühlen, wie du willst. Du hast auch das Recht, Dinge mit mir zu tun oder nicht zu tun.« Sein Gesicht verdunkelt sich wieder. »Oder irgendjemand anderem.«

»Wenn ich Dinge mit jemandem tun *würde*, wärst du es.« Diesmal wird Pom rosa, und ich verstecke den verräterischen Pelz, für den Fall, dass Valerian irgendwie errät, was die Farbe bedeutet.

Er schenkt mir einen Blick voller reiner männlicher Zufriedenheit. »Was wäre, wenn es das Risiko von Keimen gar nicht gäbe?« Während er spricht, verwandelt sich das Wohnzimmer um uns herum in ein Schlafzimmer, das ich durch seine Illusionen schon einmal gesehen habe, eines mit einem riesigen Bett, das mit Seidenlaken und Rosenblättern bedeckt ist.

Ein zweiter Valerian sitzt auf der Bettkante – dieser trägt nur ein Feigenblatt über der Leiste.

Ich blinzele schnell, während ich den illusorischen Valerian betrachte.

Irgendwo in der Ferne höre ich das Geräusch meiner vor Freude schreienden Eierstöcke.

»Komm zu mir«, befiehlt Illusions-Valerian rau und steht auf, so dass ich einen besseren Blick auf seine Muskeln werfen kann.

Ich springe auf, als er das letzte bisschen Abstand zwischen uns überwindet.

»Keine Keime«, murmelt der echte Valerian.

Ich strecke meine Hand aus und berühre den nackten Illusions-Valerian. Seine Brust fühlt sich echt an – und gut genug, um mit der Zunge über sie zu fahren. Mein Blick wechselt zwischen ihm und dem echten Valerian hin und her. Was ist die richtige Etikette für diese Art von Situation?

»Bevor wir etwas tun«, sage ich zögernd, »solltest du wissen, dass ich keine *typische* Jungfrau bin.«

Beide Valerians ziehen die Augenbrauen zusammen.

»Ich habe Dinge in der Traumwelt getan. Ich habe dich dort sogar schon einmal geküsst – nun, eine Version von dir. Ich habe also eine gewisse Vorstellung davon, was mich erwartet.«

»Nein, das hast du nicht.« Illusions-Valerian nimmt mein Gesicht in seine großen Hände und küsst mich.

Heilige Hormone. Er hat recht. Das ist unendlich besser als damals, als ich *ihn* in meinem Traum geküsst habe – und das ist auch gar nicht real.

Seine Zunge erkundet zaghaft meinen Mund und sendet Hitzewellen durch meinen Körper, während seine Hände meinen Rücken hinunterstreichen. Ich fühle mich, als ob die Zeit stehenbleibt, als ob es nichts außerhalb der körperlichen Empfindungen gibt, und zu wissen, dass dies eine Illusion ist, erlaubt mir, das Vergnügen ohne Angst zu genießen – und mich einem Orgasmus weiter zu nähern als jemals zuvor in der Nähe einer anderen Person.

Keuchend lasse ich meine Hände über seinen muskulösen Rücken gleiten, um seine festen Pobacken zu ergreifen, aber bevor ich mein Ziel erreichen kann, verschwindet Illusions-Valerian.

»Hey!«, schaue ich auf die immer noch hockende echte Version von ihm. »Was ist los?«

»Ich wollte dich nicht überwältigen.« Er tätschelt den Platz, an dem ich vorher gesessen habe.

Nun, verdammter Mist.

Ich setze mich wieder auf den Boden und atme ein paar Male beruhigend durch, während ich auf die Lippen des echten Valerian starre. Würden sie sich genauso anfühlen wie in der Illusion?

»War das eine Expositionstherapie?«, frage ich, immer noch atemlos.

Er runzelt die Stirn. »Du meinst meinen Mangel an Kleidung?«

»Ich meine, du hast mich dich an einem sicheren

Ort küssen lassen, in der Hoffnung, es mir in der realen Welt leichter zu machen. Ich mache so etwas mit meinen Klienten – also, wenn sie Ängste haben.«

Er lächelt. »Und wie wirksam ist es?«

Ich befeuchte meine Lippen. »Sehr.«

»Gut.« Sein Blick fällt auf meinen Mund. »Meine Illusionen funktionieren nur in eine Richtung, also brenne ich darauf, dich wieder zu schmecken.«

Ich schlucke. An meinem Handgelenk färbt sich Poms Fell in einen Farbton von rosa Korallen, auf den die echten eifersüchtig wären.

Bin ich bereit, es noch einmal in der realen Welt zu versuchen?

Ich fühle mich, als sei ich es. Ich möchte es wirklich. Aber andererseits wollte ich es auch das letzte Mal – bis zum allerletzten Moment.

»Wie wäre es jetzt?«, frage ich, bevor ich mir das ausreden kann. »Wir könnten …«

»Nein.« Sein Lächeln ist unterschwellig schelmisch. »Dieses Mal werde ich warten, bis du bereit bist.«

Meint er *bereit, darum zu betteln*? Denn das bin ich fast.

»Außerdem …« Sein Gesicht wird ernst. »Wir haben wichtige Angelegenheiten des Senats zu besprechen.«

»Oh, richtig.« Die Erwähnung des gefährlichen Senatsfalls funktioniert wie die kalte Dusche, die ich dringend brauchte.

»Ich fürchte, ich habe schlechte Nachrichten an dieser Front.« Er nutzt seine Macht, um den Werwolf, den er suchte, mit uns im Raum erscheinen zu lassen. »Keine meiner Quellen hat eine Ahnung, wo er zu finden ist. Du sagtest, du hättest einen Kerl, also habe ich gehofft, du könntest *ihn* fragen.«

»Verdammter Mist.« Ich reibe mir die Augenbraue. »Ich habe ihn gerade für Itzel um einen Gefallen gebeten, und ich kann ihn um keinen weiteren bitten, bis ich ihm den Traum verschafft habe …«

»Bitte.« Valerians ozeanblaue Augen sind so intensiv, dass ich das Gefühl habe, ich könnte in ihnen ertrinken. »Es ist wichtig.«

Wie könnte ich dazu Nein sagen? Besonders nach diesem Kuss?

Ich aktiviere die VR, um nach der Zeit zu sehen. Napoleon *könnte* schlafen. Zumindest tat er es in der Nacht, als ich das das letzte Mal für ihn gemacht habe.

»Gib mir ein paar Minuten.« Ich wende mich ab, berühre Poms Fell und springe in die Traumwelt.

---

WIEDER ERWISCHE ich Pom beim Sport. Dieses Mal bowlt er allein.

»Bailey!« Er ist vom pelzigen Kopf bis zu den flauschigen Zehen lila. »Wie geht es dir?«

»Ich werde jetzt etwas tun, was du interessant finden wirst«, sage ich, obwohl ich beim besten Willen nicht verstehen kann, *warum*. »Ich gehe in Napoleons Träume, damit er sein Ding machen kann.«

Pom beginnt zu fliegen und aufgeregt um mich

herumzuwirbeln. »Das haben wir schon ewig nicht mehr gemacht.«

Weil es seltsam und unheimlich ist, und wieder habe ich keine Ahnung, warum Pom es eigentlich mag.

»Nun, ich tue es jetzt«, sage ich. »Bereit?«

Er nickt, also teleportiere ich uns beide in den Turm der Schlafenden und suche nach Napoleon.

Ja. Er ist da und schläft wie ein Teufelsbaby.

Pom landet auf meiner Schulter, als ich die Gestalt eines Piraten annehme und, ohne mich unsichtbar zu machen, in Napoleons Träume eindringe.

————

WIE SO OFT IN seinen Träumen ist Napoleon in seiner menschlichen Gestalt – ein kleiner Mann mit schönen weißen Zähnen, einer leicht gebogenen Nase, tief sitzenden graublauen Augen und einer mächtigen Ausstrahlung, die schwer zu erklären ist.

Außerdem trägt er, wie üblich, auf dem Kopf einen Zweispitz, während sein Oberkörper mit einer weißen Jacke mit blauem Überrock bekleidet ist. Unter der Jacke ist eine rote Schärpe.

Ich schaue mich um.

Wir sind an einem Strand auf einer Insel, die er Elba nannte, als ich das letzte Mal in seinen Träumen war. Er muss eine Menge Zeit auf einer echten Insel wie dieser verbracht haben, denn ich kann sagen, dass dieser Spaziergang am Strand eine Erinnerung ist.

»Hey«, rufe ich, als es klar wird, dass er unsere Anwesenheit nicht bemerkt.

Napoleons Kopf peitscht herum, und er starrt mich und Pom für ein paar Momente verständnislos an. Dann leuchten seine Augen auf, und er grinst räuberisch. »Das ist ein Traum?« Er schaut sich um, das Grinsen wird breiter.

»Das ist es.« Ich lasse ein rosa Einhorn neben ihm erscheinen und tausche es dann gegen eine fünfköpfige Kobra. »Ich brauche deine Hilfe, also dachte ich mir, ich besuche deine Träume.«

Napoleons Augen leuchten vor Habgier. »Sechs Schlachten. Und offensichtlich Geld in der wachen Welt.«

»Drei.« Ich ignoriere Poms aufgeregten Griff an meiner Schulter – er will alle sechs. »Und eine angemessene Summe in der wachen Welt.«

»Vier.« Napoleon verschränkt die Arme vor der Brust.

»Gut.« Ich lasse die Insel um uns herum auslaufen und mache mich bereit, sie durch ein Terrain seiner Wahl zu ersetzen. »Welche?«

»Hastings, Bosworth, Gettysburg und Somme«, sprudelt er aufgeregt heraus.

Ich seufze. »Du *weißt,* dass meine Kenntnisse der Militärgeschichte auf der Erde beinahe inexistent sind. Wir haben Hastings schon einmal gemacht, aber die anderen kommen mir nicht bekannt vor. Außer vielleicht Gettysburg – hat das etwas mit einer berühmten Adresse zu tun?«

Napoleon schüttelt missbilligend den Kopf. »Wie kannst du so viel Zeit auf dieser Welt verbringen und diese Dinge nicht kennen?«

Ich zucke mit den Schultern. »Krieg ist eines der schlimmsten Dinge, die sich Menschen gegenseitig antun. Warum sollte ich darüber etwas lernen?«

Er verwandelt sich wieder in seine rote Teufelsform. »Unwissenheit ist also Glückseligkeit? Das ist deine Ausrede?«

»Ich brauche keine Ausrede.« Ich mache unsere Umgebung zu einem ruhigen Hügel, auf dem laut Napoleon die Schlacht von Hastings stattfand. »Du magst Kämpfe, und ich nicht.«

»Ich mag keine Kämpfe. Ich gewinne sie.«

»Manchmal denke ich, du machst das nur, um mich zu quälen«, murmele ich vor mich hin.

Er grinst. »Das tue ich nicht, aber es ist ein netter Bonus.«

Ich belaste meine Kräfte und lasse Tausende von Soldaten erscheinen. Die Uniformen und Positionen wurden alle von Napoleon mit ekelerregender Aufmerksamkeit für winzige Details zur Verfügung gestellt.

Sofort fühle ich mich müde. Abgesehen von Blut, zermetzeltem Fleisch und dem Verlust des Glaubens an die Menschheit mag ich diese Nachstellungen des Krieges nicht, weil sie mir meine Kraft stark entziehen – zu viele kleine Details, um sie auf einmal zu manifestieren.

Ich lasse uns über dem baldigen Schlachtfeld

schweben, füge hier und da noch ein paar Details hinzu und informiere Napoleon, dass ich fertig bin.

Er runzelt die Stirn. »Dieses Mal soll die Kavallerie dort anfangen.« Er zeigt auf eine Stelle am Fuße des Hügels.

Ich seufze und bewege die Soldaten und Pferde, wohin er will.

»Das wird so cool werden«, ruft Pom aus.

Ich streichele sein Fell. Ich denke, eine gute Sache an dieser unangenehmen Aufgabe ist, dass sie meinen Looft unterhalten wird. Vielleicht fühle ich mich dann weniger schuldig, nicht so viel Zeit mit ihm zu verbringen, wie ich sollte.

Pom wird hellorange und fragt Napoleon: »Wirst du diesmal Wilhelm der Eroberer oder König Harold II. sein?«

»König Harold.« Napoleon blickt mich an, als wollte er sagen: *Siehst du? Manche Menschen sind über diese Dinge nicht so unwissend wie andere.*

»Bedeutet das nicht, dass du verlierst und mit einem Pfeil erschossen wirst?« Pom fliegt hinüber, um sich auf Napoleons Schulter zu setzen, und ich widerstehe der Versuchung, ihn einen Verräter zu nennen.

»Nicht, wenn ich gewinne«, sagt Napoleon mit übermütiger Zuversicht, dann schaut er mich an. »Bereit?«

Ich nicke, verändere ihn so, dass er wie Harold aussieht, und teleportiere ihn auf die Spitze des Hügels, damit er das Kommando über seine Truppen übernehmen kann.

Dann strapaziere ich meine Kräfte noch einmal.

Alle Soldaten erwachen zum Leben, und Kriegsgeschrei ertönt, als zwei Armeen einander gegenüberstehen. Pfeile fliegen. Eine Schildmauer hebt sich. Pferde springen vorwärts. Napoleon-Harold ruft *seinen* Männern Befehle zu. Eimerweise Blut wird auf dem grünen Gras verschüttet.

Nicht zum ersten Mal frage ich mich, wie das funktioniert. Kontrolliert ein Teil meines Unterbewusstseins diese Tausende von Soldaten auf dem Schlachtfeld – oder hilft Napoleon auch?

Letztendlich gewinnen Harolds Streitkräfte.

Ich verwandele ihn zurück in Napoleon, der beunruhigend glücklich aussieht – besonders für jemanden, dessen Armee Tausende von Opfern erlitten hat.

Die nächsten drei Kämpfe verbrauchen viel mehr Zeit und Traumkraft. Zuerst muss mir Napoleon alle Details beschreiben, was sich wie Tage anfühlt. Dann muss ich das Ganze aufbauen und die Soldaten animieren. Am Ende von allem fühle ich mich wie eine ausgepresste Zitrone, die von einem Bus überfahren wurde.

»Vielen Dank.« Napoleon drückt meine Schulter – etwas, von dem er weiß, dass er es nur in der Traumwelt tun darf. »Du hast deinen Teil der Abmachung eingehalten, also werde ich meinen halten.«

»Gut. Hier.« Ich lasse zwei Kopien des Werwolfs vor uns auftauchen, eine mit Koteletten, eine ohne. »Sein Name ist Hans Stubbe. Ich brauche seinen Aufenthaltsort.«

Napoleon reibt sich das Kinn. »Den kenne ich. Fieser Kerl. Komm zu mir in die Bar – ich werde aufwachen und dorthin gehen. Ich sage dir, wo du ihn findest, und entscheide, wie viel ich dir berechne.«

»Du hast zugestimmt, die Kosten im Rahmen zu halten.«

Er grinst. »Ich habe mich auf vier Schlachten geeinigt.« Damit ist er aus dem Leben verschwunden, und Pom und ich befinden uns wieder im Turm der Schlafenden.

»Das habe ich davon, dass ich ihm beigebracht habe, wie er sich selbst aufwecken kann«, sage ich zu Pom und verlasse ebenfalls die Traumwelt.

———

ICH DREHE mich zu Valerian um und erkläre ihm, dass wir einen Ausflug in den Lieblingstreffpunkt meines Mannes machen müssen.

»Gehen wir«, sagt er und führt mich zu seinem privaten fliegenden Auto, das uns so schnell dorthin bringt, dass wir am Ende Drinks schlürfen, bis Napoleon ankommt.

»Napoleon, das ist Valerian«, sage ich. »Valerian, das ist Napoleon.«

»Freut mich«, sagt Valerian ruhig und mit unleserlichem Gesichtsausdruck.

»Wenn du der bist, für den ich dich halte, ist das Vergnügen ganz auf meiner Seite«, sagt Napoleon und schafft es, noch mehr wie ein kleiner Teufel auszusehen.

Ich stelle meinen leeren Becher ab. »Wo ist Hans?«

»Das Wichtigste zuerst«, sagt Napoleon und platzt mit einer enormen Summe heraus.

Bevor ich auch nur anfangen kann, zu feilschen, sagt Valerian: »Du wirst sie bekommen.«

Verdammter Mist. Ich habe vergessen, ihm zu sagen, dass er niemals mit der ersten Zahl, die Napoleon nennt, einverstanden sein soll. Hoffentlich übernimmt der Senat diese Kosten.

»Ich schicke Bailey seine Privatadresse«, sagt Napoleon und gestikuliert mit seinen kleinen roten Händen. »Er ist gerade dort.«

Ich überprüfe meinen Posteingang. »Hab sie.«

»Es ist nützlich, dich zu kennen«, sagt Valerian und reicht Napoleon die Hand.

Mein kleiner roter Freund schüttelt begeistert die angebotene Hand. »Ich habe das Gefühl, dass dies der Beginn einer wundervollen Freundschaft ist.«

Sicher, wenn wir *Freundschaft* als *Erpressung* neu definieren.

»Wir sollten besser gehen«, sage ich.

»Seid vorsichtig«, sagt Napoleon ernsthaft. »Er ist gefährlich.«

Ich schenke ihm ein spitzes Lächeln. »Mach dir

keine Sorgen. Wir werden überleben, damit du uns noch einmal über den Tisch ziehen kannst.«

———

SOBALD WIR WIEDER IM Auto sind, wende ich mich an Valerian. »Es gibt etwas, was ich dir sagen wollte. Aufgrund ihrer dualen Natur ist es schwierig, in den Träumen der Werwölfe zu traumwandeln. Als ich es während der Untersuchung des New Yorker Rates versuchte, bin ich gescheitert.«

Er neigt den Kopf. »Und das sagst du mir jetzt gerade, weil …?«

Ich zucke mit den Schultern. »Es gibt eine Technik, von der ich weiß, dass sie helfen könnte. In dem Traum hatte ich mich in zwei Teile geteilt, und der eine ging in den Traum des Wolfes, und der andere in den des Mannes. So etwas habe ich getan, als ich gegen Hekima kämpfte, gegen den als Illusionisten auch schwer in der Traumwelt anzukommen war.«

Seine dunklen Augenbrauen ziehen sich zusammen. »Ich muss darüber nachdenken.«

Ich bekämpfe den Drang, das Stirnrunzeln von diesem Gesicht zu küssen. »Was gibt es da nachzudenken?«

»Wenn ich eine Entscheidung treffe, werde ich sie dir mitteilen.« Er reicht mir eine vertraute Atemmaske. »Im Moment ist es sowieso überflüssig. Wie bei Erato stellen wir einfach eine Verbindung her und hauen ab.«

»Hoffentlich nicht wie bei Erato«, murmele ich und setze die Maske auf.

Er bedeckt sein Gesicht ebenfalls mit seiner Maske – schade.

»Denk dran, sprich nicht laut, wenn wir im Gebäude sind«, sagt er, und die Maske dämpft seine Stimme.

Ich gehe in die VR und übermittele ihm ein Wort: *positiv*.

Er lacht leise.

Bevor ich mehr sagen oder schreiben kann, landen wir auf dem Dach des Gebäudes des Werwolfs.

Unsere Fahrt mit dem Aufzug ist ereignislos, und der Flur im vierzigsten Stockwerk ist leer – nicht, dass es ein Problem für Valerians Kräfte wäre, uns unsichtbar zu machen. Als wir die Wohnungstür erreichen, schicke ich Valerian die Nachricht, dass er einen Moment warten soll.

Ich habe mich gerade an das berührungslose Traumwandeln erinnert, über das ich im Tagebuch gelesen habe, und ich möchte es noch einmal versuchen. Das erspart mir nicht nur den Kontakt mit der bakteriellen Haut, sondern auch die Notwendigkeit des Einbruchs.

Vorausgesetzt natürlich, es funktioniert.

Ich strenge mich an.

Und strenge mich an.

Das Einzige, was ich mit meinen Bemühungen erreiche, ist ein vages Gefühl. Als ich mich darauf konzentriere, kommt mir die Empfindung seltsam vor.

Wenn ich es nicht besser wüsste, würde ich sagen, ein Teil von mir denkt, dass eine Person in der Nähe schläft. Nun, offensichtlich schlafen Leute in der Nähe; es ist Nacht. Aber dieses Gefühl ist nicht nur gesunder Menschenverstand. Es ist… na ja, eine Art Sinn, aber so schwach, dass ich schlussfolgern muss, dass sich alles in meinem Kopf abspielt.

Wahrscheinlich nur die Nerven.

Ich schicke Valerian die Nachricht, dass wir bereit sind.

Er nickt und holt das Gerät heraus, das er auch das letzte Mal benutzt hat, und schwenkt es über das Schloss. Die Tür klickt und gleitet auf. Er nimmt seinen Apparat, der Elektronik deaktiviert, heraus und wirft ihn hinein.

Er macht seine Schlafgranate bereit, springt herein, und ich folge ihm, – nur um zu erstarren, als er es tut.

Anderthalb Meter von der Tür entfernt steht ein riesiges Hundebett, in dem ein zotteliger Werwolf in seiner Tierform schläft. Zumindest hoffe ich, dass er schläft. Ich habe nicht so viel Erfahrung, wenn es um schlummernde Wölfe geht.

Plötzlich wimmert der Werwolf, und seine riesigen Pfoten schlagen nach etwas, was nicht da ist.

Damit ist das geklärt. Er schläft.

Valerian sieht den Wolf an, dann die Granate in seiner Hand.

Ich schüttele den Kopf und hocke mich leise neben das Tier.

Während ich das Fell auf seinem muskulösen

Rücken berühre, bete ich, dass Hundeartige – und besonders Werwölfe – im REM-Schlaf sind, wenn sie wimmern und so ausschlagen.

Mit einem Hauch von Ozon verdunkelt sich der Raum um mich herum, und ich falle hinein.

———

ICH ERSCHEINE IN MEINEM TRAUMPALAST – und glücklicherweise nicht in einem Subtraum.

Gut. Verbindung hergestellt. Jetzt müssen Valerian und ich abhauen.

Mit einem schnellen Winken zu Pom springe ich aus der Traumwelt und stehe vorsichtig auf.

Aber nicht sorgfältig genug, wie es scheint.

Die Augen des Werwolfs klappen auf und starren mich direkt an.

Mein Adrenalinspiegel steigt auf toxische Werte.

Der Wolf knurrt bedrohlich und spannt sich für einen Sprung an.

# KAPITEL SECHZEHN

ICH REAGIERE WIE AUF AUTOPILOT, greife nach meiner Waffe, ziele auf den wilden Schlund und schieße.

Der Werwolf fällt auf sein Hundebett.

Wow. Ich bedecke meine Brust mit meiner Hand. Mein Herz droht immer noch, ein Loch in meinen Brustkorb zu schlagen.

Legobuchstaben erscheinen, und sie sehen irgendwie wütend aus: *Du hast ihn getötet?*

Verdammter Mist. Wir brauchen diesen Typen für Informationen.

Aber Moment.

Ich schaue auf den Waffenschirm und atme erleichtert aus, als ich ihn Valerian zeige. Zum Glück für den Werwolf war die Waffe, als ich sie das letzte Mal benutzt habe, im Betäubungsmodus, und es scheint, dass die Einstellung gleich bleibt, wenn man die Waffe wieder aktiviert.

*In diesem Fall schnapp dir seine Vorderpfoten.*

Ich schaue Valerian an, als ob er dabei ist, sich selbst in einen Wolf zu verwandeln.

*Er sah uns, bevor ich uns mit meinen Kräften unsichtbar machte. Er könnte es Icelus erzählen.*

Ich gehe in die VR und tippe verzweifelt: *Also was tun wir? Ihn entführen?*

Der Legotext erscheint noch wütender: *Wir halten ihn fest. Ich bringe ihn in eine Einrichtung des Senats und warte, bis er wieder eingeschlafen ist.*

Mit einem Seufzer ergreife ich die riesigen Pfoten. Was Pläne betrifft, ist Valerians nicht schlecht – vorausgesetzt, der Werwolf schnappt nicht aus seinem betäubten Zustand.

Als ich Valerian gegenüber mein Anliegen erwähne, antwortet er: *Erschieß ihn einfach alle paar Minuten.*

Ich nicke und strenge mich an, um meine Hälfte des Wolfes zu heben, als Valerian seine Hälfte leicht anhebt.

Nein. Zu schwer für mich.

*Nimm diese Pfote.* Valerian gestikuliert mit einer der hinteren, die er hält. *Wir werden ihn wegschleifen.*

Ziehen funktioniert viel besser. Als wir zum Fahrstuhl kommen, bin ich kaum ins Schwitzen gekommen – und wir haben seinen Kopf nur zweimal gegen etwas geschlagen.

Ich denke mir, dass es ein genauso guter Zeitpunkt wie jeder andere ist, und betäube den Wolf wieder.

Auf dem Dach angekommen, ziehen wir unser

Opfer zum Auto und fliegen in Richtung Stadtzentrum.

Valerian nimmt seine Maske ab, aber als ich nach meiner greife, um dasselbe zu tun, schüttelt er den Kopf.

*Ich möchte nicht, dass jemand, der mit dem Senat in Verbindung steht, dein Gesicht sieht.*

Ich nicke und schieße noch einmal auf den Wolf.

Wir fliegen in einer angespannten Stille, bis das Auto auf ein glatt aussehendes Dach hinabsteigt.

*Beschieß ihn noch einmal und versteck die Waffe,* befiehlt Valerian.

Das tue ich, und als wir landen, verstehe ich, warum.

Ein Vampir in einer Vollstreckeruniform wartet auf uns – Valerian muss uns angekündigt haben. Als er meine Maske sieht, hebt der Vampir eine Augenbraue.

Wenn ich er wäre, wäre ich neugieriger auf den bewusstlosen Wolf.

Bevor Valerian und ich etwas sagen können, injiziert der Vampir unserem armen Opfer etwas, hebt es dann wie einen Sack Mehl über die Schulter und geht auf den Aufzug zu.

*Nimm mein Auto,* sagt mir Valerian per Legotext. *Ich werde mich über eine normale Nachricht melden. Sie wird nur aus einem Wort bestehen: »Bereit.«*

Ich nicke mit dem Kopf.

*Sobald du diese Nachricht bekommst, fahr zu mir nach Hause. Traumwandle nicht allein im Werwolf.*

Bevor ich widersprechen kann, eilt er dem Vampir hinterher.

Ich sage dem Auto, dass es mich nach Hause bringen soll, und schließe die Augen.

---

ICH ERWACHE von dem intensiven Gefühl, dass jede meiner Zellen mit warmer, angenehmer Energie durchflutet wird.

Was zum Teufel …? Habe ich ein Aneurysma?

Meine Atmung wird schneller, und meine Nägel graben sich in meine Handflächen, während ein noch größerer Tsunami des Vergnügens in meinen Körper rauscht und meine Extremitäten kribbeln und meine Zehen sich krümmen lässt.

Hat mir jemand Vampirblut eingeflößt oder hatte ich nur eine spontane Serie von Orgasmen?

Dann wird mir klar, was es sein muss.

Die Spieldemo. Wahrscheinlich hat sie eine kritische Masse an Usern erreicht, als ich weggedöst bin, und so fühlt es sich an, den resultierenden Machtschub zu bekommen.

Ich fühle mich ruhiger, schließe die Augen und tue mein Bestes, um mich zu entspannen und es zu genießen. Ein paar Schübe später lassen die Empfindungen nach, und mein Kopf wird wieder klarer. Mit einer Welle der Aufregung verarbeite ich die Bedeutung des Ganzen.

Es ist so weit. Darauf habe ich mit Valerians Team hingearbeitet.

Ich kann endlich versuchen, Mama aufzuwecken.

Unwillig, auch nur eine Sekunde länger zu warten, springe ich in die Traumwelt und überprüfe, ob sie im Turm der Schlafenden ist.

Zu meiner großen Enttäuschung ist sie es nicht.

Ich weise das Auto an, zu Mamas Krankenhaus zu fliegen, öffne dann mein VR-Armaturenbrett und schreibe an Valerian: *Ich brauche deine Hilfe. Kannst du mich im Krankenhauszimmer meiner Mutter treffen?*

Seine Antwort kommt fast sofort: *Wo?*

Ich nenne ihm die Adresse und das Zimmer, und er bestätigt, dass er sich dort mit mir treffen wird.

Um mich für den Rest der Fahrt abzulenken, öffne ich das Tagebuch von Leal und blättere es durch. Ein neuer Eintrag weckt mein Interesse:

*Zu viele Beweise deuten auf eine beunruhigende Schlussfolgerung hin: Es gibt einen Agenten von Icelus direkt hier in der Gemeinschaft der New Yorker Cogniti. Er oder sie ist eindeutig hoch genug platziert, um Gerüchte zu verbreiten, die Ängste – und damit Alpträume – hervorrufen. Jugendliche scheinen besonders anfällig zu sein, also frage ich mich, ob der Agent einer der Verkünder ist.*

Wow. Verkünder sind Cogniti der Erde, für die die Beschränkungen des Mandats weniger streng sind, so dass sie über die Existenz unserer Art mit Cogniti-Teenagern sprechen können, die aufwachsen, ohne zu wissen, was sie sind.

Ich suche nach mehr Informationen darüber, aber

ich finde nur ein paar Namen von Verkündern, die Leal durch Traumwandeln von der Verdächtigenliste gestrichen hatte. Scheint, als hätte er keine Zeit gehabt, herauszufinden, wer der Agent war – diese letzten Einträge wurden vorgenommen, kurz bevor er ermordet wurde.

Ein leichter Ruck bringt mich zurück in meine unmittelbare Umgebung, und ich merke, dass das Auto gerade auf dem Dach des Krankenhauses gelandet ist.

Ich renne zum Aufzug und fahre zu Mamas Stockwerk.

»Ich will meine Mutter besuchen«, sage ich den Krankenschwestern auf der Station. »Letztes Mal ging es mit ihren Lebensfunktionen drunter und drüber; wenn das wieder passiert, werden Sie damit fertig?«

Die Größere der Krankenschwestern, der weibliche Gargoyle, in deren Träume ich mich eingeschlichen habe, um nach Mama zu sehen, sagt: »Scheißt ein Mooft im Zoo?«

Pfui Teufel. Den Drang bekämpfend, die Krankenschwester zu beschimpfen, stürme ich voraus in Mamas Zimmer.

Gerade als ich den Raum betreten will, höre ich eine unwillkommene Stimme, die für alle außer Fledermausohren zu hoch ist.

»Miss Spade. Wir müssen reden.«

Ich drehe mich um und schaue die Frau aus der Rechnungsabteilung an – oder die Hufeisennase, wie ich sie in meinem Kopf genannt habe. »Patrouillieren Sie immer nachts an diesem Ort?«, frage ich und kämpfe gegen den Drang an, meine Waffe herauszuholen und sie bei ihr zu benutzen.

Ihre Nase geht nach oben. »Wenn Sie in mein Büro kommen könnten …?«

»Ich habe alle ausstehenden Rechnungen bezahlt. Wenn Sie die Bezahlung nicht bekommen haben …«

»Es gibt neue Vorgaben, wenn es um Langzeitpatienten geht«, sagt sie mit einem gemeinen Unterton. »Sie müssen ihren Aufenthalt einen Monat im Voraus bezahlen.«

»Gut.« Ich rufe meine VR auf und schicke eine Zahlung. »Überprüfen Sie jetzt Ihr Konto.«

Sie sieht verwirrt aus. Ich schätze, sie hatte mich als pleite abgestempelt.

»Gibt es sonst noch etwas?«, fahre ich sie an. »Irgendeine andere Vorschrift, die Sie nur für mich einführen wollen?«

Sie blinzelt. »Ich …«

»In diesem Fall gehe ich jetzt zu meiner Mutter.«

»Die Besuchszeiten sind …«

»Fordern Sie *nicht* meine Geduld heraus.«

Was sie auf meinem Gesicht sieht, muss ihr nicht gefallen, denn sie tritt zurück und sagt: »Die Besuchszeiten sind nur eine Richtlinie.«

Ja. Das dachte ich mir.

Sie huscht weg, und ich betrete endlich Mamas Zimmer.

Sofort zieht sich meine Brust zusammen. Mama sieht genauso aus wie immer, ganz aschfahl und still. Sogar einige der alten Geräte, wie die Magensonde, sind wieder da. Ich muss sie hier herausholen, aber da sie sich nicht im REM-Schlaf befindet, muss ich zuerst einen Subtraum in Angriff nehmen. Und wenn ich dort sterbe, werde ich ein verrückter Killer, und sie wird mein erstes Opfer sein. Deshalb brauche ich …

Valerian betritt den Raum mit einem besorgten Gesichtsausdruck. »Was geht hier vor? Ist alles in Ordnung mit deiner Mutter?«

Ich nicke. »Die Demo ist erschienen. Ich werde versuchen, sie rauszuholen.«

Stirnrunzelnd schaut er sie an. »Sie befindet sich nicht im REM-Schlaf.«

Ich ziehe meine Pistole hervor, stelle sicher, dass sie noch auf Betäubung steht, und werfe sie ihm zu.

Er fängt die Waffe und sieht noch verwirrter aus.

»Das Codewort ist *yitten*«, sage ich.

Er schaut auf die Waffe, dann auf mich. »Was?«

»Wenn ich nicht das Wort yitten sage, wenn ich aus der Trance komme, betäub mich und hol Hilfe.«

Bevor er mit mir streiten kann, greife ich an Mamas zartes Handgelenk und tauche ein.

# KAPITEL SIEBZEHN

DIE OBERFLÄCHE des schwarzen Ozeans ist ruhig unter meinen Füßen. Dann verdunkelt ein Schatten ein Stück des feurigen Himmels. Es ist eine fliegende Kreatur, die an einen Truthahngeier erinnert, nur mit Schleim bedeckt und voller Pusteln und Krallen.

Ein Armband an meinem Handgelenk verlängert sich zu einem acht Fuß langen, pelzigen Speer mit einer scharfen, fächerartigen Spitze.

Der Geier kreischt etwas. Eine seltsame Intuition sagt mir, dass er sein Bestes tut, um etwas zu sagen, was für normale Ohren so klingen würde wie »Der Meister hasst dich!«.

Der Geier geht in den Sinkflug.

Ich stoße mit meinem Speer zu.

Eine Kralle durchbohrt meine Schulter und verursacht brennende Schmerzen. Ich fühle mich sofort schwach, aber ich kämpfe dagegen an.

Wenn ich ohnmächtig werde, werde ich verbluten.

Zumindest hat die Kreatur für ihren kühnen Angriff teuer bezahlt. Auf dem Weg zu mir hat sie sich selbst auf dem Speer in einen Kebab verwandelt.

Eine weitere Welle von Schwindelgefühl überrollt mich. Mit meiner verbleibenden Kraft reiße ich den Speer heraus und steche ihn dorthin, wo hoffentlich das Herz des Dings ist.

Ein kehliges Kreischen, und der ekelhafte Geier erlischt.

———

ICH BIN IN MEINEM TRAUMPALAST, und leide unter quälenden Schmerzen. Ich verlasse meinen Körper, heile ihn und gehe sofort wieder hinein.

Ah, das ist schon besser.

Pom taucht neben mir auf, und sein Fell ist pechschwarz. »Das war zu knapp. Du wärst fast gestorben.«

»Aber ich bin es nicht. Und jetzt bin ich hier, mit genug Kraft, um Mama zu retten. Hoffentlich.«

Die Spitzen seiner Ohren färben sich orange. »Kann ich mitkommen?«

»Sicher.« Ich teleportiere uns hinüber zum Turm der Schlafenden.

Friedlich in ihrer Ecke liegend, hat Mama nicht all die Schläuche angeschlossen und bietet deshalb einen nicht ganz so schmerzvollen Anblick.

Pom sitzt auf meiner Schulter.

Ich mache uns unsichtbar und gehe hinein.

---

MAMA TAUCHT eine Babyversion von mir in ein Waschbecken.

Verdammter Mist. Ich weiß, wo das hinführt, und ich habe vergessen, Pom vorzuwarnen.

Ja. Mama drückt den Kopf des Babys unter Wasser und hält ihn dort fest.

*Was macht sie da?*, fragt Pom in Gedanken, und seine Füße graben sich schmerzhaft in meine Schulter.

*Ich glaube, es ist eine seltsame Hölle, die sie sich in ihren Träumen selbst geschaffen hat*, antworte ich. *Jetzt sei still. Ich muss mich konzentrieren.*

Pom hört auf zu reden, und ich denke über die Situation nach.

Eines nach dem anderen. Ich sammele meine Kraft und gebe Mama einen Ruck, der um ein Vielfaches stärker ist als der, den ich normalerweise bei Menschen benutze, die Probleme haben, nach der Therapie aufzuwachen.

Mama ertränkt weiterhin das Baby-Ich und nimmt mich nicht wahr.

Verdammter Mist. Was nun? Mich zu zeigen ist nur eine Notfallmaßnahme – ich will sie nicht aufregen, wenn ich es verhindern kann.

Dr. Cipactlis Idee, einen Alptraum als Weg zu benutzen, um sie aufzuwecken, kommt mir in den Sinn. Sein eigentlicher Plan – eine Droge zu benutzen, um Mama in immer schlimmere Alpträume zu versetzen – war zu riskant, aber mit mir hier kann ich eine kontrolliertere Version von dem machen, was er im Sinn hatte, und es abbrechen, wenn mir nicht gefällt, wohin es führt.

Andererseits ... ist es nicht bereits ein Alptraum, davon zu träumen, mich zu töten? Davon wacht sie *nicht* auf.

Dann erinnere ich mich an eine andere Sache, die Dr. Cipactli erwähnte. Er sagte, dass seine Droge den Menschen einen Alptraum zeigt, der mit dem zusammenhängt, was ihnen zuletzt in der wachen Welt passiert ist – ein Autounfall in Mamas Fall. Er sagte, das wäre ein Alptraum, der stark genug wäre, um jemanden aufzuwecken.

Ja, genau das ist es. Ein Alptraum, der auf einer Erinnerung basiert, könnte wirken. Das einzige Problem ist, dass ich mich schlecht fühle, Mama einem so schmerzhaften Traum auszusetzen.

*Du möchtest vielleicht zurückgehen*, sage ich zu Pom.

Er bleibt auf meiner Schulter. Ich atme tief durch und erinnere mich daran, dass das, was ich jetzt tue, zu Mamas eigenem Wohl ist. Entschlossen warte ich darauf, dass sie die Babyversion von mir getötet hat, und dann entführe ich sie in den nächsten Alptraum, in dem sie in unserer Wohnung auf mein erwachsenes Ich trifft.

Es funktioniert. Der Traum fühlt sich bereits wie eine Erinnerung an – so wie sie mit ihren hübschen braunen Augen diese Version von mir anschaut.

Mit müder Stimme sagt Mama: »Nicht das schon wieder.«

»Deine Symptome verschlimmern sich«, sagt mein Doppelgänger. »Ich hörte dich nachts schreien.«

Ihr Gesicht wird aschfahl. »Bist du in mein Schlafzimmer gekommen?«

Das andere Ich starrt sie wütend an. »Nein. Was noch wichtiger ist, ich habe mein Versprechen nicht gebrochen. Ich bin nicht in deine kostbaren Träume eingedrungen.«

Sie atmet erleichtert aus. »Ich hatte nur einen Alptraum, das ist alles.«

»Worüber?« Das andere Ich verschränkt seine Arme vor der Brust.

»Ich kann mich nicht erinnern«, sagt sie abweisend. »Können wir jetzt über etwas anderes reden?«

»Hatte er etwas mit meinem Vater zu tun?« Wir beide beobachten ihre Reaktion.

Genau wie an dem Tag, an dem dies wirklich geschah, blitzen einige Emotionen in Mamas Augen auf, aber wieder so flüchtig, dass ich nicht sicher sein kann, dass ich es wirklich gesehen habe, geschweige denn herausfinden könnte, was es war.

»Wie oft muss ich es dir noch sagen? Ich erinnere mich nicht an ihn, und das ist auch kein Thema, über das ich gerne spreche«, faucht sie.

»Wenn du dich nicht erinnerst, woher willst du wissen, dass du nicht darüber reden willst?«

Sie zuckt mit den Schultern und schaut weg.

»Gut«, sagt das andere Ich, »du hast auch nicht viel gegessen. Und hast das Haus seit Ewigkeiten nicht mehr verlassen. Tatsächlich ist dies das erste Mal, dass ich dich diese Woche im wirklichen Leben sehe.« Ich werfe einen spitzen Blick auf die VR-Brille der letzten Generation auf dem Tisch.

Mamas Kiefer schiebt sich hervor. »Vielleicht liegt es daran, dass mich in der VR niemand belästigt. Ich bin der Elternteil, und du bist das Kind, erinnerst du dich?«

»Schau mal, Mama. Ich sehe deine Symptome die ganze Zeit. Wenn du mich einfach reinlassen würdest …«

»Nein!« Sie rennt zur Tür und ruft über die Schulter: »Schlag das nie wieder vor.«

»Wenn sich deine Symptome weiter verschlimmern, habe ich vielleicht keine Wahl«, schreit ihr das andere Ich nach. »Wenn dein Leben auf dem Spiel steht, breche ich meinen dummen Schwur!«

Es ist schmerzhaft, zu sehen, wie sie erstarrt und sich umdreht, um diese Version von mir zu sehen, ihren Ausdruck so voller Verrat, dass ich diese Worte sofort wieder bereue.

Sie hat mich schwören lassen, nicht in ihr zu traumwandeln, solange ich mich erinnern kann, und doch breche ich dieses Versprechen, während wir sprechen.

»Das würdest du nicht«, sagt Mama matt, während sie sich zur Haustür zurückzieht. »Bitte sag, dass du das nicht tun würdest.«

»Gut, aber du musst *jemanden* sehen«, sagt das andere Ich. »Vielleicht einen konventionellen

Seelenklempner? Vielleicht einen Freund finden und mit ihm reden? Oder …«

»Du verstehst das nicht!« Ihre Stimme erhebt sich. »Ich habe alles versucht.«

»Nicht alles.« Es liegt ein entschlossener Ausdruck auf dem Gesicht des anderen Ichs, an den ich mich nicht erinnern kann, aber ich muss ihn gehabt haben – das ist immer noch eine Erinnerung.

Mit einem Knurren dreht sich Mama auf der Ferse um und stürmt hinaus, wobei sie die Tür hinter sich zuschlägt.

Ich passe jetzt genauer auf, denn ich habe nur geraten, was nach diesem Kampf passiert ist.

Mama läuft zum Aufzug. Als sie drin ist, schließt sie die Augen, lehnt sich an die Wand und murmelt vor sich hin: »Sie wird es tun. Sie wird irgendwann in mir traumwandeln.«

Verdammter Mist. Ich habe sie noch nie so mit sich selbst reden hören. Unser Kampf hatte sie noch mehr mitgenommen, als ich dachte.

Der Aufzug hält an, und sie öffnet die Augen. »Ich kann das nicht zulassen«, flüstert sie. »Das werde ich nicht.« Der entschlossene Ausdruck auf ihrem Gesicht spiegelt jenen wider, den ich vor ein paar Sekunden auf mir selbst gesehen habe.

Was meint sie damit?

Während ich zuschaue, rennt Mama aus dem Gebäude und läuft direkt auf die Autobahn zu.

Nein. Das kann sie nicht gemeint haben.

Aber genau das hat sie vor.

Als das erste selbstfahrende Auto noch rechtzeitig ausweicht, wirft sich Mama unter das nächste, dann unter ein anderes, immer und immer wieder, bis sie schließlich eine Situation findet, in der ein Auto ihr nicht ausweichen kann, ohne andere Menschen zu töten.

Als das Auto in ihren Körper knallt und sie für eine Millisekunde durch die Luft fliegt, sieht Mamas Gesicht triumphierend aus.

Dann fällt ihr zerstörter Körper krachend auf den Bürgersteig.

# KAPITEL ACHTZEHN

ICH ERWACHE aus der Trance und schaue mich betäubt im Krankenhauszimmer um, und das Geräusch der piepsenden Maschinen mischt sich mit der Kakophonie in meinem Kopf.

Wie bin ich hierhergekommen? Hat der Alptraum mich anstelle von Mama aus der Traumwelt geworfen?

»Bailey?«

Ich folge dem Klang der Stimme und sehe einen besorgten Valerian, der eine Waffe auf mich richtet.

»Yitten«, sage ich nur, und er lässt die Waffe sinken.

Ich schaue zurück zu Mama, und mein Gehirn stürzt wie ein Computer ab und startet neu.

»Ihr Herz fing an zu rasen und ließ die Maschinen anspringen«, sagt Valerian. »Aber sie ist immer noch ...«

Die Gargoyle-Schwester stürmt herein und beginnt, die Maschinen einzustellen. Als das verrückte Piepen aufhört, kommt sie zu uns. »Was auch immer

Sie getan haben, tun Sie es nicht wieder, bis Dr. Xipil hier ist.«

Ich bin immer noch zu überwältigt, um zu sprechen.

»Das werden wir nicht«, sagt Valerian. »Danke.«

Die Krankenschwester entfernt sich wütend, und ich lehne mich mit zittrigen Knien gegen Mamas Bett.

»Geht es dir gut?«, fragt Valerian, und seine Stimme scheint aus der Ferne zu kommen.

»Es war kein Zufall«, sage ich kraftlos, als ich mir der schrecklichen Erkenntnis vollends gewahr werde.

»Was?« Valerian klingt noch weiter entfernt.

Ich weiß nicht, ob ich es ertragen kann, es laut auszusprechen, aber die Worte tauchen trotzdem auf, wie von der Zange eines Folterers herausgezogen. »Es war … ein Selbstmord.« Ich schlucke belegt und starre auf Mamas aschfahles Gesicht. »Sie gab sich alle Mühe, von diesem Auto angefahren zu werden.«

Valerian atmet hörbar ein.

Ein unerträglicher Druck baut sich in meiner Brust auf, und mein Hals schnürt sich zu. Könnte ich missverstanden haben, was ich gesehen habe? Oder meinen eigenen Alptraum erlebt haben? Nein, das ergibt keinen Sinn. Ich weiß, dass es eine Erinnerung war.

Mamas Erinnerung.

Ihr Gesicht verschwimmt vor meinen Augen. »Es war meine Schuld. Ich drohte, in ihr zu traumwandeln, und sie versuchte, sich umzubringen, um es zu verhindern.«

»Bailey.« Valerian klingt besorgt.

Ich schwanke. Mir dreht sich der Magen um. Mein Hals brennt. Mein Herz hämmert so sehr in meiner Brust, dass, wenn ich diejenige wäre, die an alle Maschinen angeschlossen ist, die Krankenschwestern hereinplatzen würden.

Mama hat sich meinetwegen umgebracht.

Mein Brustkorb fühlt sich an, als würde der Subtraumgeier in ihm kratzen. Bis heute hatte ich mich wegen des Kampfes schuldig gefühlt. Ich hatte gedacht, ich hätte Mama verärgert, was sie unvorsichtig gemacht hatte.

Wie dumm. Wie naiv von mir. Bis jetzt kannte ich die wahre Definition von Schuldgefühlen noch nicht. Sie drohen mich zu ertränken, und der Druck ist so stark, dass mir selbst flache Atemzüge schwerfallen. Langsam sinke ich auf das Bett neben Mama und versuche, alles, was ich gesehen habe, zu verarbeiten, etwas so Unverständliches zu verstehen.

Sie hat versucht, sich umzubringen.

Meinetwegen.

Ist das der Grund, warum sie mich in ihren Träumen tötet? Weil ihr Unterbewusstsein weiß, dass ich an ihrer misslichen Lage schuld bin?

Sind diese Alpträume die Rache dafür, dass ich sie gezwungen habe, sich das Leben zu nehmen?

Ich muss irgendein Geräusch gemacht haben, ein hysterisches Lachen oder Weinen, weil ich mich plötzlich auf einem Männerschoß wiederfinde, mit starken Armen um mich und dem angenehmen Duft von Kiefernholz in meinen Nasenlöchern. »Psst«, flüstert Valerian in mein Haar. »Du wusstest nicht, was sie tun würde. Woher hättest du das wissen sollen?«

*Er hat recht,* sagt Pom in meinem Kopf. *Du darfst dir nicht die Schuld geben.*

Das war ja klar. In einem der seltenen Momente, in dem Pom wach ist, verbündet er sich mit Valerian gegen mich. Der Geier in meiner Brust krallt sich fester, und das brennende Gefühl in meiner Kehle wandert höher und verfestigt sich hinter meinen Augenlidern. Ungebeten entkommt ein Schluchzen nach dem anderen, und dann heule ich heftig, und die brennenden Tränen laufen mir übers Gesicht und sickern in Valerians Hemd.

Er hält mich und lässt mich weinen, während er meinen Rücken streichelt und beruhigende und tröstende Worte murmelt. Pom meldet sich auch zu Wort und sagt mir, dass nichts davon meine Schuld ist, dass es Mamas Entscheidung war, dies zu tun.

Irgendwann lässt mein Schluchzen nach, und ich merke, dass ich irgendwo hingetragen werde.

Ich öffne meine tränengeschwollenen Augen.

Valerian legt mich auf den Sitz seines fliegenden Autos und achtet rücksichtsvoll darauf, meine nackte Haut nicht mit irgendwelchen Keimen zu berühren. Als er meinen Blick erhascht, winkt er mit der Hand, und der Innenraum des Autos verschwindet und wird durch eine beruhigende grüne Wiese ersetzt.

Müde schließe ich meine Augen, aber die Wiese geht nicht weg. Er benutzt seine Macht bei mir.

Valerian erscheint auf der Wiese.

Ich schaue weg, aber er taucht dort auf, und auch am nächsten Ort, den ich sehe.

»Deiner Mutter zuliebe musst du dich zusammenreißen.« Seine Stimme scheint aus dem ganzen Universum zu kommen. »Sobald du dich erholt hast, wirst du deine Kraft nutzen, um sie aufzuwecken und ihr zu versichern, dass du unter keinen Umständen mehr in ihr traumwandeln wirst. Problem gelöst.«

*Genau*, wirft Pom in meinem Kopf ein. *Konzentriere dich darauf, dies zu beheben.*

Ich atme zitternd ein, öffne die Augen und wische mir mit meinem Ärmel über das Gesicht.

Sie haben recht. Ich verdiene diese Selbstmitleidsparty nicht. Nicht, wenn ich einen Weg finde, den Schaden, den ich angerichtet habe, rückgängig zu machen.

Schniefend setze ich mich hin. Als Valerian mich für fähig hält, mit der Realität umzugehen, taucht das Innere des fliegenden Autos wieder auf.

»Warum hast du mich aus dem Krankenhaus geholt?«, frage ich und schaue ihn an. »Bring mich zurück. Ich will zurück in ihre Träume gehen.«

Er streichelt meinen Oberschenkel, als ob ich ein Looft an seinem Handgelenk wäre. »Ich denke, es wäre am besten, das zu tun, was die Krankenschwester gesagt hat.«

Ich möchte widersprechen, darauf bestehen, dass er mich zurückbringt, aber ich tue es nicht. Weil er recht hat. Anstatt mich auf die Krankenschwester zu verlassen, hätte ich mich vergewissern sollen, dass der Arzt da war, bevor ich versuchte, Mama zu wecken. Ich war so begierig, sie endlich zu wecken, dass ich nicht wirklich an ihre Sicherheit dachte.

Genau wie damals, als ich diese Drohung mit dem Traumwandeln ausgesprochen hatte.

Die Schuldgefühle überschwemmen mich wieder und ich suhle mich darin, bis wir auf einem Dach landen.

»Wir sind da.« Valerian öffnet die Autotüren.

Ich blinzele und schaue mich um. »Du hast mich zu dir gebracht?«

»Das Auto fliegt hierher, wenn ich kein Ziel angegeben habe«, sagt er. »Möchtest du lieber nach Hause?«

»Nein.« Auf weichen Knien steige ich aus dem Auto. »Ich will nicht allein sein.«

Er nickt zustimmend und steigt hinter mir aus. Er legt mir eine Hand auf den Rücken und führt mich zuerst in den Aufzug, dann in seine Wohnung.

»Setz dich«, befiehlt er, als wir in seine schick aussehende Küche kommen.

Ich gebe nach, als er mit einem altmodischen Wasserkocher einen äußerst angenehm duftenden Tee aufbrüht und mir eine Tasse vor die Nase stellt.

»Soll ich den Griff, den ich angefasst habe, mit Hygieia desinfizieren?« Er geht hinüber zum Kühlschrank, nimmt zwei versiegelte Päckchen Manna heraus und legt eines vor mich.

»Nein, es ist in Ordnung.« Ich nehme die Tasse, und die Wärme durchdringt meine kalten Finger.

Valerian setzt sich gegenüber von mir an den Tisch. »Du kannst heute Nacht mein Bett haben.« Als er sieht, wie sich meine Augen weiten, fügt er hinzu: »Ich werde im Gästezimmer schlafen.«

Ich nehme gedankenlos einen Schluck von dem Tee. »Ich glaube nicht, dass ich in nächster Zeit schlafen kann.«

Er öffnet sein Päckchen Manna. »Wie kann ich helfen?«

Ich öffne mein eigenes Päckchen und verschlinge es, während ich über die Frage nachdenke. »Ich wünschte, es gäbe etwas, was mich vergessen lassen würde, dass ich die schlimmste Tochter der Welt bin«, murmele ich schließlich.

»Es könnte da etwas geben.« Sein Ton ist sanft. »Ich habe gerade eine Nachricht erhalten. Der Werwolf schläft.«

Ich esse auf und schlucke den Tee hinunter. »Gut. Ich gehe hinein.«

Er durchbohrt mich mit seinem intensiven Blick. »Nein, das wirst du nicht. Nicht allein.«

»Was meinst du damit?«

»Ich gehe mit dir in die Träume des Werwolfs«, sagt er. »Aber nur, wenn du dir sicher bist, dass du dafür bereit bist.«

»Ich bin bereit. Ich verstehe es einfach nicht.« Ich bin der Traumwandler, nicht er.

Er seufzt. »Ich werde einschlafen. Du wirst in

meine Träume eintreten. Dann werden wir uns *zusammen* mit Hans, dem Werwolf, beschäftigen.«

Nun, wenn sein Ziel war, mich abzulenken, dann ist ihm das bewundernswert gelungen – nur nicht auf die Art und Weise, wie er denkt. Ich finde die Vorstellung, ihm beim Schlafen zuzusehen, unglaublich faszinierend. Zu faszinierend, würde ich sagen.

Und das ist noch nicht alles.

Zugang zu *seinen* Träumen zu bekommen? Er hatte mir das verweigert, als wir uns das erste Mal trafen, aber ich wollte unbedingt in ihnen herumschnüffeln. Verdammt, ja, bitte. Das Einzige, worüber ich mir im Unklaren bin, ist, wie hilfreich er im Umgang mit dem Werwolf wäre, aber wenn es bedeutet, dass ich diese anderen Dinge bekommen kann, spiele ich mit.

»Sicher«, sage ich, und meine Stimme klingt beeindruckend ruhig. »Wie wäre es, wenn du jetzt schlafen gehst?« *Bevor du deine Meinung änderst.*

»Richtig.« Er steht auf.

»Und benutz bitte dein eigenes Schlafzimmer«, sage ich und erinnere mich an sein früheres Angebot – zusammen mit den Umständen, die dazu geführt haben.

Der dunkle Schraubstock aus Schuldgefühlen drückt wieder meine Brust zusammen, aber bevor ich ihnen nachgeben kann, verlässt Valerian die Küche und sagt über die Schulter: »Gut. Gehen wir in mein Schlafzimmer.«

Ich bin froh, dass er mir den Rücken zuwendet, so dass er den korallenrosafarbenen Pom an meinem

Handgelenk nicht sehen kann. Ich fantasiere schon seit einiger Zeit über eine Version von *Gehen wir in mein Schlafzimmer.*

Ich eile ihm hinterher, und als ich den fraglichen Raum betrete, wird mir klar, dass ich ihn schon einmal gesehen habe.

Dies ist das üppige Schlafzimmer mit dem riesigen Bett, das mit Seidenlaken bedeckt ist, das er mir in ein paar Illusionen zeigte. Es fehlen nur die Rosenblütenblätter.

Er zieht sein Hemd aus.

Ich vergesse für eine Sekunde, wie man spricht.

Ohne Pause zieht er den Rest seiner Kleidung aus. Und ich meine *all* seine Kleidung.

Ich schlucke, hörbar.

Er zwinkert mir zu, klettert dann ins Bett und deckt sich mit einer Decke zu.

Hey, das ist nicht fair. Er kann mir das nicht zeigen und es dann verstecken. Ich hatte nicht die Chance, all diese harten, perfekt definierten Muskeln richtig in meinen Speicherbänken abzulegen. Oder sie zu berühren. Oder sie abzulecken.

Wem mache ich etwas vor? Wenn er mich etwas lecken lassen würde, würde ich wahrscheinlich kneifen, wegen der tausenden verschiedenen Bakterienarten, die auf der Haut leben.

Valerians Atmung verändert sich.

Ich schleiche mich hinüber.

Ja. Er schläft jetzt, aber noch nicht im REM-Stadium. Na gut. Ich schätze, ich muss etwas weniger

Unangenehmes tun – sein schlafendes Gesicht beobachten. Diese gemeißelten Züge sind entspannter, als ich sie je gesehen habe, und das steht ihm. Er sieht aus wie Prinz Charming, der sich ausruht.

Da meine Beine ermüden, setze ich mich auf das Bett und betrachte ihn. Und betrachte ihn. Aus irgendeinem Grund werde ich dessen nicht müde. Ich schätze, ich bin einer dieser unheimlichen Leute, die gerne jemandem beim Schlafen zusehen.

Wäre es falsch, wenn ich seine Stirn küsste? Würde ihn das aufwecken?

Die Versuchung ist überwältigend.

Plötzlich fühle ich dasselbe Gefühl wie vor der Tür des Werwolfs, nur stärker.

Könnte das sein?

Ich lehne mich über ihn und sehe, dass sich seine Augen schnell hinter den Lidern bewegen.

Interessant. Es scheint, als ob ich jetzt in der Lage bin, *zu fühlen*, wenn jemand in der Nähe in den REM-Schlaf eintritt.

Nützlich.

Jetzt eine wichtige Entscheidung: Welchen Teil von Valerian möchte ich berühren? Und mit welchem Teil von mir selbst?

Grinsend ziehe ich die Decke vorsichtig ein paar Zentimeter nach unten.

Ziel erreicht.

Ich strecke meine Hand aus und lege meine Handfläche sanft auf seine Brust.

Lecker. Valerians Brustmuskel ist vollkommen fest,

und seine Haut ist warm und glatt. Ich spüre sein Herz schlagen, und meines rast schneller, als ob es aufholen wollte.

Moment, was mache ich hier?

Ich muss mich konzentrieren.

Ich wende all meine Willenskraft auf und springe in Valerians Träume.

## KAPITEL NEUNZEHN

ALS ICH IN der Lobby meines Traumpalastes auftauche, begegne ich einem grau gefärbten Pom, der düster zu mir aufschaut.

»Rate mal, in wessen Träume ich gleich gehe«, sage ich, weil ich mir denke, dass das seine Stimmung heben wird.

Die Spitzen von Poms Ohren gehen von Grau in einen hellen Orangeton über. »Oprah?«

Ich schaue verwirrt in diese arglosen Augen. »Du meinst diese nette Dame von der Erde?«

Er nickt.

»Warum zum Teufel sollte ich in ihr träumen?«

Das Orange in den Ohren rötet sich. »Das war meine Vermutung. Kein Grund, gemein zu werden.«

»Entschuldigung.« Ich lasse Oprah neben uns erscheinen, die sich dann langsam in Valerian verwandelt. »Die richtige Antwort war Valerian.« Ich widerstehe dem Drang, schnippisch hinzuzufügen:

*Weißt du, der Typ, mit dem ich zusammen war, als du wach warst.*

Pom fliegt vorbei. »Wenn das so ist, worauf warten wir dann noch?«

Kopfschüttelnd teleportiere ich uns zum Turm der Schlafenden und lokalisiere Valerian dort.

Strike. Da ist er. Ich hatte beinahe erwartet, Traumaschleifenwolken über ihm zu sehen – er erwähnte, dass seine Eltern getötet wurden –, aber glücklicherweise ist alles sauber.

»Macht es dir etwas aus, dieses Mal draußen zu bleiben?«, frage ich Pom, einer Intuition folgend.

Seine Ohren wackeln. »Okay. Aber du musst mich vorstellen, sobald er sich in der Traumwelt wohlfühlt.«

»Abgemacht.«

Ich lehne mich über Valerian, und da es hier keine Keime gibt, gebe ich ihm einen nicht ganz so keuschen Kuss auf die Lippen, um in seine Träume einzutreten.

---

FÜR EINEN MOMENT DENKE ICH, dass ich versagt habe und aus der Traumwelt gerissen wurde, weil ich mich in Valerians Schlafzimmer befinde.

Dann bemerke ich einen Haufen Diskrepanzen. Das eine ist, dass beide Fenster, die ins Schlafzimmer führen, schwarz sind – etwas, was ich mir später anschauen sollte. Die andere Diskrepanz ist viel größer: Es gibt eine zweite Version von mir auf dem Bett.

Eine Version, von der Valerian träumt.

Eine *nackte* Version, die sehr biegsam und erfahrener zu sein scheint, als ich es bin.

Ich danke dem Himmel, dass ich Pom zurückgelassen habe – er braucht kein psychologisches Trauma.

Ich wende meine Augen von meiner Doppelgängerin ab und beobachte Valerians perfekte Gesäßmuskeln – die sich durch die Bewegungen anspannen. Ein Teil von mir will meine Kräfte nutzen, um mit dem anderen Ich zu tauschen … Valerian würde den Unterschied nicht merken.

Aber wir haben ein paar Sachen zu erledigen.

Ich räuspere mich.

Valerian hält mitten im Stoß inne und schaut in meine Richtung.

»Ah.« Er lässt das nackte Ich verschwinden. »Dies ist ein Traum.«

Das war die schnellste Anpassung an die Realität des Träumens, der ich je begegnet bin.

»Bereit, es mit dem Werwolf aufzunehmen?«, frage ich.

Er nickt und kleidet sich ohne meine Hilfe an.

Das zweite Beispiel für seine Beherrschung des luziden Träumens. Interessant.

Ich nehme seine Hand – hauptsächlich, weil ich es will – und teleportiere uns zum Turm der Schlafenden.

»Was ist das?« Valerian starrt fasziniert auf Pom, der mit dem Grinsen einer Grinsekatze auf dem

Gesicht auf meiner Schulter landet. »Eine Traum-Manifestation?«

»Keine Manifestation. Er ist real. Sozusagen. Er ist mein Gefährte.« Ich zerzause das Fell des Loofts. »Pom, das ist Valerian.«

Pom springt hinunter und landet vor Valerians Füßen. Er schaut den Mann von oben bis unten an und sagt: »Die Version, die du geküsst hast, sah genauso aus wie er.«

Ich erröte. »Pom, das war privat.«

Valerian schmunzelt. »Schön, dich kennenzulernen, Pom.«

»Was für ein Cogniti bist du?«, fragt Pom.

Valerian benutzt seine Kraft, um unsere Umgebung wie sein Wohnzimmer aussehen zu lassen. Zumindest versucht er es. Ich sehe doppelt: eine geisterhafte Version von dem, was er mir zeigen will, und den Turm der Schlafenden darunter.

Die Spitzen von Poms Ohren färben sich violett. »Noch ein Traumwandler?«

»Ein Illusionist.« Valerian lässt die Vision verschwinden. »Aber ich bin auch ein erfahrener luzider Träumer.« Er lässt ein paar Päckchen Manna in der Luft auftauchen, von denen er eines Pom und ein anderes mir reicht.

Ich probiere den Leckerbissen. Ja. Er *ist* gut im luziden Träumen. Genau wie Hekima, der Illusionist hinter den Morden am New Yorker Rat. Er lernte das luzide Träumen, weil er Seite an Seite mit *meinesgleichen* an einem mysteriösen Ort namens Soma aufgewachsen war.

Mein Herzschlag beschleunigt sich.

Könnte es sein, dass Valerian es dort auch gelernt hat? Ist er deshalb so verschlossen geworden, als ich ihn danach fragte?

Pom schaufelt sich sein Manna in den Mund, ohne es auszupacken. Nachdem er aufmerksam gekaut und geschluckt hat, sagt er: »Genau wie das, was Bailey für mich gemacht hat, als ich versucht habe, zu verstehen, warum jeder in der wachen Welt so besessen vom Essen ist.«

Ich sehe Valerian an. »Er braucht nicht zu essen, weil er sich von meinem Blut ernährt.« Ich lasse Poms pelzige Armbandform vorübergehend an meinem Handgelenk auftauchen. »In der wachen Welt ist er ein Looft.«

Valerian untersucht Pom mit noch größerer Neugierde. »Du meinst wie die Para…«

»Ein *Symbiont*, der auf Moofts lebt«, sage ich schnell. Das Letzte, was ich brauche, ist, dass Pom wegen der Verwendung des P-Wortes ausflippt.

Valerian nickt ernst, als er versteht, worauf ich hinauswill. »Genau das wollte ich gerade sagen.«

Ich strahle ihn an. »Exakt.«

»Und durch Pom springt man so leicht in die Träume«, sagt Valerian. »Clever.«

»Ja.« Um meine Stimme so lässig wie möglich klingen zu lassen, frage ich: »Woher wusstest du das?«

Valerian runzelt die Stirn. »Ein Glückstreffer.«

Stimmt. Sicher. Das hat nichts mit dem verbotenen Thema Soma zu tun.

»Der Werwolf.« Valerian schaut sich um. »Er wird hier auftauchen, wenn er im REM-Schlaf ist?«

»Ja«, sage ich und mache mir nicht die Mühe, hinzuzufügen: *Noch ein Glückstreffer?*

»Wo würde er sein?« Valerian betrachtet die Schlafenden in den Nischen um uns herum.

Auf eine Vorahnung hin teleportiere ich mich auf die Etage, wo die Nischen schon seit einer Weile leer sind.

Ja. »Dort.« Ich zeige dorthin, wo Hans aufgetaucht ist, noch in Wolfsform.

Valerian nimmt die Wendeltreppe in der Mitte des Turms, was wahrscheinlich bedeutet, dass er sich nicht wie ich teleportieren kann.

»Weißt du, wie dieser Teil funktioniert?«, frage ich ihn, als er bei mir ankommt.

Er lächelt. »Du berührst mich und ihn gleichzeitig, dann gehst du hinein.«

Ein weiterer Beweis dafür, dass er einige Traumwandler gekannt hat – und dieses Mal hat er mir unabsichtlich etwas beigebracht, was ich nie ausprobiert habe. Normalerweise würde ich in den Traum von Person A springen, mit dieser Person zum Turm der Schlafenden zurückkommen und dann in den Traum von Person B springen.

Wenn dieser Weg funktioniert, wird er effizienter sein.

Er kommt zu mir und steht so, dass ich ihn und den Wolf mit Leichtigkeit berühren kann.

Mein Herzschlag nimmt wieder Fahrt auf, weil mein körperliches Bewusstsein seiner Nähe hier so intensiv ist wie in der wachen Welt – nur gibt es hier keine Keime, und ich habe die volle Kontrolle.

Ich fahre mit der Zunge über meine Lippen. »Also kann ich dich überall berühren, richtig?«

In seinen ozeanblauen Augen entflammt eine dunkle Hitze, als er sich nach vorne beugt. »Eigentlich«, seine Stimme vertieft sich, »gibt es eine bestimmte Art und Weise, wie ich möchte, dass du mich berührst.«

»Pom, Süßer, kannst du uns etwas Privatsphäre geben?«, frage ich, und meine Augen verlassen diese sinnlichen Lippen, nur ein paar Zentimeter entfernt, nicht. »Die Sache mit dem Werwolf wird sowieso beängstigend sein.«

»Gut«, schnaubt Pom und verschwindet.

Valerian umfasst meine Hand und legt sie auf den Werwolf; und dann, bevor ich einen zusammenhängenden Gedanken fassen kann, küsst er mich.

Wow. Es muss das Wissen sein, dass er den Kuss dieses Mal fühlen kann, was dieses Mal heißer macht … weil es so ist. Mehr als einmal habe ich das Gefühl, dass wir anfangen, vom Boden zu schweben – eine Gefahr der Traumwelt.

Nach einer gefühlten Stunde der Glückseligkeit zieht er sich zurück. »Er könnte den REM-Schlaf verlassen«, murmelt er und blickt mit schweren Augen auf mich herab. »Es ist wichtig, dass wir hineingehen.«

Stimmt. Traumwandeln.

Ohne das Fell des Werwolfs loszulassen, schiebe ich meine Hand unter Valerians Hemd und stürze mich widerwillig in die Träume des Wolfes.

---

GENAU WIE DER LETZTE WERWOLF, mit dem ich das gemacht habe, hat auch dieser zwei Träume zur gleichen Zeit, einen für jede seiner Naturen. Ich bin mir nicht sicher, was Valerian sieht, aber aus meiner Sicht stehen die beiden Träume nebeneinander, wie zwei Hologrammstreifen.

Ein Traum ist wie eine gewalttätige Naturshow. Hans ist in Wolfsform und reißt einen Mooft in Fetzen.

Was für ein Arschloch. Moofts sind eine geschützte Art, die so gut wie ausgestorben ist – kein guter Werwolf würde sie jagen, nicht einmal im Schlaf.

In dem anderen Traum trägt Hans, der Mann, eine Mooft-Maske und befindet sich in einem Sitzungszimmer, wo er mit anderen, ebenfalls maskierten, Menschen spricht.

Das Interessante hier ist, dass sich das wie eine Erinnerung anfühlt.

Eines nach dem anderen. Ich kann nicht mit zwei Träumen gleichzeitig umgehen.

Genau wie damals, als ich gegen Hekima kämpfte, schwebe ich aus meinem Körper heraus und erschaffe eine zweite Bailey, die mit den feurigen Haaren. Ich strenge mein körperloses Ich an, um in beide Körper einzudringen.

Wow. Diesmal ist es einfacher. Viel einfacher. Ich vermute, dass auch das von dem Power Boost kommt.

Wolf Hans hört auf zu fressen, hebt seine blutige Schnauze und schnüffelt an der Luft.

Verdammter Mist. Das letzte Mal konnte mich ein Werwolf auf diese Weise aufspüren.

Zum Glück schüttelt Hans den Kopf und frisst weiter.

Valerian erscheint neben der Version von mir, die den Werwolf beobachtet.

»Ich stelle sicher, dass er uns nicht entdeckt«, sagt er ruhig.

Stimmt. Fast hätte ich Valerian vergessen, aber er hat nicht vergessen, sich nützlich zu machen.

Er deutet auf Hans. »Kannst du dafür sorgen, dass er das noch lange träumt?«

Ich nicke und setze den Traum in eine Schleife.

»Gut«, sagt Valerian. »Kannst du mich jetzt zu dem interessanteren Traum bringen?«

Er ist also nur hier im Wolfsteil des Traumes. Interessant.

Das Ich im Konferenzraum teleportiert im Traum dorthin, wo Valerian und das andere Ich stehen.

Ich schaue mein feuriges Ebenbild an und zwinkere.

Es zwinkert zurück.

Das Gefühl ist seltsam, weil ich mir bewusst bin,

dass ich sowohl zwinkere als auch mich selbst dabei beobachte.

Dann bemerkt das Ich, das schon hier war, einen hungrigen Ausdruck auf Valerians Gesicht, während er abwechselnd jede Version von mir ansieht. Seine rein männlichen Gedanken sind nicht schwer zu erkennen: Eine Bailey ist großartig, zwei sind noch besser.

Nun, wenn er ein guter Junge ist, könnte ich eines Tages meine Kraft nutzen, um eine Art Dreier mit ihm zu haben. Es könnte Spaß machen, ihn wie hier aus verschiedenen Perspektiven zu genießen. Es macht sogar so viel Spaß, dass mir bei dem Gedanken spürbar warm wird.

Ich unterdrücke diese ablenkende Vorstellung und überlasse es dem feurigen Ich, den Traum des Wolfes zu überwachen, während ich Valerian in den Traum im Meetingraum teleportiere.

Nun, da die Gegenüberstellung von zwei Träumen die Dinge nicht mehr verwirrt, bekomme ich einen guten Blick in den Raum.

Hmm. Die Masken sind der ganze billige Mist, den man in jedem Laden bekommen kann. Alle beliebten Modelle für Kostümpartys sind hier vertreten, von echten Monstern wie Drekavacs bis hin zu fiktiven Kreaturen wie Pac-Man.

Eine bestimmte Maske zieht meine Aufmerksamkeit auf sich, die eines Koboldgesichts.

Könnte das sein?

Es ist eine sehr weit verbreitete Maske.

Aber es ist nicht nur die Maske an sich. Dieser

Mann ist groß und dünn, wie der im Traum von Vas, dem Ork aus der Bande der Dreckigen Bastarde.

Nur würde das bedeuten, dass das Verschwinden von Itzels Großvater irgendwie mit Icelus zu tun hat.

»Der Hohepriester hat es nicht geschafft«, sagt der Typ mit der Koboldmaske mit derselben knarrenden Dielenstimme, die ich zuvor gehört habe, und bestätigt, dass es sich tatsächlich um dieselbe Person handelt. »Ich werde derjenige sein, der die heutige Versammlung leitet.« Er wartet, um zu sehen, ob jemand Einwände hat, öffnet dann eine Hologrammkarte von Gomorrha und winkt mit den Händen herum, bis ein riesiger Teil der Karte rot eingefärbt ist.

Die Augen aller glänzen voller Angst und Neugier.

»Wie ihr wahrscheinlich schon vermutet habt, repräsentiert dies den Explosionsradius«, sagt der Typ mit der Koboldmaske. »In absehbarer Zukunft werdet ihr euch von diesen Vierteln fernhalten wollen.«

Meine Augen weiten sich. »Explosionsradius?«, rufe ich so, dass nur Valerian es hören kann. Millionen leben in dem markierten Gebiet, ganz zu schweigen davon, dass dort auch der Gesundheitsdistrikt liegt – der Ort, an dem Mamas Krankenhaus steht.

*Lass uns danach reden*, sagt mir Valerian in Legobuchstaben.

»Steht das Datum fest?«, knurrt der Werwolf.

Der Typ mit der Koboldmaske wirft ihm einen eisigen Blick zu. »Nur der Großmeister wird diese

Information haben. Was wir nicht wissen, kann nicht aus uns herausgefoltert werden.«

Alle am Tisch nicken düster.

»Wo wir gerade von Gefangennahme und Folter sprechen …« Die Koboldmaske nimmt ein unbekanntes Gerät heraus, drückt es an seinen rechten Finger und zuckt zusammen, als das Gerät piepst. »Ich habe bei mir gerade ein Verabreichungssystem für Gift für den Notfall implantiert.« Er streckt seine andere Hand aus und tippt mit Zeigefinger und Daumen in einem morsezeichenähnlichen Muster. »Diese Geste wird das System aktivieren. Das Mittel wirkt schmerzlos. Benutzt es, wenn ihr gefangen genommen werdet.«

Valerian und ich tauschen besorgte Blicke aus.

Die Koboldmaske läuft durch den Raum und implantiert die Geräte in die Zeigefinger der anderen. Danach verbringt er eine Weile damit, sicherzustellen, dass sich die Gruppe an die selbstmörderischen Schritte erinnert.

Er kehrt zu seinem Platz zurück und lässt seinen Blick über den Raum schweifen. »Ich weiß, wie sehr ihr euch alle für unsere Sache einsetzt, also muss ich das nicht noch einmal betonen.« Seine Augen funkeln dunkel. »Aber wenn ihr gefangen genommen werdet und die Vorsichtsmaßnahmen, die ihr gerade erhalten habt, nicht anwendet, wird sich Phobetor persönlich um euch kümmern.«

Alle sehen gleich viel ängstlicher aus als beim

Gerede über Folter oder als ein tödliches Gerät in ihre Finger implantiert wurde.

Valerian hatte recht. Diese Menschen glauben wirklich an diese Alptraumgottheit, bis zu dem Punkt, dass sie sich tatsächlich umbringen könnten, um ihrem Zorn zu entgehen. In der Tat hat die bloße Erwähnung von Phobetor einen tiefgreifenden Einfluss auf Hans. In diesem Traum hängen seine Schultern herab, Schweißperlen bilden sich in seinem Nacken, und er rückt den Kragen seines Hemdes zurecht.

Die Version von mir, die den Werwolf beobachtet, bemerkt seine Reaktion ebenfalls. Er hört auf zu fressen und zieht den Schwanz ein.

Verdammter Mist. Ich bin mir sicher, dass diese Sache zu einem Alptraum wird, aus dem er aufwachen wird. Aber nicht, wenn ich dabei bin. Ich ändere den Traum so, dass an die Tür geklopft wird, die zum Konferenzraum führt.

Hans schaut in diese Richtung – und ich fühle sofort, dass der Traum keine Erinnerung mehr ist, etwas, was ich erwartet hatte.

Die Tür öffnet sich und gibt den Blick auf ein Mooft frei.

Als Hans die freundliche kuhartige Kreatur anstarrt, beginne ich, alle im Raum verschwinden zu lassen. Bevor ich zum Koboldmasken-Typen komme, dreht sich Hans vom Mooft weg, wahrscheinlich, um seine Mitverschwörer zu fragen, was zum Teufel hier los ist.

Als er die Koboldmaske allein sieht, runzelt er die Stirn. »Wo sind denn alle?«

»Wovon redest du?«, fragt die Koboldmaske.

Valerian greift nach meinem Ellenbogen. »Nutze deine Kräfte, um unsere Umgebung allgemeiner zu machen«, flüstert er. »Wir wollen, dass der Traum in den Traum übergeht, in dem die beiden allein sprachen.«

Ein weiterer Beweis dafür, dass er weiß, wie Traumwandeln funktioniert – aber ich habe keine Zeit, ihn damit herauszufordern oder zu fragen, warum er nicht dasselbe mit seinen eigenen Kräften erreichen kann.

Eigentlich glaube ich zu wissen, warum er es nicht selbst macht – wahrscheinlich ist er zu sehr damit beschäftigt, uns beide für Hans unsichtbar zu machen.

Ich bedecke den Raum mit Nebel und drücke die Daumen.

Valerian nickt dem Kerl mit der Koboldmaske zu. »Jetzt sollte der Kobold etwas über Erato sagen.«

Ich kichere innerlich. Kobold ist ein super Spitzname für diesen Typen.

Ich übernehme und lasse den Kobold sagen: »Die Dryade hat Patente angemeldet, die alles aufdecken könnten.«

Ich halte den Atem an und beobachte, wie die Kiefermuskeln des Werwolfs zucken, während sich der Raum um uns herum verwandelt.

Valerian und ich schauen uns um.

»Ist das ein Leichenschauhaus?«, frage ich Valerian mit einer Stimme, die nur er hören kann.

Er nickt.

Hans flucht unter seinem Atem. »Ich werde dieser Schlampe einen Besuch abstatten.«

»Diskretion ist oberstes Gebot«, sagt der Kobold und durchquert den Raum, um sich über eine Leiche zu beugen. »Phobetor ist gnadenlos zu denen, die uns verraten.«

Dieses Mal haben die gespenstische Umgebung und die Erwähnung von Phobetor einen noch stärkeren Einfluss auf Hans. Er weicht zurück und legt die Ellenbogen eng an die Seiten, als ob er versucht, seinen Körper so klein wie möglich zu machen.

Sein Wolfsselbst hört wieder auf zu fressen und wimmert.

Bevor ich den Traum noch einmal zügeln kann, befinde ich mich mit Valerian an meiner Seite wieder im Turm der Schlafenden.

Wir schauen auf das leere Bett, wo der Werwolf vor einem Moment war.

Verdammter Mist.

# KAPITEL ZWANZIG

»DIE ZWEITE ERWÄHNUNG von Collywobbles hat ihn so erschreckt, dass er aufgewacht ist«, sage ich, obwohl die Angespanntheit von Valerians Kiefer mir sagt, dass er das bereits verstanden hat.

»Weck uns auf«, befiehlt er. »Ich muss den Vollstreckern sagen, dass sie seine Zelle wieder mit Schlafgas vollpumpen sollen.«

Nickend rüttele ich ihn wach und tue dasselbe bei mir.

Als ich die Augen im Schlafzimmer öffne, sehe ich verblüfft zu, wie Valerian aus dem Bett springt und mit jemandem einen Hologramm-Anruf startet.

Der Vollstreckervampir, den ich vorhin gesehen habe, antwortet – und er hebt weder bei Valerians Nacktheit noch bei meiner Anwesenheit eine Augenbraue.

»Schlafgas«, bellt Valerian. »Pump es in das Zimmer des Werwolfs. Jetzt.«

Der Vollstrecker geht hinüber zu einem Bildschirm mit einem Haufen Knöpfe und runzelt die Stirn. »Er schläft schon.«

Er macht eine Geste zum fraglichen Bildschirm, und wir sehen, dass der Werwolf tatsächlich dort liegt, als ob er schliefe.

Oder es vortäuscht.

Oder …

»Schneid ihm den rechten Zeigefinger ab«, befiehlt Valerian eindringlich.

Das ist grausam, aber ein sicheres Mittel, um herauszufinden, ob der Kerl tatsächlich vortäuscht.

Der Vampir bewegt sich mit der für seine Art typischen Geschwindigkeit. In einem verschwommenen Bild erscheint er auf demselben Bildschirm wie Hans, mit einem gebogenen Dolch in der Hand.

*Wusch.*

Der Finger und der Werwolf gehen getrennte Wege.

Der Kerl wacht nicht auf und schreit nicht.

Mir wird schwer ums Herz. Ich habe vermutet, dass dies der Fall sein könnte, aber …

Der Vampir berührt den Hals des Werwolfs und schaut in die Kamera. »Er ist tot.«

»Heile ihn«, sagt Valerian zähneknirschend.

Ich bin mir nicht sicher, ob der Vampir ihn gehört hat oder nur die gleiche Idee hatte, aber er schlitzt sich mit der Klinge die Pulsadern auf und drückt dem Werwolf etwas von seinem Blut in den Mund.

Nichts passiert.

Valerian flucht und schlägt auf die Mauer neben sich ein.

Der Vampir kommt zurück und beginnt, Knöpfe neben dem Sicherheitsmonitor zu drücken, der das Innere der Zelle zeigt.

Die Sicherheitsaufzeichnungen werden zurückgespult und wieder abgespielt.

»Da«, sage ich, als Hans die Augen öffnet. »Das muss der Moment sein, in dem er aufgewacht ist.«

Was Hans als Nächstes tut, ist keine Überraschung. Er schaut sich in der Zelle um und stellt fest, dass er gefangen genommen wurde. Dann tippen sein Zeigefinger und sein Daumen einen bekannten Code. Sobald er die Sequenz beendet hat, fällt sein Körper in sich zusammen – aber nicht in den Schlaf.

Valerian flucht wieder. »Wie schnell kannst du dort einen Heiler bekommen? Oder einen Arzt?«

»Nicht schnell genug, dass einen Unterschied machen würde«, sagt der Vampir.

»Ich rufe später wieder an.« Mit einer wütenden Geste beendet Valerian den Anruf.

Als er sich ein paar Kleidungsstücke schnappt, versuche ich, meine Gedanken zu ordnen. »Was meinte der Kobold mit ›Explosionsradius‹?«, frage ich und tue mein Bestes, die Augen von Valerians schnell verschwindender Nacktheit fernzuhalten. Sie lenkt mich zu sehr ab, und ich muss mich konzentrieren. »Hattest du irgendeinen Grund, zu glauben, dass Icelus halb Gomorrha in die Luft jagen würde?«

Valerian zieht sich ein Hemd über den Kopf und

bedeckt damit seine köstlichen Bauchmuskeln. »Nein. Nur, dass sie *etwas* machen wollten.«

»Meine Mutter ist innerhalb des Explosionsradius«, sage ich. »Ich muss sie dort wegbringen.«

Er gestikuliert in seiner VR. »Ich habe gerade alle Vorkehrungen getroffen«, sagt er nach einer Minute. »Sie wird in eines der wenigen Krankenhäuser verlegt, die nicht im Gesundheitsdistrikt liegen.«

Ich stoße einen erleichterten Atemzug aus. »Vielen Dank.« Alles passiert so schnell, dass ich noch keine Gelegenheit hatte, richtig auszuflippen, und jetzt muss ich es auch nicht mehr. Aber … »Was ist mit allen anderen? Wird es eine Evakuierung geben?«

»Das ist die Entscheidung des Senats«, sagt Valerian. »Aber ich bezweifle es.«

»Warum?«

»Wenn die Icelus von der Evakuierung erfahren, werden sie die Bombe, oder was auch immer es ist, sofort zünden. Oder sie bewegen sie und töten noch mehr Menschen.« Grimmig fügt er hinzu: »Ganz zu schweigen davon, dass die Panik, die eine solche Evakuierung auslösen würde, Icelus genauso nutzen würde wie eine Explosion. Vielleicht sogar mehr.«

Ich schlucke. »Weil Angst Alpträume verursacht?«

Er nickt. »Außerdem … wenn die Icelus schlau sind, werden sie den Plan ändern, sobald sie erfahren, dass Hans verschwunden ist.«

»Heißt das, dass Mama auch im neuen Krankenhaus nicht sicher sein wird?« Mein Magen zieht sich wegen des Ausrasters zusammen, von dem ich dachte, dass ich ihn vermieden hätte.

»Niemand ist sicher.« Valerians Kiefer spannt sich an. »Nur, wenn wir etwas tun.«

Zu meiner Schande erwäge ich flüchtig, Mama durch eines der Tore zu bringen – und mit ihr in einer anderen Welt zu bleiben. Aber eine solche Reise wäre in ihrem Zustand riskant. Ganz zu schweigen davon, dass ich nicht *wirklich* Millionen von Menschen sterben lassen würde. Wie dem auch sei … »Wie wäre es mit einer Evakuierung in die Otherlands?«, schlage ich vor.

»Das Drehkreuz befindet sich im Explosionsradius«, sagt Valerian. »Außerdem ist es praktisch unmöglich, Millionen schnell genug durch eine Handvoll Tore zu bekommen.«

Ich atme frustriert aus.

»Es ist aber nicht die schlechteste Idee«, sagt er. »Du kannst zur Erde gehen und das aussitzen.«

»Nein«, sage ich mit einer Entschlossenheit, die ich nicht fühle. »Ich werde bleiben, und wir werden diese Sache verhindern.«

Er betrachtet mich aufmerksam. »Hast du eine Idee?«

»Sozusagen. Ich hatte noch keine Gelegenheit, dir etwas zu sagen. Der Typ mit der Koboldmaske – ich habe ihn schon mal gesehen.«

Ich fahre fort, ihm von der Suche nach Itzels Großvater zu erzählen, und dass dabei auch der Kobold auftauchte.

»Wir wissen also, dass er Hans in einem Leichenschauhaus traf und dass er die Dreckigen Bastarde anheuerte, um Cadmael zu entführen«, sagt Valerian nachdenklich. »Das ist ein Anfang.«

»Richtig. Und als ich das letzte Mal mit meinen Freunden sprach, wollte Felix sehen, ob er den Kauf einer Koboldmaske mit dem Mann in Verbindung bringen kann.«

Valerian sieht fasziniert aus. »Und, hat er es?«

»Ich weiß es nicht, aber es gibt einen Weg, es herauszufinden. Gib mir eine Minute.«

Da Valerian jetzt über Pom Bescheid weiß, berühre ich offen die pelzige Kreatur an meinem Handgelenk und falle in die Traumwelt.

---

»DU BIST WIEDER DA«, sagt Pom. »Wie lief das Traumwandeln im Werwolf?«

Normalerweise würde ich ihn nicht beunruhigen, aber ich kann nicht anders, als ihm die Situation zu erklären, während ich Felix suche. Als mein Symbiont, der nicht mehr von mir entfernt werden kann, ist Pom den gleichen Risiken ausgesetzt wie ich.

»Das tut mir leid«, sage ich zu ihm.

»Braucht es nicht.« Pom hebt sein Kinn an und nimmt eine tapfere blaue Farbe an. »Ich bin froh, dein Symbiont zu sein.«

Schwach lächelnd, verstrubbele ich sein Fell und springe in Felix' Traum.

FELIX KAUFT MAYA EIN EIS.

Ich lasse sie verschwinden, und er sieht sich verwirrt um.

»Das ist ein Traum«, sage ich.

Pom landet auf seiner Schulter. »Hallo, Felix.«

Felix schaut Pom an, dann mich. »Daran werde ich mich nie gewöhnen, oder?«

»Ich bin hier, um wichtige Informationen zu bekommen«, sage ich. »Hast du herausgefunden, wer der Typ mit der Koboldmaske war?«

Felix schüttelt bedauernd den Kopf. »Zu viele Läden. Zu viele Einkäufe.«

»Und keine anderen Spuren?«

»Ich fürchte nicht.« Seine Monobraue zieht sich zusammen. »Warum siehst du plötzlich so besorgt aus?«

Ich schiebe mein Haar zurück, bei dem ich mir nicht einmal die Mühe gemacht habe, es feurig zu machen. »Wo bist du? In der wachen Welt, meine ich.«

Er sieht für eine Sekunde verwirrt aus, und das ist kein Wunder. In einem Traum ist es schwierig, sich daran zu erinnern, wo man eingeschlafen ist. Er verzieht das Gesicht und sagt: »In einem Hotel in der Nähe von Itzels Wohnung auf Gomorrha, glaube ich.« Er sieht sicherer aus, als er hinzufügt: »Kit und Ariel sind in den Zimmern neben mir.«

»Gut. Triff mich bei Itzel, und ich werde dir alles erklären.«

Damit wecke ich ihn und beende den Traum.

———

ICH ERWACHE aus der Trance zu dem Gefühl, dass ich mich bewege.

Was zum Teufel …?

Ich öffne die Augen.

Valerian hält mich wie ein Feuerwehrmann und betritt gerade einen Aufzug.

»Hey!« Ich drücke gegen seine Brust. »Was ist los?«

»Dringlichkeitssitzung des Senats.« Er dreht sich um und drückt mit dem Ellenbogen den Knopf für das Dach.

»Ich kann alleine gehen«, sage ich und bereue es sofort – es fühlt sich gut an, von ihm gehalten zu werden.

Er stellt mich ab, als der Aufzug am Ziel hält, und wir rennen zum Auto.

»Können wir auf dem Weg zum Senat bei Itzel vorbeischauen?«, frage ich, während wir hineinspringen.

»Wie lautet die Adresse?«

Ich nenne sie ihm und erkläre ihm, dass ich meine Freunde abholen will.

»Gut«, sagt er. »Aber sie müssen auf dem Dach warten.«

Ich rufe Itzel an, die in einem verschlafenen mürrischen Ton antwortet. Ich kann auch die anderen im Hintergrund hören. Ich sage ihnen schnell, dass sie mich auf dem Dach treffen sollen, und lege auf.

Valerian muss irgendeinen illegalen Turbomodus an dem Auto haben, denn er bricht jede Geschwindigkeitsbegrenzung auf dem Planeten und bringt uns in Rekordzeit auf Itzels Dach. Itzel, Ariel, Felix – in seinem Roboteranzug – und Kit sind schon da und warten.

Irgendwie schaffen sie es, sich alle hineinzuquetschen, Anzug eingeschlossen, und Valerian sagt dem Auto, dass es zum Senatsgebäude fahren soll, während ich meinen Freunden die drohende Gefahr erkläre.

Sie nehmen es überraschend gut auf und sehen nur leicht panisch bei der Vorstellung aus, dass eine Explosion uns jeden Moment auslöschen könnte.

»Ich verstehe das nicht«, sagt Felix. »Was hat Itzels Großvater mit diesem Terrorakt zu tun?«

Itzels Augen sehen zusammengekniffen aus. »Was war nochmal der Explosionsradius?«

Ich sage es ihr.

Sie macht etwas in der VR und murmelt leise vor sich hin.

»Stellt sie inmitten all dem mathematische Berechnungen an?«, flüstert Ariel.

»Vielleicht versucht sie zu triangulieren, wo sich die Bombe befinden müsste, um diesen Explosionsradius zu schaffen«, sagt Felix. »Das *würde* die Dinge ein wenig eingrenzen, aber nicht genug für irgendeinen umsetzbaren Plan.«

Kit verwandelt sich in Itzel, aber ohne die Maske. Mit Itzels Stimme sagt sie: »Ich habe gehört, dass Zwerge Berechnungen beruhigend finden.«

»Hmm«, murmelt die echte Itzel. »Das könnte möglich sein. Und wenn irgendjemand …« Sie schreit auf und wirft uns allen einen verwirrten Blick zu.

Valerian muss sie mit seiner Macht erschreckt haben, um sie an unsere Existenz zu erinnern.

»Hast du die Verbindung herausgefunden?«, fragt er sie mit übertriebener Ruhe.

»Die Vega-Reaktoren«, platzt sie damit heraus.

»Das ist die Kraftquelle auf Gomorrha«, flüstert Felix laut zu Ariel. »Sie versorgt alles mit Elektrizität.«

»Jeder weiß das.« Itzel blickt Felix böse an, und er hält den Mund. »Rein theoretisch«, fährt der Zwerg fort, »könnte man diese Technologie modifizieren, um ein Gerät zu konstruieren, das einen Energieschub auf einmal freisetzt. Die daraus resultierende Explosion könnte den von euch beschriebenen Explosionsradius haben.«

Ich schlage mir selbst auf die Stirn. »Natürlich. Dein Großvater hat die Vega-Reaktoren erfunden. Wenn jemand sie in Bomben verwandeln könnte, wäre er es.«

Die Hände von Felix' Roboter klemmen sich in die Achselhöhlen seines Anzugs. »Aber diese Reaktoren werden doch sicher bewacht.«

Valerian schüttelt den Kopf. »Wenn die Icelus schlau sind, werden sie ihren eigenen Reaktor von

Grund auf neu bauen und ihn dann als Ausgangsbasis für diese Bombe verwenden.«

Ich bin wirklich froh, dass Valerian auf unserer Seite ist; er scheint immer genau zu wissen, was die bösen Jungs tun sollten.

»Ist es schwer, die Sache mit dem Vega-Reaktor von Grund auf neu zu machen?«, fragt Ariel.

»Vega«, korrigiert Felix.

Itzel blickt Felix noch einmal böse an. »Normalerweise bräuchte man ein Team von Ingenieuren, aber wenn eine einzige Person das könnte, wäre das Gramps. Er hat es schon einmal getan.«

»Nicht gut.« Felix versucht mit seiner behandschuhten Hand die Schweißperle von seiner Stirn zu wischen und bekommt dabei fast eine Gehirnerschütterung.

Valerian legt einen Finger auf seine Lippen.

Alle hören auf zu reden.

Valerian spielt ein paar Sekunden in der VR herum, dann sieht er uns frustriert an. »Ich habe gerade von dem Team der Vollstrecker gehört, die losgeschickt wurden, um die Dreckigen Bastarde zu fangen. Die Hoffnung war, dass jemand anderes in der Bande etwas weiß.« Er deutet auf etwas in seiner VR. »Das war nicht der Fall.«

Kit verwandelt sich in einige der Gangmitglieder, gegen die wir schon gekämpft haben. »Das ging aber schnell.«

»Manchmal kann sich sogar der Senat schnell

mobilisieren«, sagt Valerian. »Apropos – ich habe ihnen gerade deine Theorie geschickt. Sie wollen, dass ich sie ins Auto hole.«

»Tu es«, sage ich im Namen aller.

Valerian gestikuliert, und die Autoscheiben werden undurchsichtig, bevor sie zu Bildschirmen werden. Eine Sekunde später tauchen auf den Bildschirmen um uns herum die Senatskammern auf, die ich aus den Medien kenne.

»Wow«, murmelt Felix.

Das kann man laut sagen. Alle Senatoren sitzen auf thronähnlichen Sitzen, die der Schwerkraft trotzen – mit Ausnahme des Meeresvolkes, das in speziell entworfenen Wassertanks schwimmt.

Jeder Cogniti-Typ, der offiziell auf Gomorrha lebt, ist vertreten, mit Ausnahme von seltenen Typen, wie Zentauren und Basilisken. Es fehlen auch die Arten, die keinen Wohnsitz haben dürfen – wie Nekromanten und Riesen – aber der Rest ist da, darunter Orks, Zwerge und Elfen.

»Wir sahen keinen Sinn darin, dass ihr persönlich hierherkommt«, sagt ein Elfensenator, den ich in den Medien gesehen habe.

Valerian sieht nicht im Geringsten beeindruckt oder eingeschüchtert aus. »Hast du ein Update für mich?«, fragt er gebieterisch.

»Die Vollstrecker sind auf dem Weg«, antwortet der Elf. »Sie werden jedes Leichenschauhaus beobachten. Wir haben auch den Großteil der Senatsgarde zu Hilfe geschickt.«

Valerians Kiefer spannt sich an. »Lasst sie *nicht* ohne mich hineingehen.« Sein Blick wandert von Senator zu Senator. »Mit meiner Illusionskraft kann ich sie verhüllen. Sonst riskieren wir, dass die Terroristen Selbstmord begehen.«

»Wäre das so schlimm?«, fragt ein Ork-Senator.

»Es waren viele Leute im Meeting, und sie erwähnten einen Hohepriester – eine Art Anführer«, sagt Valerian. »Wir wissen nichts über irgendeine dieser Personen, wenn wir also nicht sehr viel Glück haben und sie alle bei der Kobold-Maske sind, muss das Herausfinden von Informationen unsere oberste Priorität sein.«

»Einverstanden«, sagt ein Dryaden-Senator und gestikuliert in der Luft. »Ich schicke dir die Liste der Leichenhallen. Wir haben uns die Besitzer angeschaut, aber bei niemandem läuteten irgendwelche Alarmglocken.«

Valerian nickt. »Könnt ihr mir auch sagen, in welchen Leichenhallen bereits Verstärkung in Form von Vollstreckern auf mich wartet?«

»Erledigt«, sagt die Dryade und gestikuliert weiter.

»Mich?«, flüstere ich Valerian zu. »Meinst du nicht ›uns‹?«

»Später«, flüstert Valerian zurück. Zum Senat sagt er: »Behaltet ihr die Informationen für euch?«

»Sie wurden als geheimhaltungspflichtig klassifiziert«, dröhnt ein Zwergensenator. »Nur die Vollstrecker, die Garde und der Senat wissen etwas. Und wir evakuieren auch nicht, wie du sehen kannst.«

*Und helft auch nicht den Vollstreckern,* verkneife ich mir zu sagen. Ich bin bereit, zu wetten, dass sie evakuieren werden, bevor normale Leute die Chance dazu bekommen. Sie sind schließlich Politiker.

Valerian schaut dem Zwerg in die Augen. »Nur zur Bestätigung bezüglich meiner Entschädigung …«

»Lebenslange Steuerfreiheit.« Der Zwerg zieht an seinem Bart. »Für dich und deine Unternehmen.«

»Und meine Kollegen.« Valerian nickt mir zu.

»Gut.« Der Zwerg sieht aus, als hätte er ein besonders schuppiges Ri verschluckt, was dem sparsamen Klischee entspricht, das seine Art verabscheut.

»Auch gomorrhische Staatsbürgerschaften«, platzt es aus Felix heraus. »Für diejenigen von uns, die woanders geboren wurden.«

»Erledigt«, sagt der Elf. »Lasst uns keine wertvolle Zeit mit Trivialitäten verschwenden.«

Valerian grunzt zustimmend, beendet den Anruf und betrachtet etwas in seiner VR.

»Was hast du vorhin gemeint?«, frage ich ihn. »Mit der ganzen Ich-Nummer.«

»Es gibt keinen Grund für euch, mit mir zu kommen«, sagt er und schenkt uns nur einen Teil seiner Aufmerksamkeit. »Meine illusionistischen Kräfte kombiniert mit der Anwesenheit der Vollstrecker sollten ausreichend sein.«

Itzels Schultern versteifen sich. »Mein Großvater wurde entführt. Ich komme mit.«

»Und ich weigere mich, den Spaß zu verpassen«, sagt Kit. »Also komme ich auch mit.«

»Ich bleibe bei Itzel«, sagt Ariel.

»Und ich bei Ariel«, sagt Felix, obwohl er viel weniger enthusiastisch klingt.

»Nun, *ich* könnte tatsächlich nützlich sein«, sage ich. »Wenn etwas schiefgeht, werfe ich eine Schlafgranate und dringe in die Träume der Kobolde ein, um das zu erfahren, was wir brauchen.«

Valerian hört endlich auf mit dem, was er tat, und nagelt mich mit einem eindringlichen Blick fest. »Du wirst dich nicht in Gefahr bringen.«

»Abgemacht«, sage ich.

»Gut.« Er nennt seinem Auto eine Adresse – zweifellos unser erstes Leichenschauhaus.

Während unser Auto vorwärtsrast, ziehe ich an Valerians Ärmel und flüstere: »Hast du Mama verlegt?«

Er nickt, gestikuliert herum, und Legobuchstaben erscheinen:

*In deinem Posteingang ist die Adresse des neuen Krankenhauses. Ich habe den zweiten Ort genommen, wo der Zwergenarzt seine Runden dreht.*

Wow. Ich könnte ihn jetzt gleich küssen, Mikrobiom hin oder her. Jetzt sollte es einfacher sein, sich auf die Aufgabe zu konzentrieren, die anscheinend darin besteht, Millionen zu retten.

Pfui Teufel. Seit wann mache ich solche Dinge? Haben mich Felix, Kit und Ariel mit ihrem Helden-Ding angesteckt? Immerhin haben sie einmal an einer epischen Schlacht teilgenommen, um mehrere

Otherlands, einschließlich der Erde, zu retten. Ich frage mich … Wenn ich so viel rette, würde mir das helfen, mir selbst zu verzeihen, für Mamas …

»Warum das lange Gesicht?«, fragt Ariel und reißt mich aus meinen Träumereien heraus.

»Ich fühle mich schuldig«, antworte ich, bevor ich mich aufhalten kann.

Felix Monobraue tanzt ein kompliziertes Tänzchen auf seiner Stirn. »Und weswegen?«

Nach einem Moment des Zögerns erzähle ich ihnen alles: Wie Mama mich immer darum gebeten hat, niemals in ihren Träumen zu wandeln, unseren Kampf und ihren daraus resultierenden Selbstmordversuch.

Jeder verdaut die Infos in Stille für ein paar Sekunden, auch die sonst so unbeschwerte Kit.

»Du siehst das alles falsch«, sagt Felix schließlich.

Ich ziehe eine Augenbraue in die Höhe.

»Hast du dich mal gefragt, warum?«, fragt er.

Ich runzele die Stirn. »Was meinst du damit?«

»Ich glaube, er fragt sich, warum deine Mutter *so* unbedingt verhindern wollte, dass du in ihr traumwandelst«, sagt Ariel.

Die Frage trifft mich wie ein Zentaurenhuf am Kopf.

Ja, warum? Vorher dachte ich, dass Mama es mir aus Gründen der Privatsphäre verboten hat, aber ich glaube nicht, dass sie die Privatsphäre so sehr schätzt, dass sie sich umbringt, um sie zu erhalten.

Es ist etwas Größeres. Das muss es sein. Aber was? Gibt es etwas, von dem Mama nicht will, dass ich es in ihrer Traumwelt erfahre? Vielleicht hat es etwas mit den schwarzen Fenstern zu tun, die ich dort gesehen habe?

Etwas aus der Vergangenheit, über das sie sich immer geweigert hat, zu sprechen?

Dann wiederum, wenn es mit den schwarzen Fenstern zu tun hätte, würde sie sich nicht daran erinnern, was auch immer es ist. Und, wenn ich so darüber nachdenke, behauptete sie immer, sich nicht zu erinnern – an meinen Vater und so viele andere Dinge … Wie dem auch sei, kann man wirklich fürchten, dass jemand etwas erfährt, was man selbst vergessen hat? Ich denke, das ist möglich. Wenn die Erinnerung schrecklich genug ist, weiß Mama vielleicht, dass sie mich fernhalten muss, auch ohne sich an den genauen Grund dafür zu erinnern.

Valerian legt beruhigend eine Hand auf meine Schulter. Ich schaue zu ihm auf. Apropos schwarze Fenster, fast hätte ich das eine vergessen, das ich in seinem …

»Bereit?«, murmelt er.

Ich schaue aus dem Fenster und merke, dass ich zu beschäftigt war, um unsere Landung zu bemerken.

»Soweit das möglich ist«, antworte ich und folge Felix und Ariel aus dem Auto.

Eine Gruppe von Vollstreckern und ein Mitglied der Senatsgarde warten bereits auf uns.

Die Vollstrecker sind ganz in Schwarz gekleidet und mit Dolchen und Schwertern bewaffnet, während der Gardist sowohl ein Schwert als auch eine Pistole an der Hüfte hat, die der illegalen ähnelt, die ich immer noch hinten unter meinem Hosenbund versteckt habe.

Ich werfe einen Blick auf Ariel, um ihre Reaktion zu sehen.

Wie in New York sind alle gomorrhischen Vollstrecker Vampire, da sich ihre Kräfte hervorragend für die Strafverfolgung eignen.

Zu meiner Erleichterung ignoriert Ariel die Vampire, und ihre volle Aufmerksamkeit gilt stattdessen dem Gardist des Senats.

Natürlich. Die Gardisten des Senats sind keine Vampire. Aus vielen Gründen, die meisten davon politische, sind sie Uber – die gleiche Art von Cogniti wie Ariel selbst. Das bedeutet, dass dieser Gardist, wie Ariel, auf dem Cover jedes beliebigen Modemagazins der Erde abgebildet sein könnte und nicht fehl am Platz aussehen würde – besonders, wenn in der fraglichen Ausgabe Navy SEALs vorkämen.

Dieses beeindruckende Exemplar muss besonders stark und schnell sein, um den begehrten Posten bekommen zu haben.

Als Valerian bemerkt, dass ich den Uber anstarre, blickt er finster.

Was soll das? Ist er tatsächlich eifersüchtig?

»Das Leichenschauhaus ist im obersten Stockwerk«, sagt der Uber – und sogar seine Stimme ist angenehm fürs Ohr. Mit Blick auf Valerian fügt er hinzu: »Mir wurde gesagt, du hättest das Kommando.«

Der unausgesprochene Teil scheint zu sein, dass der Senatsgardist der Meinung ist, *er* sollte das Sagen haben, aber dass die dummen Politiker wie immer alles in den Sand gesetzt haben.

»Bleib dicht bei mir«, knurrt Valerian und schreitet zum Aufzug.

Ariel, Kit und sogar Itzel werfen der Senatsgarde bewundernde Blicke zu, während wir folgen.

Auf der Fahrt nach unten teilt Valerian die Informationen mit, die der Senat über den Leichenbestatter, der für den Ort zuständig ist, zur Verfügung gestellt hat, wie zum Beispiel seinen Namen und wie viel er letztes Jahr an Steuern gezahlt hat.

Ich frage mich, was uns dieser letzte Teil nützt.

Als wir hineingehen, sieht das Leichenschauhaus genauso aus, wie sie in den Medien auf Gomorrha dargestellt werden – was überhaupt nichts mit den irdischen gemeinsam hat. Die Körper der Verstorbenen werden nicht in Metallschubladen aufbewahrt, sondern auf Etagen von in der Luft schwebenden Platten. Sie brauchen nicht gekühlt zu werden, da sie durch ein spezielles Plastinationsverfahren konserviert wurden, das sie für viele Jahre vor dem Zerfall bewahrt.

Die drei Optionen für die Bestattung auf Gomorrha sind, in der Reihenfolge ihrer Beliebtheit: Einäscherung, auf dem riesigen Friedhof auf der anderen Seite des Planeten begraben werden oder von ein paar Cogniti-Typen gefressen werden, die auf so etwas stehen – was normalerweise eine finanzielle Belohnung für die Familie des Verstorbenen bedeutet.

Der pummelige Leichenbestatter, der über einem

noch nicht konservierten Körper schwebt, bemerkt uns nicht.

Die Vollstrecker und der Gardist schauen zu Valerian.

»Der nicht«, sagt Valerian, ohne dass der Leichenbestatter uns bemerkt.

Wir überprüfen den Rest des Leichenschauhauses darauf, ob es noch andere Mitarbeiter gibt, die wir uns ansehen können, finden aber keine. Wir gehen unseren Weg zurück und überlassen es den Vollstreckern und dem Senatsgardist, die Ein- und Ausgänge in diesem Leichenschauhaus zu beobachten. Dann fliegen wir zum nächsten Ort auf der Liste.

Wieder treffen wir auf Vollstrecker und einen Uber von der Senatsgarde, und wieder kommt der Leichenbestatter nicht als unser Täter in Frage – er ist ein Zwerg.

Auch in der nächsten Leichenhalle haben wir kein Glück, genauso wenig wie in der danach.

Als wir auf dem nächsten Dach landen, erkenne ich einen der Vollstrecker – er ist der Typ, der Hans, den Werwolf, überwacht und ihm den Finger abgeschnitten hat.

»Hallo, nochmal«, sagt der fragliche Vampir zu mir.

»Virgil, das ist Bailey«, sagt Valerian und blickt den Vollstrecker missbilligend an.

Der Rest der Vollstrecker sowie der Typ von der Senatsgarde stellen sich vor.

Da ich nicht gut mit Namen umgehen kann,

erinnere ich mich nur an Virgils Namen und den des Uber – Onassis.

Wie zuvor tut Ariel so, als würden die Vampire nicht existieren, und starrt auf Onassis leckeren Hintern, während wir uns auf den Weg zum Aufzug machen.

»Der Name dieses Bestatters ist Wrakar«, sagt Valerian, indem er die Info in seiner VR vorliest. Jeder schaut ihn an, und er erzählt uns, wie viel Geld Wrakar im vergangenen Jahr verdient hat – und andere weniger nützliche Details.

Als wir die Etage erreichen, auf dem sich die Leichenhalle befindet, gehen wir zuversichtlich hinein.

»Warte«, flüstert Felix, als die erste Leiche in Sicht kommt. »Diese Spuren auf der Leiche waren in den anderen Leichenhallen nicht zu sehen.«

Er hat recht. Die Zeichen sind in Wirklichkeit Schnitzereien im Fleisch, die von innen mit einer seltsamen Energie beleuchtet werden.

Ist das eine ausgefallene Bestattungsprozedur, von der ich noch nie gehört habe? Wenn die Absicht war, den Verstorbenen festlicher aussehen zu lassen, ist das ein epischer Fehlschlag. Die Schnitzereien lassen den Körper stattdessen makaber erscheinen.

Als sie die Markierungen entdeckt, wird Ariel vampirblass. »Nicht schon wieder«, haucht sie und weicht zurück.

Ich bin gerade dabei, sie zu fragen, was passiert, als ein Energieschlag Virgil und die anderen Vollstrecker trifft.

Für eine Sekunde sehen die Vampire fassungslos aus. Dann, ohne Vorwarnung, schlägt der Vollstrecker, der Valerian am nächsten steht, mit seinem Schwert um sich.

Wie durch ein Wunder weicht Valerian nach links aus – wodurch sein Gesicht genau in die Flugbahn der Faust eines anderen Vollstreckers gerät.

Der Aufprall der Knöchel auf den Knochen ist hörbar.

Valerian fliegt durch die Luft und fällt zusammengesunken krachend zu Boden.

# KAPITEL EINUNDZWANZIG

NEIN. Nicht Valerian.

Mein Herz fühlt sich an, als würde es implodieren.

Ich kann ihn nicht auf diese Weise verlieren. Es geht ihm gut. Das muss es.

Wir haben keine Zeit, nach ihm zu sehen oder darüber nachzudenken, was verdammt nochmal gerade passiert ist. Vielleicht hat der Senat uns verraten oder vielleicht sind die Vollstrecker irgendwie ein Teil von Icelus – das spielt keine Rolle. Priorität Nummer eins ist, zu überleben und Valerian zu helfen.

Ich ziehe meine Waffe und schieße auf den Vollstrecker, der ihn geschlagen hat.

Nichts passiert.

Ich ändere die nicht-tödliche Einstellung in die tödliche und schieße erneut.

Immer noch nichts.

Verdammter Mist. Ich schätze, man kann mit dieser Technologie keinen Vampir töten.

Onassis muss das auch wissen. Anstatt sich mit der Waffe zu beschäftigen, holt er sein Schwert heraus und schlitzt den Vollstrecker auf, den ich gerade zu erschießen versucht habe.

Der Kopf des Vollstreckers rollt weg.

Wow. Wenigstens ist der Senatsgardist auf unserer Seite.

Ein anderer Vollstrecker greift Ariel an. Sie versenkt ein Messer in ihm, und Kit verwandelt sich in einen Zyklopen und haut einen anderen Vollstrecker von den Füßen, bevor er die Oberhand gewinnt. Gleichzeitig lässt Itzel eine Blitzkugel auf ihren Handflächen wachsen und schleudert sie auf die Brust des Vollstreckers, der vorhin versucht hat, Valerian zu enthaupten, während Felix das Visier seines Roboteranzuges herunterlässt und den Vollstrecker in seiner Nähe schlägt.

Der einzige Vollstrecker, der niemanden angreift, ist Virgil, Valerians Bekannter.

Er steht einfach erstarrt da, und der Ausdruck auf seinem blassen Gesicht ist hochkonzentriert. Als er meinen Blick erhascht, brüllt er: »Ich bekämpfe es, so gut ich kann. Er ist unglaublich stark. Bleib weg von mir.«

Wer ist stark? Worüber redet Virgil?

»Das ist also der Illusionist, der hier herumgeschnüffelt hat«, sagt eine bekannte, wie Dielen knarzende Stimme.

Ich wirbele zu dem Sprecher herum.

Das muss Wrakar sein, der Leichenbestatter. Und –

Überraschung – er sieht genauso aus wie der mysteriöse Mann mit der Koboldmaske.

Die Maske fehlt jetzt und lässt ein dünnes, ledriges Gesicht, das zu einer hässlichen Fratze verzerrt ist, sehen. Während er Valerians unbeweglichen Körper betrachtet, spottet er: »Er hat versucht, euch alle zu verstecken, aber ich kann durch die Augen der Vampire sehen.« Er winkt Virgil zu. »Nicht zu vergessen meine Lieblinge.« Er hebt seine Hände, und dieselbe vielfarbige Energie strömt von seinen Fingern in die Körper auf den Platten.

»Ich wusste es!«, schreit Ariel. »Ein Nekromant. Schon wieder.«

Sie hat schon einmal gegen einen Nekromanten gekämpft?

Moment. Ein Nekromant? Das erklärt eine Menge.

Nekromanten können die Toten wiederbeleben und kontrollieren, also wäre es für ihre Art eine natürliche Wahl, in einem Leichenschauhaus abzuhängen. Ich habe auch ein Gerücht gehört, dass Nekros auf Gomorrha – oder den meisten Welten, auf denen Vampire Macht haben – nicht leben dürfen, weil sie die Kontrolle über Vampire erlangen können.

Klingt, als wäre das doch kein Gerücht gewesen. Alle Vollstrecker außer Virgil stehen unter Wrakars Bann – und Virgil könnte jeden Moment seinen Kampf um die Freiheit verlieren.

Während ich all dies verarbeite, springen die Körper von den Platten herunter und richten ihre Aufmerksamkeit auf uns.

Zombies. Frische.
Meine Herzfrequenz geht durch die Decke.
Wir sind so was von am Arsch.

# KAPITEL ZWEIUNDZWANZIG

EIN ZOMBIE, der früher eine ältere Elfendame war, eilt auf mich zu.

Eine Woge der Wut verdrängt meine Angst. Elfen leben unglaublich lange, so dass es sich wie ein Verbrechen an etwas Heiligem anfühlt, den Körper dieser alten Frau nicht zu respektieren.

Kein Wunder, dass Nekromanten auf Gomorrha nicht erlaubt sind. Sie sind die Schlimmsten.

Obwohl ich nicht erwarte, dass es funktioniert, ziele ich auf den hängenden Busen der Elfendame und drücke den Abzug.

Nichts passiert. Meine Waffe kann nicht töten, was bereits tot ist.

Da ich keine Ahnung habe, wie stark Zombies sind, drehe ich mich um, um zu rennen.

Am Rande meines Blickfeldes sehe ich, wie sich jeder mit der neuen Bedrohung auseinandersetzt.

Onassis setzt einen Vollstrecker mit seinem

Schwert außer Gefecht, dann schneidet er einen Arm von einem Dryaden-Zombie ab. Die Dryade lässt nicht von ihm ab. Er schneidet ihr den Kopf ab. Der kopflose Körper bewegt sich weiter.

Großartig. Die Dinge sind offiziell schlimmer, als ich dachte.

Zwei Vollstrecker und vier Zombies drängen Felix in die Ecke. Der Brustteil des Roboters öffnet sich, zwei riesige Kanonen tauchen auf und feuern auf Felix' Angreifer.

*Bumm.*

In dem geschlossenen Raum ist die Explosion ohrenbetäubend.

Felix' Angreifer liegen zerfetzt am Boden, aber die anderen Zombies und Vollstrecker in seiner Nähe drehen sich alle in seine Richtung.

Verdammter Mist.

Der Nekro muss jetzt Felix als das gefährlichste Ziel betrachten – er merkt nicht, dass dessen Waffen nicht nachgeladen wurden.

Währenddessen tritt Ariel, nicht weit von mir entfernt, einen Zwerg-Zombie und lässt ihn wie einen riesigen Fußball durch die Luft fliegen. »Tötet den Nekromanten!«, schreit sie keuchend. »Das ist der einzige Weg, sie aufzuhalten.«

Sie muss mit Felix reden, der seine Chance, das zu tun, was sie will, irgendwie zunichtegemacht hat, indem er bereits die Waffen abgefeuert hat.

Onassis muss allerdings denken, dass Ariel mit *ihm* spricht. Er zieht seine Waffe und versucht, Wrakar zu treffen, aber der Nekromant versteckt sich hinter einer Wand aus Leichen, so dass der Gardist nicht gut zielen kann.

Onassis schießt blind. Nichts passiert. Er schießt wieder. Gleiches Ergebnis. Bevor er einen weiteren Schuss abfeuern kann, schlägt ihm ein Ork-Zombie ins Gesicht.

Ich stürze mich nach rechts, wo ich denke, dass ich den Schuss noch abgeben kann. So sehr der Nekromant die aktuelle Einstellung meiner Waffe auch verdient, ich wechsele in den nicht-tödlichen Modus – ein toter Nekromant kann uns nicht sagen, wo die Bombe ist. Wenn er k. o. geschlagen ist, werden die Zombies hoffentlich auch anhalten.

Ich ziele.

Eine knorrige Hand packt meine Waffe am Lauf. Es ist der Zombie eines älteren Uber, der auch jetzt noch heiß aussieht, auf eine Silberfuchs-Art. Mit einem Ruck reißt mir der Zombie die Pistole aus der Hand.

Ich habe mich gefragt, ob Zombies so stark sind wie die Personen, die sie zu Lebzeiten waren, und was der Uber als Nächstes tut, bestätigt meinen Verdacht.

Fast ohne Anstrengung zerquetscht er die Waffe in kleine Stücke.

Verdammter Mist.

Als der Uber-Zombie die Waffe zerstört hat, schlägt er mir schwerfällig gegen den Kopf.

Ich weiche mit Leichtigkeit aus. Stark oder nicht, dieser Zombie ist nicht so schnell wie zu Lebzeiten.

Ich nutze seinen Mangel an Geschwindigkeit zu meinem Vorteil und springe weg.

Ein dünner, älterer, weiblicher Gargoyle-Zombie jagt mich.

Ich weiche ihm aus und tauche auch unter den ausgestreckten Händen des Zyklopenzombies, der mir im Weg steht, hindurch.

Ein Vollstrecker hackt mir fast den Kopf ab, als ich an ihm vorbeikomme. Dann versuchen zwei Zombies, mich mit ihren Körpern zu rammen, und ich kann ihnen kaum ausweichen.

Mit den Zähnen knirschend, weiche ich immer wieder aus und renne im Leichenschauhaus herum, wobei ich mich wie ein magersüchtiger Elf fühle, der mit Orks American Football spielt.

Als ich einen Moment erwische, in dem niemand versucht, mich auszulöschen, ziehe ich die Schlafgranate heraus. Mein Verstand dreht sich wie verrückt. Sollte ich es tun? In dem engen Raum würden wir alle untergehen, auch der Nekromant und Valerian – falls er noch lebt. Die Zombies sollten in diesem Fall innehalten, aber wenn der Nekro als Erstes aufwacht, sind wir schlimmer dran als jetzt.

Aber es sind Vampire im Spiel. Sie schlafen nicht. Würden sie zu normalen Vollstreckern werden, sobald der Nekromant schläft?

Das *würde* Sinn ergeben.

In meine Überlegungen vertieft, achte ich nicht auf meine Umgebung – und bezahle teuer dafür. Ein Ork-Zombie gibt mir einen Schubs, der mich in Richtung

Valerian fliegen lässt, während mir die unbenutzte Granate aus der Hand rutscht und klirrend auf dem Boden landet.

Ich komme so hart auf, dass die Luft meine Lungen verlässt und der Schock von dem Schmerz durch meinen gesamten Körper hallt.

Fassungslos betrachte ich das Schlachtfeld, während ich die Übelkeit bekämpfe.

Itzel sieht immer blasser aus, während sie mit Blitzkugeln auf die Angreifer schießt. Das ist nicht gut. Sie kann diese Kraft nur wenige Male einsetzen, bevor sie ohnmächtig wird.

Felix geht es nicht viel besser. Ein Vollstrecker und ein Zombie prügeln auf seinen kaputten Anzug ein, und er reagiert nicht.

Die Person, der es relativ gut geht, ist Kit. Jetzt in der Form eines Riesen wehrt sie zwei Ork-Zombies und vier Vollstrecker ab.

Ein Schatten bedeckt mich, und ich schaue auf.

Ein Vollstrecker-Schwert wird auf mich herabgeschwungen.

Nun, verdammter Mist.

Der Nekromant ist im Begriff, eine neue Leiche auferstehen zu lassen.

# KAPITEL DREIUNDZWANZIG

DER SCHMERZ EXPLODIERT in meinem Körper, als ich mich zur Seite werfe und mich so schnell wegrolle, wie ich nur kann.

Aber leider rolle ich nicht schnell genug. Das Schwert durchschneidet meinen Oberarm, und die Klinge fühlt sich supernovaheiß an, als sie sich durch mein Fleisch schneidet.

Ich muss meinen ganzen Willen aufbringen, um nicht ohnmächtig zu werden, als mich eine Übelkeitswelle überrollt.

Der Vollstrecker hebt das Schwert wieder.

Ein dunkler, aber schimmernder Fleck erscheint in meinem Blickfeld. Bevor ich mir einen Reim darauf machen kann, lenkt das Schwert von Onassis die Klinge des Vollstreckers ab.

Keuchend versuche ich, mich aufzusetzen und den klirrenden Schwertern aus dem Weg zu rutschen.

Mein Körper gehorcht mir nicht, er muss zu verletzt sein.

Gut. Ich lasse Pfützen von Blut hinter mir und krieche. Und krieche. Und krieche noch ein bisschen weiter. Als ich mich keinen Zentimeter mehr bewegen kann, schaue ich über meine Schulter.

Der Vollstrecker gibt dem Uber eine Kopfnuss und reißt ihm mit scharfen Vampirzähnen die Kehle auf.

Onassis taumelt zurück.

»Nein!«, schreit Ariel von irgendwo in der Nähe.

Der Vampir stößt mit seinem Schwert zu. Der Brustpanzer zerbricht, und Onassis sackt zu Boden.

Verdammter Mist. Der arme Kerl.

Der Vollstrecker verschwimmt in meine Richtung und erhebt das Schwert wieder.

Aber Ariel ist schon dort. Ihr wunderschönes Gesicht ist vor Wut verzerrt, und sie enthauptet ihn mit einem Schwert, das sie einem der anderen Vampire abgenommen haben muss.

Das Blut strömt aus dem kopflosen Körper des Vollstreckers und spritzt mir ins Gesicht.

Tausend Igitts. Von allen Körperflüssigkeiten ist mir Blut am wenigsten lieb. Ich kann nicht glauben, dass ich es geschluckt habe, um wach zu bleiben.

Ariel beugt sich vor, um mir hochzuhelfen, aber ein Zyklop-Zombie packt sie am Hals. Sie dreht sich um ihn herum, schlitzt ihn auf und enthauptet ihn mit einer schnellen Bewegung.

Der kopflose Zyklop reißt an ihrem Schwert, entzieht es ihrem Griff und würgt sie weiter.

Ich beiße die Zähne zusammen. Verdammter Mist. Ich lasse weder Ariel noch sonst jemanden sterben.

Ich ziehe meinen Finger durch das Vampirblut auf meinem Gesicht und stecke ihn in meinen Mund. Ich kämpfe gegen meinen Würgereflex und schlucke.

Diesmal gibt es kein Vergnügen, nur die Glückseligkeit, dass mein Schmerz verschwindet, während sich meine Wunden augenblicklich schließen. Ich werde in Zukunft noch wachsamer sein müssen, wenn es um die Vampirblutsucht geht, aber im Moment gibt es mir die Energie, um aufzuspringen.

Ariel sieht blasser aus als der tote Vollstrecker zu unseren Füßen.

Ich greife ein Schwert vom Boden und schneide dem Zyklopen erst den rechten Arm ab, dann den linken.

Befreit schnappt Ariel nach Luft, greift nach einem Schwert und verwandelt den Rest des Zyklop-Zombies schnell in Hackfleisch.

Ich lasse sie mit dem nächsten Zombie allein und renne zur Schlafgranate. Ein wiederbelebter Elf hämmert auf mich ein, also hacke ich ihm den Kopf ab. Ein Zwerg-Zombie ist der nächste und bekommt die gleiche Behandlung. Endlich ist die Granate in meiner Hand.

Sind die Dinge verzweifelt genug für diese Maßnahme?

Ich überblicke verzweifelt das Schlachtfeld.

Ariel blutet, kämpft aber immer noch gegen die Zombies und Vollstrecker, die auf sie zukommen.

Doch Itzel liegt bewegungslos auf dem Boden. Entweder wurde sie von zu vielen Blitzkugeln ohnmächtig – oder sie wurde niedergeschlagen oder getötet. Felix' Anzug sieht aus wie eine Blechdose, die von einem Auto überfahren wurde, und selbst Kit sieht in ihrer Riesenform müde aus.

Es gibt keine andere Wahl.

Ich muss jetzt handeln.

Kits Rücken versperrt mir die Sicht auf Virgil, aber ich nehme an, er steht immer noch da, wo er war.

»Virgil, weck mich auf«, rufe ich, in der Hoffnung, dass er trotz des Lärms meine Worte verstehen kann. »Und töte Wrakar nicht!«

Das setzt natürlich voraus, dass ein schlafender Nekromant seine Macht über Vampire verliert – eine Prämisse, für die ich keine Beweise habe.

Nun, hier geht nichts.

Ich halte den Atem an, aktiviere die Granate und werfe sie in Richtung Wrakar.

Wrakar muss sofort eingeschlafen sein, weil die Zombies und die Vollstrecker in seltsamen Posen erstarren. Ich schätze, sie warten darauf, dass ihr Puppenspieler aus seinem Nickerchen erwacht.

Nicht gut. Wenn Virgil wie erstarrt dasteht, ist mein Plan geplatzt.

Kit erliegt als Nächste der Attacke, und ihre gigantische Gestalt bricht mit einem heftigen Aufschlag zusammen.

Ich kann Virgil jetzt sehen, und mein Herz wird schwer.

Er ist nicht eingefroren wie seine Gefolgsleute, aber das macht nichts. Jemand hat seine Hand- und Fußgelenke gefesselt, so dass seine Bewegungen nur die Fesseln testen, die seine übernatürliche Kraft zu halten scheinen.

Verdammter Mist. Wer wird mich aufwecken?

Bevor mir eine Antwort einfällt, erreicht mich das Gas, und ich schlafe ein.

# KAPITEL VIERUNDZWANZIG

MAMA und ich stehen von Angesicht zu Angesicht neben einer Autobahn und schauen uns wie zwei Revolverhelden in einem Erdenwestern in die Augen.

»Ich werde dich nicht in mir träumen lassen«, sagt Mama entschlossen.

Ich neige meinen Kopf. »Wirst du *nicht*?«

»Nein«, sagt sie, aber ihr Selbstvertrauen schwindet. »Ich werde dich mit allen nötigen Mitteln aufhalten.«

»Wirklich?«

Mamas Fäuste ballen sich. »Eher würde ich sterben.«

Ich rolle mit den Augen. »Findest du nicht, dass das stark übertrieben ist?«

»Ich meine es ernst.« Sie blickt auf die Straße, dann sieht sie mich wieder an. »Ich springe unter das erste Auto, das mir in die Quere kommt.«

Ich glaube ihr nicht.

Sie springt.

Ich höre auf zu atmen.

Das Auto rammt sie. Sie macht Purzelbäume in der Luft und landet auf dem Rücken, tödlich verletzt.

Nein! Was habe ich getan? Mein Entsetzen ist überwältigend.

Zitternd ziehe ich mich zurück, die Hand auf meinen Mund gepresst. Sie ist tot. Oh, Mist, sie ist tot. Ich habe sie getötet.

Nein, sie hat sich umgebracht. Meinetwegen.

Hinter mir ist Lärm zu hören.

Ich drehe mich um und reibe mir die Augen.

Genau dort auf dem Bürgersteig kämpft ein Haufen Vollstrecker mit Ariel, Felix, Kit und Valerian.

Ich möchte ihnen zu Hilfe eilen, aber ich bin wie erstarrt und atme immer noch nicht.

Gelähmt sehe ich zu, wie die Vampire meine Freunde einen nach dem anderen töten. Als Valerian seinen letzten Atemzug ausatmet, explodiert das Gebäude hinter dem Massaker. Eine riesige pilzförmige Wolke schießt in den Himmel, und die Hitzewand breitet sich nach außen aus und dezimiert die Vampire und die Körper meiner Freunde auf ihrem Weg.

Meine Lähmung verschwindet, und ich werfe meine Hände wie ein Schild nach oben – als ob das für die Millionen Grad, die auf mich zukommen, einen Unterschied machen würde.

Moment. Etwas fehlt an meinem Handgelenk.

Das pelzige Armband.

Pom.

Als ich das merke, weiß ich, was passiert.

Ich träume.

Ich friere die Explosion ein und wirbele herum.

Mamas kaputter Körper ist immer noch da, liegt auf der Straße, und aus irgendeinem Grund fühlt es sich frevelhaft an, meine Kräfte zu benutzen, um ihn verschwinden zu lassen.

Dies ist kein Traum – zumindest nicht vollständig. Mama ist vor ein Auto gesprungen, und ich habe sie dazu getrieben.

Sie wollte sich meinetwegen umbringen.

Das Wissen hämmert auf mich ein, hart und brutal, und die Schuldgefühle lasten so schwer auf mir, dass ich selbst in der Traumwelt auf die Knie sinke. Ich glaube, ein Teil von mir war vor diesem Moment noch in der Verleugnungsphase, hatte immer noch die Hoffnung, dass alles irgendwie eine Lüge war.

»Mama«, flüstere ich und strecke meine Hand nach ihrer Leiche aus. Ich weiß, dass sie in der wachen Welt im Koma liegt, nicht tot, aber sie könnte genauso gut tot sein.

Es gibt keine Garantie, dass ich in der Lage sein werde, sie zu retten, dass ich überhaupt jemanden retten kann. Valerian und meine Freunde könnten schon tot sein. Mit meinem dummen Schlafgranatenspiel habe ich sie wahrscheinlich alle getötet, und Millionen Gomorrher auch.

»Das ist doch einfach nur dumm«, sagt Pom. »Und

das kommt von jemandem, der mit Schuldgefühlen sehr vertraut ist.«

Ich schaue auf mein Looft.

Poms Färbung wechselt von Rot zu Karotte, als er in meine Arme springt.

Ich drücke ihn so stark, dass ich ihm wahrscheinlich wehtun würde, wenn das die reale Welt wäre.

»Es tut mir leid«, sagt er und windet sich aus meinem Griff. »Ich habe zwei Versprechen auf einmal gebrochen.«

Das ist wahr. Ich habe ihn gebeten, niemals in meinen natürlichen Träumen aufzutauchen, weil ich sie normalerweise wie ein normaler Mensch genieße möchte. Ich habe ihn auch gebeten, meine Gedanken nicht zu lesen – aus offensichtlichen Gründen.

Ich lache zittrig. »Ich vergebe dir. Wenn ich das nächste Mal einen so schlimmen Alptraum wie diesen habe, möchte ich sogar, dass du auftauchst und mir sagst, dass ich träume.«

»Das werde ich.« Er blinzelt mich mit seinen großen lavendelfarbenen Augen an. »Wenn du dir jetzt nur so leicht verzeihen würdest, wie du mir verzeihst.«

Ich lehne mich zurück. »Du verstehst das nicht.«

»Tue ich das nicht?« Die Spitzen seiner Ohren werden grau. »Dieser Traum war falsch. So würdest du nie mit deiner Mutter reden.«

»Na und?« Ich schaue auf den verletzten Körper. »Das Ergebnis war dasselbe.«

Pom seufzt. »Deine Mutter war völlig

durcheinander. Du wolltest ihr helfen. Vielleicht hast du ein wenig gedrängt, aber du wusstest nicht, was passieren würde. *Sie* hat die Wahl getroffen, unter das Auto zu springen – Ende der Geschichte.«

Rational gesehen weiß ich, dass er nicht ganz Unrecht hat. Ich *hatte* nur versucht. zu verstehen, warum Mama so deprimiert und zurückgezogen war, und alles, was ich sagte, war: *Wenn sich deine Symptome weiter verschlimmern, habe ich vielleicht keine andere Wahl.*

Und ich habe nicht gelogen. Als ihr Leben auf dem Spiel stand, brach ich meinen Schwur – und würde es wieder tun. *Werde* es wieder tun, sobald ich bereit bin.

Ich atme tief ein.

Das ist nicht wirklich hilfreich.

Egal, was ich rational weiß, der schwere Druck der Schuldgefühle weigert sich, nachzulassen.

»Nun, das sollte er aber«, sagt Pom und liest wieder deutlich meine Gedanken. »Und nebenbei bemerkt, du hast definitiv nicht den Tod deiner Freunde verursacht.« Pom nickt in Richtung der eingefrorenen Explosion. »Denk daran, dass, wenn die Bombe im Wachzustand wirklich explodiert wäre, wir beide jetzt tot wären und daher nicht reden würden.«

Oh, Mist. Meine Freunde. Die Bombe.

In meiner Selbstgeißelung habe ich die wirkliche Gefahr, in der wir uns befinden, völlig vergessen.

Pom stöhnt. »Was denkst du?«

»Du hast auf so vielen Ebenen recht.« Ich springe auf. »Wenn ich träume, bedeutet das, dass ich mich im

REM-Schlaf befinde und es ungefähr neunzig Minuten her ist, seit die Gasgranate explodiert ist.«

Die Spitzen von Poms Ohren färben sich violett, während ich weiterspreche. »Wenn Wrakar aufgewacht wäre, wäre ich schon tot. Das bedeutet, dass er noch schläft. Aber wie ich könnte er sich im REM-Schlaf befinden. Das bedeutet, ein Alptraum könnte ihn aufwecken – und dann ist das Spiel für uns vorbei.«

»Ganz genau.« Pom hüpft von einer pelzigen Pfote zur anderen. »Es ist fast so, als würdest du dich zur Strafe umbringen.«

Verdammter Mist. Hat er recht? Hat die Schuld mich fast zum Aufgeben gebracht?

Nun, jetzt nicht mehr. Ich bin fertig mit dem Suhlen in Selbstmitleid. Ich werde die Schuldgefühle vielleicht nie ganz loswerden, aber ich kann nicht zulassen, dass sie mich bis zur Untätigkeit lähmen. Wenn Mama mich beschimpfen will, wenn sie aufwacht, hat sie jedes Recht dazu, aber ich muss aufhören, mich selbst fertigzumachen. Ich kann die Vergangenheit nicht ändern. Alles, was ich tun kann, ist, diese Bombe aufzuhalten, sie aufzuwecken und sie um Verzeihung zu bitten. Und mit der Zeit werde ich vielleicht auch lernen, mir selbst zu verzeihen.

»Ja, viel besser.« Pom ist ganz lila, als er in meine Arme hüpft. »So ist es richtig.«

Ich schüttele verzweifelt den Kopf über ihn – ich habe nicht gesprochen, ich habe gedacht –, drücke ihn an meine Brust und bringe uns zum Turm der

Schlafenden. Ich möchte eine kostbare Sekunde erübrigen, um zu sehen, ob es meinen Freunden gut geht.

Sofort verblasst meine Erleichterung, mein Brustkorb verkrampft sich, während ich die Nischen begutachte.

Sie sind nicht hier.

Poms Fell verdunkelt sich. »Das *könnte* bedeuten, dass sie einfach ihren REM-Schlafzyklus noch nicht erreicht haben.«

Ich setze ihn ab. »Richtig. Es ist auch möglich, dass sie bereits bewusstlos waren, als das Gas sie traf – bewusstlose Menschen träumen nicht.«

Plötzlich taucht Kit in ihrem Bett auf.

Ich schreie fast vor Erleichterung. Ohne nachzudenken, springe ich zu ihrer Nische und in ihren Traum.

Natürlich träumt Kit von einer Orgie.

Ich lasse alle ihre Partner verschwinden und erkläre ihr, dass sie schläft.

»Weck mich auf«, sagt sie. »Und dann weck dich, damit wir das beenden können.«

Grinsend tue ich genau das.

# KAPITEL FÜNFUNDZWANZIG

ICH SCHRECKE AUS DEM SCHLAF.

Über meinem Kopf ist ein Gesicht. Das Gesicht eines Riesen. Wahrscheinlich die schlechteste Art, aufzuwachen.

Als er mich erblassen sieht, verwandelt sich der Riese in Kit.

Ich setze mich auf. »Befrei Virgil und beschütze Wrakar«, sage ich eindringlich. »Weck ihn nicht, aber wenn er von selbst aufwacht, hacke ihm den rechten Zeigefinger ab. Er hat immer noch die Informationen, die wir brauchen, und wir wollen nicht, dass er Selbstmord begeht wie dieser Werwolf.«

Mit vor Blutdurst glänzenden Augen beeilt sich Kit, zu tun, worum ich sie gebeten habe, während ich aufspringe und meine Umgebung betrachte.

Endlich befreit, sieht Virgil benommen aus. Ich rufe ihm ein paar Befehle zu, und das scheint ihn aus seiner Benommenheit zu reißen. Er eilt zu dem, was von

Felix' Roboter übrig geblieben ist, und beginnt zu graben.

Da Ariel mir am nächsten ist, überprüfe ich ihre Lebenszeichen und bereite mich auf das Schlimmste vor.

Puh. Sie hat einen Puls.

Ich renne zu Itzel.

Eine weitere Tonne Last wird von meinen Schultern genommen. Obwohl Itzel in noch schlechterer Verfassung ist als Ariel, wird sie ganz klar überleben.

Ich wende mich Virgil zu. Er steht über Felix, der wie ein einziger riesiger Bluterguss unter den Trümmern seines Anzugs aussieht.

»Er wird es schaffen«, sagt mir der Vampir, sehr zu meiner Erleichterung.

Und nun zur Kontrolle, die ich am meisten fürchte.

Ich laufe dorthin, wo Valerian liegt, und fühle seinen Puls.

Es ist schwach, aber es ist da.

Ich atme aus, meine Knie werden vor Erleichterung schwach. Er wird leben. Ich habe ihn nicht verloren.

Ich werde ihn auch nicht verlieren.

Ich streiche mit meinem Finger über das Vampirblut, das immer noch auf meinem Gesicht klebt, und stecke ihn Valerian in den Mund. Ich weiß, dass ich ihn genau davor gewarnt habe, aber verzweifelte Zeiten erfordern verzweifelte Maßnahmen. Wie ich kann er ab heute den kalten Entzug beginnen.

Seine Atmung verbessert sich augenblicklich. Eine Sekunde später klappen seine Augen blinzelnd auf und weiten sich bei meinem blutüberströmten Anblick.

»Das ist nicht meins«, sage ich schnell, während er sich aufrichtet. »Es gab einen Kampf. Ariel hat einen Vampir enthauptet. Versprich mir, dass du nie wieder ihr Blut trinkst, nachdem …«

»Es ist okay«, unterbricht er mich, reißt mir einen Ärmel ab und wischt mir das Blut vom Gesicht.

»Dafür ist keine Zeit«, murmele ich und schiebe ihn beiseite. »Die anderen …«

»Kein Blut«, bellt die jetzt erwachte Ariel Virgil an. »Ich werde von alleine genesen.«

Der Vampir sieht beleidigt aus. »Ich hatte nicht vor, dir welches zu geben. Vollstrecker brechen das Gesetz nicht.«

Alles gute Einwände. Sie sollte nicht die Art von Heilung riskieren, auf die Valerian und ich zurückgegriffen haben – nicht nach der ganzen Reha. Auch Virgil hat recht: Jemandem sein Blut zu geben ist höchst illegal. Wenn es in medizinischen Einrichtungen verwendet wird, stammt das Vampirblut von einem anonymen Spender, und die Ärzte wissen, wie sie damit umgehen müssen, um die Sucht zu minimieren.

Es gibt einen Grund dafür, dass ich es von Leuten wie Napoleon organisieren musste.

Ich fange Virgils Blick ab. »Kannst du medizinische Hilfe für sie bekommen?«

»Sie ist unterwegs«, antwortet er.

Valerian springt auf und sieht sich um. »Wo ist Wrakar?«

»Schläft«, sage ich. »Hoffentlich.«

Gleichzeitig eilen wir alle zum hinteren Teil des Leichenschauhauses.

Wir finden den Totenbeschwörer auf dem Boden, Kit steht über ihm, das Schwert bereit für einen Schlag.

»Sobald er im REM-Schlaf ist, gehe ich rein«, flüstere ich Valerian zu.

»Sei vorsichtig«, antwortet er mit leiser Stimme. »Deiner ist nicht der einzige Weg, um an die Informationen zu kommen, die wir brauchen.«

Ich nicke und beobachte Wrakars geschlossene Augen auf jedes Zeichen von Bewegung hin. Dann erreichen laute Stimmen meine Ohren.

Es sind die Notfallhelfer. Sie sind gekommen, um Ariel, Itzel und Felix mitzunehmen.

»Mach dir keine Sorgen. Ich blockiere seinen Gehörsinn.« Valerian nickt in Richtung des Nekromanten.

Interessant. Ich wusste nicht, dass seine Kraft sogar auf schlafende Menschen wirkt.

Valerian geht hinüber, um Onassis' Waffe zu holen, dann nähert er sich einem Sanitäterzwerg und plaudert ein paar Sekunden mit ihm. Als er sich auf den Rückweg macht, sehe ich, dass er sich auch einen Hygieia-Stab besorgt hat.

»Was sollte das denn?«, frage ich und schaue auf die medizinischen Mitarbeiter.

Valerian desinfiziert mich von Kopf bis Fuß mit

Hygieia. »Ich habe dafür gesorgt, dass sie Felix und Begleitung in dasselbe Krankenhaus bringen, in dem auch deine Mutter liegt. Und ich sagte ihnen, sie sollten die Rechnungen auf meinen Deckel setzen.«

Wenn wir allein wären, würde ich ihn wahrscheinlich zweimal küssen, einmal für das Desinfizieren und noch einmal dafür, dass er sich um meine Freunde kümmert.

Und dann vielleicht ein drittes Mal dafür, dass ich am Leben bin.

Und ein viertes Mal nur für mich.

»Kann ich jetzt wenigstens diesen Finger abhacken?«, fragt Kit.

Ich gehe zu ihr. »Tu es nicht. Das würde ihn aufwecken.«

Sie runzelt die Stirn. »Er hat meinen Freunden wehgetan. Er muss dafür bezahlen.«

»Und er wird bezahlen«, sagt Valerian düster. »Mach dir darüber keine Sorgen.«

Danach schauen alle dem schlafenden Wrakar in mürrischer Stille zu, bis ich wieder dieses seltsame Gefühl habe, das Gefühl, dass eine Person in der Nähe in den REM-Schlaf fällt.

Ich überprüfe Wrakars Augen, um sicher zu sein.

Ja. Er träumt.

Ich nehme den Hygieia-Stab von Valerian, reinige einen Fleck am Handgelenk des Nekromanten und berühre ihn nur sehr widerwillig.

Nach einem Moment der Konzentration bin ich in der Traumwelt.

# KAPITEL SECHSUNDZWANZIG

»NUN?«, fordert Pom. »Wie geht's …«

»Ich arbeite immer noch an der Rettung Gomorrhas«, antworte ich und eile zum Turm der Schlafenden.

Als ich den Nekromanten ausfindig gemacht habe, atme ich erleichtert auf, als ich den Mangel an Wolken über seinem Kopf sehe. Das Letzte, was ich möchte, ist, mich mit der Traumaschleife eines Nekromanten zu befassen.

»Wird das beängstigend sein?«, flüstert Pom.

Ich zucke mit den Schultern, behalte mein Ziel aber ununterbrochen im Blick. »An deiner Stelle würde ich diesmal aussetzen.«

»Okay, das werde ich«, sagt Pom und beginnt, wie eine Grinsekatze zu verschwinden. Als nur noch sein Mund zu sehen ist, spuckt er aus: »Viel Glück.«

Tief Luft holend, berühre ich Wrakars Handgelenk und tauche ein.

———

MEINE UMGEBUNG IST VERTRAUT – und ergibt keinen Sinn.

Unter meinen Füßen liegt das ruhige Wasser eines endlosen schwarzen Ozeans, und über mir ist ein zorniger, feuriger Himmel.

Das sieht genauso aus wie der Ort, an dem all die Subträume stattfinden, nur dass es nicht sein kann: Ich habe es doppelt überprüft, um sicherzugehen, dass Wrakar im REM-Schlaf ist, und – was noch wichtiger ist – wenn ich mich in Subträumen befinde, merke ich nie, dass es das ist, was passiert.

Warum und wie sollte Wrakar das hier träumen? Hat ihm ein Traumwandler Subträume beschrieben? Das würde implizieren, dass andere Traumwandler den schwarzen Ozean und den feurigen Himmel sehen, wenn sie in Subträumen enden, und ich dachte, das wäre nur eine Erfindung meines Unterbewusstseins.

Etwas anderes kommt mir in den Sinn, etwas noch Seltsameres.

Ich sehe nirgendwo Wrakar.

Seltsam. Kann ein Träumer in seinem eigenen Traum fehlen?

Als ich mich umsehe, wird mir klar, dass der Nekromant nicht völlig fehlt. Als ich mich konzentriere, fühle ich eine Präsenz.

Eine Präsenz, die langsam aus dem Nichts erscheint und dann vor mir auf dem Ozean steht.

Als ich sie ausmachen kann, wird mir klar, dass er –

oder es – dem Totenbeschwörer gar nicht ähnlich sieht, selbst wenn er durch die alptraumhafteste Fantasie verzerrt ist.

Die Kreatur ist humanoid, aber größer als der größte Riese. Sogar ohne diese Größe wäre sie das Furchterregendste, was ich je gesehen habe – doch paradoxerweise kann ich nicht erklären, was an ihr mir so viel Angst macht. Ihr Gesicht ist wunderschön, aber auf eine schreckliche, überwältigende Weise.

Wenn ich genau bestimmen müsste, was dieses Gefühl hervorruft, würde ich sagen, dass es diese Augen sind. Sie lassen mich an schwarze Löcher denken. In sie hineinzuschauen ist wie jeden Alptraum zu sehen, den ich je erlebt habe. Wie wenn man als kleines Kind unter ein dunkles Bett schaut. Als würde man den Boden in einer öffentlichen Toilette ablecken. Wie …

»Raus«, dröhnt die Kreatur, und ihre melodiöse Stimme beschwört jede meiner Ängste herauf.

Ein Bild von meinen Freunden, die sterben, bevor sie das Krankenhaus erreichen, geht mir durch den Kopf. Dann eines von Mama, die nie aufwacht. Dann …

»Raus!«, wiederholt die Stimme, und einfach so werde ich aus dem Traum hinausgeworfen.

## KAPITEL SIEBENUNDZWANZIG

»WO IST DIE BOMBE?«, will Valerian wissen, sobald ich aus der Trance komme.

Ich schüttele den Kopf, und mein Herz hämmert in meiner Brust, als ich mich von dem Nekromanten entferne und in Virgil hineinlaufe, der daneben stand.

»Was ist passiert?«, knurrt Valerian.

»Ich weiß es nicht.« Ich atme tief durch. »Er nahm in seinen Träumen eine beängstigende Gestalt an, und irgendwie warf er mich raus – aber ich gehe wieder rein.«

Valerian tritt vor mich, bevor ich Wrakar wieder berühren kann. »Er befindet sich nicht mehr im REM-Schlaf. Ich will nicht, dass du deinen Verstand riskierst – nicht, wenn es andere Wege gibt, ihn zum Reden zu bringen.«

Das Gefühl, einen Schlafenden in der Nähe zu haben, ist verschwunden, und die Augen des

Nekromanten huschen nicht mehr hinter seinen Lidern umher.

Ich atme ein, um meinen noch rasenden Puls zu beruhigen. »Und wie wollen wir das machen?«

Valerian holt die Waffe heraus, schaltet sie in den nicht-tödlichen Modus und schießt dem Nekro in den Kopf. »Entferne den Finger«, sagt er zu Kit. »Dann bringe ich ihn in mein fliegendes Auto.«

Kit lächelt grimmig und schneidet Wrakar die ganze Hand am Handgelenk ab.

Virgil macht aus einem Ärmel eine Aderpresse, um die Blutung zu stoppen und hievt den Totenbeschwörer wie einen Sack fauler Kartoffeln über seine Schulter. Wir folgen ihm, während er ihn zum Auto trägt, und Valerian alle paar Minuten mit der Pistole auf ihn schießt.

Sobald Wrakar im Auto sitzt, wirft Valerian Virgil einen entschuldigenden Blick zu. »Du kannst nicht mit uns kommen.«

Stimmt. In der Luft, weit weg von Vampiren und Leichen, wird Wrakar so gut wie machtlos sein.

Virgil nickt zähneknirschend.

Kit und ich steigen nach Valerian ins Auto ein, und wir gehen in die Luft, während ich versuche, zu verstehen, was im Traum des Nekromanten passiert ist. So etwas habe ich noch nie zuvor gesehen. Er muss eine schreckliche Fantasie haben, um eine solche Kreatur zu manifestieren.

Gerade als wir die Wolken verlassen, stöhnt

Wrakar, öffnet dann die Augen und schreit vor Schmerz.

»Haltet Abstand«, sagt Valerian zu uns und zeigt mit den Händen auf Wrakar.

Früher geschahen seine Illusionen im Verborgenen – er musste nie die Energiebögen zeigen, wie es Hekima tat. Aber dieses Mal ist die Energie zu sehen. Entweder steckt er mehr illusorische Kraft in das, was er vorhat, oder er will einfach nur angeben.

Das Schreien von Wrakar wird lauter. Statt Schmerz ist jetzt Angst zu erkennen, die Art von Angst, die ich in seinem Traum fühlte. Sein Körper zuckt krampfhaft, und er krallt sich mit seiner verbliebenen Hand an sich selbst fest, als ob er etwas tötet, was nur für ihn sichtbar ist.

Was auch immer Valerian ihn sehen lässt, es muss in der Tat schrecklich sein.

Der Schrei hält eine gefühlte Stunde lang an. Schließlich stoppt Valerian den Energiefluss und sagt ruhig, fast im Plauderton: »Wo ist die Bombe?«

Wrakar schüttelt den Kopf.

Valerian beschießt ihn wieder mit der Energie. Die Schreie und Krämpfe dauern noch länger.

»Wo ist die Bombe?«, fragt Valerian erneut. »Sag es mir, und das alles kann aufhören.«

»Drehkreuz-Gebäude«, krächzt Wrakar. »Im hundertsten Stock.«

»Das Drehkreuz-Gebäude ist in der Nähe des Zentrums des Explosionsradius«, sage ich. »Vielleicht sagt er uns die Wahrheit.«

»Das ist ein guter Ort«, sagt Kit und verwandelt sich in den Nekromanten, aber mit intakter Hand. »Er bietet eine bequeme Fluchtmöglichkeit in die Otherlands, nur eine Fahrstuhlfahrt entfernt.«

Valerian wirft einen bedrohlichen Blick auf unseren Gefangenen. »Wer bewacht die Bombe?«

Wrakar antwortet nicht.

Valerian wiederholt die Folter-Illusion.

»Alle«, röchelt Wrakar, als er endlich zu schreien aufhört. »Ich wollte selbst gerade dorthin.«

Valerian setzt die Illusion wieder ein, wartet, bis der Nekromant mit dem Schreien aufhört, und fragt: »Wann wird die Bombe explodieren?«

Wrakar blickt zur Zeitanzeige auf dem Armaturenbrett des Autos und grinst wahnsinnig. »Siebenundzwanzig Minuten.«

Mir wird schwer ums Herz.

Ich bin mir nicht sicher, ob wir es bis dahin überhaupt zum Drehkreuz-Gebäude schaffen, geschweige denn, etwas verhindern können.

»Auto, aktiviere den Turbo-Modus«, ruft Valerian.

Turbo-Modus? Sind wir deshalb vorhin so schnell gefahren?

Valerian gibt dem Auto weitere Befehle, einschließlich der Adresse des fraglichen Gebäudes. Mit einem Ruck taucht das Auto unter die Wolken und rauscht mit einer Geschwindigkeit in Richtung Drehkreuz, die mich in meinen Sitz drückt.

Verdammt. Der *Turbo-Modus* sollte *Raketenmodus* heißen.

Valerian ignoriert Wrakars schmerzvolles Wimmern, nimmt in seiner VR Kontakt mit dem Senat auf und sagt ihm, wohin er die Leute schicken soll. Dann kommt ein Schwall Flüche aus seinem Mund.

»Was ist passiert?«, frage ich.

Er gestikuliert, um das Gespräch mit dem Senat zu beenden. »Die Schwachköpfe glauben nicht, dass sie in der vorgegebenen Zeit jemanden dort hinbringen können.«

Kit reibt ihre Hände aneinander. »Scheint, als ob es an uns dreien liegt, die Bombe aufzuhalten. Was für ein Spaß.«

Wenn das alles vorbei ist, muss ich Kit die schlechte Nachricht überbringen: Sie scheint ihre Sexsucht durch ein Verlangen nach Gewalt ersetzt zu haben. Und wenn wir schon dabei sind, werde ich ihr die wahre Definition des Wortes *Spaß* bewusst machen müssen.

Valerian schießt mit seinen Kräften wieder auf Wrakar. Nachdem er das Geschrei für ausreichend hält, hört er mit der Folter auf und fragt: »Wie entschärfen wir die Bombe?«

»Ich weiß es nicht«, krächzt Wrakar. »Das weiß nur der Hohepriester.«

Stirnrunzelnd schießt Valerian noch ein paarmal mit der Illusionsenergie auf Wrakar, aber die Antwort bleibt dieselbe.

Valerian schaut Kit an. »Hast du eine Möglichkeit, ihn vorübergehend außer Gefecht zu setzen? Wenn wir in dieses Gebäude gehen und es sich herausstellt, dass er gelogen hat, will ich, dass er es lebendig bereut.«

Kit schaut eine Sekunde nachdenklich aus, dann grinst sie. »Wenn du keine Spinnen magst, solltest du vielleicht wegschauen.«

Ich weiß nicht, wie es bei Valerian aussieht, aber ich wende meinen Blick schnell ab und halte mir zur Sicherheit die Hände über die Ohren.

Sogar durch meine Handflächen kann ich Wrakar vor Entsetzen schreien hören. Er schwört auf alles, von den Überresten seiner Mutter bis zu seinem eigenen Leben, dass er uns nicht belogen hat, und bettelt darum, dass Kit damit aufhört, was auch immer es ist, was sie tut.

Irgendwann müssen Wrakars Stimmbänder nachgeben, denn statt zu schreien, produziert er nur ein anhaltendes, heiseres Krächzen.

»Da«, sagt Kit schließlich. »Er geht nirgendwo hin.«

Als ich mich umdrehe, sehe ich, was ich irgendwie erwartet habe – und es ist trotzdem extrem beunruhigend. Das geisterblasse Gesicht des Nekromanten ragt aus einem riesigen Seidenkokon, wie ihn Spinnen zum Einwickeln ihrer Beute verwenden.

»Also«, sage ich mit zittriger Stimme. »Wie sieht der Plan aus?«

»Wir gehen rein«, sagt Valerian. »Ich sorge dafür, dass sie uns nicht sehen können. Wenn wir wissen, wer der Hohepriester ist, nehmen wir ihn fest, ohne, dass die anderen etwas davon mitbekommen. Ich bringe ihn dann dazu, uns zu sagen, wie wir die Bombe deaktivieren können, und wir tun genau das. Danach kann ich dafür sorgen, dass sich die Icelus gegenseitig umbringen, oder vielleicht schlagen wir sie einen nach dem anderen k. o.« Er schaut mich an. »Was bevorzugst du?«

»Sie auszuschalten ist sicherer«, sage ich. »Wir wissen nicht, welche Kräfte sie haben. Sie könnten uns verletzen, wenn sie sich gegenseitig angreifen.«

Nickend landet Valerians Auto mitten auf dem Drehkreuz, was, da bin ich mir ziemlich sicher, illegal ist. Wir ignorieren die Tore um uns herum und rennen zum Fahrstuhl, wo ich den Knopf für die hundertste Etage drücke.

Eine kurze Fahrt später öffnen sich die Fahrstuhltüren und wir steigen aus – geradewegs in eine Horde Icelus.

# KAPITEL ACHTUNDZWANZIG

DIESE ETAGE IST EINDEUTIG DAFÜR GEDACHT, für große Partys, wie Hochzeiten und Jubiläen, vermietet zu werden, aber so wird sie im Moment nicht genutzt. Weit davon entfernt.

Eine Reihe von Krankenhausbetten steht dort, wo sonst die Esstische stehen. Auf den Betten liegen komatöse Menschen, die schlafen müssen – ich weiß das, weil mein neu gefundener REM-Schlafsinn viele von ihnen als träumend wahrnehmen kann.

Neben jedem Bett steht ein Icelus. Alle tragen die Masken aus dem Traum des Werwolfs, halten aufwendig gestaltete Dolche in der Hand, und ihre Aufmerksamkeit ist auf das Podium gerichtet, auf dem sich normalerweise die Hochzeitsband befinden würde.

Ich folge ihren Blicken und atme hörbar aus.

Eine schwarz gekleidete Gestalt steht mit dem

Rücken zu uns und fummelt an einem unbekannten Gerät herum.

Mein Herzschlag schießt in die Höhe.

Es ist nicht so schwer zu erraten, was passiert. Die Gestalt ist der Hohepriester, und der piepsende Apparat ist die Reaktorbombe. Am besorgniserregendsten ist, dass auf dem Bildschirm, auf dem sich das Ehepaar normalerweise eine Videocollage ansieht, eine Digitaluhr die Sekunden herunterzählt.

Alle starren auf die verbleibende Zeit.

Zehn Minuten und zehn Sekunden.

*Glaubst du, das ist bis zur Explosion?*, schreibe ich Valerian. *Oder dem Moment, in dem sie nach oben rennen sollten, wenn sie durch die Tore fliehen wollen?*

*Nehmen wir an, die Zeit bis zur Explosion*, antwortet er. *Ich würde es diesen Fanatikern zutrauen, sich für ihre Gottheit in die Luft zu jagen.*

Oh, ja. Ich habe den Gottheitsteil vergessen. Diese Idioten beten Phobetor an – oder, für Valerian, Collywobbles.

Der Countdown steht jetzt bei genau zehn Minuten.

Es muss ein kritischer Meilenstein bei dem sein, was auch immer passieren wird, denn die Wände rund um den Raum verwandeln sich in Bildschirme, auf denen eine Diashow mit Horrorfilm-tauglichen Bildern gezeigt wird.

Moment einmal. Ich habe so etwas schon einmal gesehen. Es war …

Der schwarz gekleidete Hohepriester dreht sich von der Bombe zu den Icelus-Mitgliedern um und verkündet mit dröhnender Stimme: »Das erste Opfer.«

Ein dünner Elf mit einer Drekavac-Maske ersticht den Schlafenden, der ihm am nächsten ist.

Mein Kiefer klappt auf – aber nicht von der Gewalt, die ich gerade erlebt habe.

Ich kenne den Hohepriester, kenne diese Darth-Vader-ähnliche Maske und Stimme.

Es ist Doktor Cipactli, der Zwerg, der in der Schlafklinik arbeitet, in die ich Mama fast gesteckt hätte.

Verdammter Mist.

Sie hätte dieses Opfer sein können.

Wo wir gerade von Opfern sprechen, sie ergeben jetzt eine makabere Art von Sinn. Die Schlafenden müssen Alpträume haben, also denken die Icelusfanatiker wahrscheinlich, dass das Töten von jemandem in diesem Zustand sie der Alptraumgottheit näher bringt oder irgend so einen Schwachsinn.

In der Klinik von Cipactli habe ich auch diese subtraumähnlichen Bilder gesehen.

Moment.

Ich betrachte die Schlafenden.

Ja. Gertrude, die Wundbrandüberträgerin vom New Yorker Rat, ist genau dort. Die Arme. Wir sind nicht gerade Freundinnen, aber ich will nicht, dass sie ein Opfer für einen angeblichen Gott wird.

Ein anderer Schlafender auf einem Bett in der Nähe von Gertrude fällt mir ins Auge.

Es ist Cadmael, Itzels Großvater.

Als ich meine REM-Schlaf-Radar-Kraft auf ihn konzentriere, sagt sie mir, dass er träumt, also ist er vorerst am Leben.

Ich wünschte, Itzel wäre hier, damit ich sie beruhigen könnte.

Verzweifelt öffne ich meine VR, schreibe Valerian alles, was ich gerade erkannt habe, und füge hinzu, dass Doktor Cipactli Alpträume studiert – ein logisches Thema, das für einen Verehrer einer Gottheit wie Collywobbles von Interesse ist.

Valerian zieht eine Waffe, gerade als die Legobuchstaben vor mir auftauchen und mich bis auf die Knochen erschrecken: *Er ist ein Zwerg!?*

Verdammter Mist. Die meisten Kräfte funktionieren nicht bei Zwergen.

Valerian nimmt das Ziel ins Visier, aber er zögert – und ich kann verstehen, warum. Wir brauchen den Zwerg bei Bewusstsein, damit er uns sagt, wie wir die Bombe deaktivieren können. Die Betäubung der Waffe könnte ihn länger als die Zeit, die uns noch bleibt, außer Gefecht setzen. Eine ebenso gute Frage ist *wie* wir ihn überhaupt zum Reden bringen wollen. Valerian kann seine Illusionsfolter nicht auf einen Zwerg anwenden – und selbst wenn wir den Hohepriester auf magische Weise zum Schlafen bringen würden, könnte ich die Antworten auch nicht bekommen … wie ich kürzlich erfahren habe, bräuchte ich die Zustimmung des Zwerges.

Ich schaue auf die Bühne.

Mist. Der Hohepriester schaut uns direkt an und balanciert bereits eine Blitzkugel in seinen Händen.

Valerian scheint endlich eine Entscheidung getroffen zu haben, aber bevor er abdrücken kann, feuert der Hohepriester sein Geschoss ab.

Der Energieball rast mit Lichtgeschwindigkeit auf uns zu – und prallt direkt gegen Valerians Brust.

# KAPITEL NEUNUNDZWANZIG

NEIN. Nicht schon wieder.

Ich drehe mich auf den Fersen um und stürze mich auf seinen gefallenen Körper.

Hinter mir dröhnt die Stimme eines Riesen: »Ich werde sie aufhalten!«

Das muss Kit sein. Ohne Zweifel hat sie sich verändert, um zu dieser Stimme zu passen.

Eine Sekunde später bestätigt das Geräusch ihrer enormen Faust, die in das Fleisch von jemandem knallt, meine Vermutung.

Ich blende die Kampfgeräusche aus und konzentriere mich auf die am Boden liegende Gestalt vor mir. Valerians Kleidung ist dort versengt, wo der Ball ihn getroffen hat, aber die Haut darunter ist nicht verkohlt, sondern nur gerötet, wie nach einem schlimmen Sonnenbrand.

Der Atem, den ich angehalten habe, entweicht aus meinen Lungen. Er muss wissen, was für ein

Unruhemagnet er ist, und deshalb Schutzkleidung tragen.

Ich prüfe seinen Puls. Schwach, aber vorhanden.

Mein eigener Puls beruhigt sich ein wenig. Schnell suche ich mich nach einem Rest von Vampirblut von vorhin ab. Ich weiß, ich habe vorhin gedacht, dass er enthaltsam sein muss, aber mir ist es lieber, dass er als Süchtiger lebt – statt gar nicht.

Kein Blut mehr übrig. Alles von Valerian persönlich gesäubert.

»Mist.« Kits Stimme klingt diesmal winzig klein, als ob sie eine Menge Helium eingeatmet hätte.

Es bringt mich zurück zu dem, was passiert. So sehr ich mich um Valerian kümmern möchte – vor uns liegt eine unmögliche Aufgabe: die Bombe stoppen, bevor der Timer abgelaufen ist.

Ich ziehe die Waffe aus seinen Fingern.

Die Waffe ist defekt. Die Elektrizität des Geschosses des Hohepriesters muss etwas in ihr verbrannt haben. Ich halte die nutzlose Waffe, springe auf und drehe mich zu Kit.

Sie ist wieder ein Riese – und tritt einen Gargoyle-Icelus in einer Harlekin-Maske.

Der Hohepriester schleudert einen weiteren Blitzball auf Kit.

Sie verwandelt sich in etwas Kleines mit Flügeln – entweder eine kleine Fee wie Tinkerbell oder einen Kolibri.

Das Geschoss rauscht durch die Luft, ohne zu treffen.

Die Elfe mit der Drekavac-Maske, die eben das Opfer gebracht hat, rennt unter der winzigen Kit durch und kommt direkt auf mich zu.

Kit verwandelt sich wieder in einen Riesen und verhindert, dass ein anderer Icelus hierherkommt.

Ich ziele auf den Elfen. »Keine Bewegung!«, rufe ich in meiner besten Imitation einer Polizei-Stimme. »Lass das Messer fallen – oder ich werde schießen.«

Der Elf kommt trotzdem auf mich zu, und sein Gesicht unter dieser Maske ist unleserlich.

Verdammter Mist. Er lässt sich von meinem Bluff nicht abschrecken. In einem panischen Atemzug warte ich, bis er fast bei mir ist, bevor ich ihm die Waffe an den Kopf werfe.

Der Elf muss eine Ausbildung bekommen haben. Er weicht dem Geschoss mit Leichtigkeit aus und spöttelt: »Hast du eine kaputte Pistole zu einem Messerkampf mitgebracht?«

Ich ducke mich und versuche, ihm die Beine wegzutreten. Er springt über meinen Fuß und schlitzt mich mit seinem Dolch auf.

Schmerzen brennen durch mich hindurch, da das Messer meinen Unterarm erwischt hat.

Ich beiße die Zähne zusammen und ignoriere sowohl den Schmerz als auch die Panik, die ich bei dem Gedanken an die Vermischung meines Blutes mit dem des Opfers davor fühle. Wenn ich ausflippe, bin ich so gut wie tot. Selbst ohne den Ausraster habe ich wahrscheinlich weniger als neun Minuten zu leben.

In der Hoffnung, dass es das Letzte ist, was er

erwarten würde, verpasse ich dem Elfen mit meinem verletzten Arm einen Kinnhaken.

Mein Schlag ist durch die Verletzung ungeschickt, und der Elf zieht schnell den Kopf zurück, bevor er mit einem Dolch auf meine Kehle zielt.

Ich fange sein Handgelenk ab, bevor die Klinge auf meine Haut trifft.

Er will mich schlagen, aber ich erwische auch sein anderes Handgelenk.

Zum Glück ist er besonders dünn.

Er versucht, sich aus meinem Griff zu winden, aber ich halte ihn mit all meiner Kraft fest und ignoriere das Blut, das aus meinem Arm spritzt.

Seine Augen sind auf meine Verletzung gerichtet, als er zischt: »Wie lange, glaubst du, kannst du das noch durchhalten?«

Als Antwort gebe ich ihm eine Kopfnuss, und meine Stirn schlägt gegen die Drekavac-Maske. Die Maske geht kaputt. Sterne explodieren in meinem Sichtfeld – aber hoffentlich noch mehr in seinem.

Er tritt gegen mein Knie, und meine Kniescheibe schreit vor Schmerzen. Er zieht wieder an seinen Handgelenken und drückt danach seinen ganzen Körper gegen mich.

Ich verliere das Gleichgewicht und ziehe ihn mit mir nach unten, als ich falle.

*Autsch.* Ich lande auf dem Rücken, und die Luft rauscht aus meinen Lungen. Zu meiner Überraschung umklammere ich immer noch seine Handgelenke.

Er zielt mit dem Dolch auf meinen Hals und drückt

ihn nach unten. Ich lasse sein linkes Handgelenk los und ergreife mit beiden Händen sein rechtes, damit mich das Messer nicht erreicht. Das Blut aus meinem Unterarm tropft auf mein Gesicht, aber ich ignoriere es, mit allem, was ich habe.

Er ergreift das Messer mit der freien Hand und drückt fester zu.

Ich gebe mein Bestes, um ihn abzuhalten, aber ein Mann, sogar ein dünner Elf, ist stärker als ich.

Zentimeter für Zentimeter kommt das Messer näher.

# KAPITEL DREISSIG

EINE VERRÜCKTE IDEE kommt mir in den Sinn, und ich habe keine Zeit, lange zu überlegen, ob sie funktionieren könnte oder nicht.

Ich nehme meine linke Hand von seinem Handgelenk.

Jetzt, da er mit beiden Händen nur gegen einen meiner Arme drückt, senkt sich das Messer schneller.

Ich greife zurück und lege meine linke Hand um seine rechte.

Seine Zähne knirschen hörbar aufeinander. »Auf keinen Fall wirst du mir den Dolch entreißen.«

Wenn ich noch Luft für sinnlose Gespräche hätte, würde ich ihm sagen, dass ich das nicht muss. Stattdessen greife ich mit meinem Zeigefinger nach seinem Zeigefinger und klopfe das Morsezeichen-ähnliche Muster, das ich im Traum des Werwolfs gesehen habe.

Zumindest hoffe ich, dass es das ist. Stress könnte

mein Gedächtnis durcheinandergebracht haben – oder, was das betrifft, hätten sie schon das »Lass dich nicht lebendig fangen«-Gerät deaktivieren können.

Hinter seiner aufgesprungenen Maske weiten sich die Augen des Elfen – dann werden sie leer.

Als er zusammenbricht, rolle ich ihn von mir und schnappe mir seinen Dolch.

Ich mache flache Atemzüge und setze mich auf. Mein Kopf dreht sich, und meine Sicht ist von schwarzen Punkten durchzogen. Ich kämpfe darum, nicht ohnmächtig zu werden, schiebe mich auf die Füße und schreie fast vor Schmerzen in meinem Knie.

Meine Beine halten mich, aber nur ganz knapp.

Laut der Countdown-Uhr haben wir noch fünf Minuten Zeit. Selbst wenn ich wüsste, wie man das Ding deaktiviert, bezweifele ich, dass ich es rechtzeitig durch die Icelus schaffen würde.

Andererseits gibt es jetzt dank Kit weniger lebendige von ihnen. Und eine weitere gute Nachricht ist, dass der Hohepriester müde sein muss, all diese Blitze zu erzeugen, denn anstatt noch einen Ball zu schleudern, schreit er: »Befreit die Opfer! Einige von ihnen schlafwandeln. Sie könnten den Riesen beschäftigen.«

Verdammter Mist. Das ist ein guter Plan. Wenn andere Schlafende auch nur annähernd so sind wie Gertrude, ist das Letzte, was wir wollen, dass Kit sich ihnen stellt. Obwohl … in ihrem Schlafwandeln verletzen die Bösewichte wahrscheinlich nicht nur uns, sondern sich auch gegenseitig.

Hoffentlich.

Ein Zwerg mit einer Pac-Man-Maske eilt herbei, um dem Befehl seines Anführers Folge zu leisten. Er bindet die Schlafenden einen nach dem anderen los, sogar Cadmael. Sofort erheben sich einige von ihnen – auch Gertrude – von den Betten und beginnen, ziellos umherzulaufen.

Itzels Großvater bleibt an Ort und Stelle. Im Gegensatz zu den anderen hat er keine Schlafstörungen und ist nur betäubt. Tatsächlich kann ich ihn immer noch im REM-Schlaf spüren.

Hinkend bewege ich mich vorwärts, einen quälenden Schritt nach dem anderen. Mein vager Plan ist, es irgendwie bis zu dieser Bühne zu schaffen und den Hohepriester zu zwingen, die Bombe aufzuhalten, indem ich ihm mein Messer an die Kehle halte.

Keine Ahnung, wie ich es schaffen soll, dass er mich nicht mit seiner Kraft frittiert, oder was ich tun werde, wenn er bereit ist, für seine Überzeugungen zu sterben – was eindeutig der Fall ist.

»Gib mir Deckung«, sage ich zu Kit, während ich den Abstand zwischen uns verringere.

Als Antwort zerstampft und schlägt sie jeden, der in ihrer Nähe ist, und macht mir so den Weg frei.

Ich humpele weiter.

Kit räumt weiter den Weg frei.

Wir sind einen Sprint von der Bühne entfernt, allerdings kann ich nicht sprinten, nicht einmal, um all diese Millionen von Leben zu retten.

Der Hohepriester scheint mich nicht für eine echte

Bedrohung halten, denn der nächste Blitzball, den er schleudert, fliegt auf Kit. Sie verwandelt sich wieder in eine winzige Fee und bleibt unversehrt.

Ich beiße die Zähne zusammen und taumele vorwärts, nur um zu erkennen, dass Gertrude in meine Richtung gegangen ist.

Die Arme wedeln in zufälligen Bewegungen, und sie ist fast bei mir.

VERDAMMTER MIST. Das Einzige, was sie tun muss, ist, mich zu berühren, und welches Körperteil sie auch immer erwischt … ich werde verlieren.

Aber sie träumt, also kann sie mich nicht sehen.

Ich setze mich genau darauf und drehe mich zur Seite, kurz bevor sie mit ihren Fingern mein Gesicht streifen kann. Sie geht an mir vorbei. Aber wenn sie sich weiter in diese Richtung bewegt wird sie ein Problem für Kit werden.

Ich erinnere mich an etwas aus der Zeit, als ich während meiner Ratsuntersuchung in ihr schlafwandeln musste.

Das Berühren ihrer *Haare* ist okay.

Ohne großartig darüber nachzudenken, schlage ich ihr mit dem Messergriff auf den Hinterkopf. Dann, zur Sicherheit, mache ich es noch einmal.

Als sie wie ein Stein umfällt, wird mir klar, dass dies das zweite Mal ist, dass ich sie unter schrecklichen

Umständen k. o. geschlagen habe. Noch einmal, und das Universum sollte mich sie eine Gratisrunde außer Gefecht setzen lassen.

Ich drehe mich wieder zur Bühne um – und befinde mich Nase an Nase mit dem Hohepriester, der mir prompt einen Tritt gegen mein verletztes Knie versetzt.

Es knickt unter mir ein, und ich falle auf alle viere.

Durch den Schleier des Schmerzes wird mir klar, dass es das gewesen sein muss.

Ich habe meine einzige Chance verspielt, den Zwerg zu überwältigen.

Aber Moment einmal. Der Hohepriester ist nicht der einzige Zwerg hier, der die Informationen hat, die ich brauche. Als der Erfinder des Reaktors war Cadmael derjenige, der ihn in eine Bombe verwandelt hatte. Ich wette, er kann auch helfen, sie zu deaktivieren. Bei all den Kämpfen um mein Leben hatte ich keine Gelegenheit, früher daran zu denken.

Über mir formt der Hohepriester eine weitere Blitzkugel und schießt sie auf Kit.

Kit verwandelt sich, bevor sie getroffen wird.

Ich schaue auf das weit, weit entfernte Bett, in dem Cadmael liegt. Wenn ich dort wäre, würde ich in seinen Traum springen und ihn aufwecken – ich kann ihn immer noch im REM-Schlaf spüren. Aber angesichts des Zustands meines Beins müsste ich kriechen, was bedeutet, dass ich es auf keinen Fall rechtzeitig dorthin schaffen würde.

Vielleicht könnte Kit mich werfen. Aber nein, sie ist

zu sehr mit ihrem eigenen Kampf beschäftigt. Außerdem, wer sagt, dass ich in einem Zustand landen würde, in dem ich traumwandeln könnte? Ich kann so schon kaum bei Bewusstsein bleiben.

Dann erinnere ich mich an etwas.

*Berührungsloses Traumwandeln.*

Ich habe es nicht mehr ausprobiert, seit die Betatester mir einen Energieschub verpasst haben. Es gibt eine Chance, dass ich es jetzt schaffen könnte.

Ich schließe die Augen, strecke meine Hand in Richtung Cadmaels Bett aus und strenge mich an, um die Verbindung herzustellen.

Es funktioniert nicht.

Ich strenge mich mehr an.

Nichts.

Ich versuche eine andere Herangehensweise. Ich stelle mir vor, wie ich dort stehe, über dem winzigen Körper des älteren Zwerges. Ich stelle mir vor, wie ich seine runzlige Stirn berühre, stelle mir vor, wie ich danach meine Hand reinigen möchte.

Die Übung ist insofern effektiv, als dass ich die Haut voller Keime beinahe unter meinen Fingern spüren kann.

Trotzdem passiert nichts.

Nein. Moment.

*Etwas* passiert.

Etwas sowohl Merkwürdiges wie auch Vertrautes.

Da ist eine kleine Stimme in meinem Kopf, eine Stimme, die zu sagen scheint: *Wer bist du, und was willst du?*

Natürlich. Er ist ein Zwerg, also brauche ich seine Zustimmung.

*Mein Name ist Bailey. Ich bin eine Freundin von Itzel, deiner Enkelin. Ich versuche, dir zu helfen. Bitte lass mich rein.*

Ich bekomme keine Antwort, aber etwas gibt nach, und ich betrete die Traumwelt des Zwerges.

# KAPITEL ZWEIUNDDREISSIG

ICH IGNORIERE eine Flut von Fragen von Pom und teleportiere mich zum Schlafturm, sobald ich in meinem Palast auftauche. Ich suche schnell nach Cadmael und springe in seinen Traum.

Ein Traum, der eindeutig ein Alptraum ist.

Icelus-Agenten schneiden Itzel mit ihren Zeremoniendolchen in kleine Stücke, während Cadmael gefesselt und nicht in der Lage ist, seine Enkelin zu retten.

Ohne mich um Subtilität zu kümmern, lasse ich die Icelus verdampfen, setze Itzel wieder zusammen und lasse sie ihren Großvater auf die Wange küssen, bevor sie aus dem Zimmer läuft. Dann befreie ich den Zwerg von seinen Alptraumfesseln.

Er reibt sich seine von den Seilen wundgescheuerten Handgelenke und blickt mich völlig verständnislos an. »Wie?«

»Du träumst«, sage ich ruhig. »Das war ein

Alptraum. Ich bin eine Traumwandlerin. Mein Name ist Bailey.«

»Bailey«, sagt er und sieht immer noch fassungslos aus. »Itzel hat dich erwähnt.«

»Großartig«, sage ich schnell. »Leider haben wir keine Zeit, uns besser kennenzulernen. Die Icelus haben dich entführt und ließen dich eine Bombe aus der Vega-Reaktortechnologie bauen.«

Er sieht aus, als hätte ich ihn geohrfeigt.

Gut. Er muss aus dem Traumschleier heraus und die Apokalypse riechen.

»Ist sie hochgegangen?«, fragt er mit leiser Stimme. »Wie viele Tote?«

»Sie ist noch nicht explodiert, aber sie könnte es jeden Moment. Deshalb musst du aufwachen und sie deaktivieren.«

Der Rücken des Zwerges richtet sich auf. »Wo ist sie?«

Ich verändere den Raum um uns herum in den hundertsten Stock des Drehkreuz-Gebäudes – mit den Icelus, der Bombe und dem Rest davon.

»Du bist hier.« Ich zeige auf sein Bett. »Die Bombe ist dort.« Ich zeige auf das Podium. »Stell sicher, dass du ihm ausweichst.« Ich zeige auf die Stelle, wo der Hohepriester über meinem Körper steht.

Cadmael sieht den Hohepriester misstrauisch an und nickt. »Wie wache ich auf?«

»Wünsch es dir einfach«, sage ich.

Er schließt die Augen.

Ich helfe ihm mit einem Ruck meiner Macht.

Er steht immer noch mit geschlossenen Augen da.

Was immer sie ihm gegeben haben, um ihn schlafen zu lassen, ist stark.

Aber ich bin stärker. Ich vervierfache meinen üblichen Ruck und schieße damit auf Cadmael.

Es funktioniert.

Er verschwindet, und ich finde mich erneut im Turm der Schlafenden wieder, wo Pom mich ohne zu blinzeln anstarrt.

»Wir könnten das noch überleben«, sage ich ihm und verlasse den Traum.

# KAPITEL DREIUNDDREISSIG

ICH ERWACHE aus der Trance zu dem Geräusch einer Blitzkugel, die gegen eine entfernte Wand prallt.

Kit ist in Feenform, weshalb sie dem Geschoss wieder ausweichen konnte.

Heimlich schaue ich zu den Betten und sehe Cadmael aufstehen.

Ja! Jetzt müssen wir nur noch verhindern, dass der Hohepriester diese Entwicklung bemerkt.

Kit entdeckt Cadmael auch und kommt zum gleichen Ergebnis. Sie verlässt ihre Elfenform und verwandelt sich in einen Drekavac.

Na endlich – die schweren Geschütze. Alles, was sie tun muss, ist, den Hohepriester mit einem dieser eitrig bedeckten Tentakel zu berühren, und der böse Zwerg wird sich vor Schmerzen auf dem Boden winden.

Als der Hohepriester dasselbe erkennt, weicht er Kits Anhängsel aus und steckt seine Hand in seine Tasche.

Mit all meiner verbleibenden Kraft ergreife ich mein Messer. Bevor ich genug Energie für einen Stich beschwören kann, bemerkt der Hohepriester meine Absicht und reißt seine Hand aus der Tasche.

In seiner Hand hält er ein mir vage bekanntes Gerät. Ich höre ein Zischen.

Ich blinzele verwirrt. Mein Messer befindet sich in den Händen des Hohepriesters.

Verdammter Blutverlust. Ich habe nicht einmal mitbekommen, wie er es mir wegnahm.

Drekavac-Kit peitscht einen weiteren Tentakel auf den Hohepriester ein.

Er erwischt ihn mit dem Dolch.

Der Tentakel fällt auf den Boden.

Kits Schrei ist so entsetzlich wie das Aussehen als Drekavac.

Der Hohepriester nutzt den Moment, schleudert das Messer auf Kits Kopf und lässt sofort eine Blitzkugel folgen.

Die Klinge dringt in das Auge von Drekavac-Kit ein. Sie schreit noch lauter – und dann prallt die Blitzkugel gegen ihre Brust.

Der Drekavac wird wieder zu Kit, nur mit einer fehlenden Hand und einem verkohlten Loch in der Mitte ihrer Brust; ihre Kleidung war nicht so schützend wie die von Valerian.

Der Hohepriester schießt mit einer weiteren Blitzkugel auf sie. Dann noch einer.

Kit bricht jetzt als verkohlte Leiche zusammen.

Nein. Nicht Kit. Ich kann sie nicht …

Der Hohepriester wendet sich zur Bühne.

Verdammter Mist. Er sollte Cadmael nicht bemerken. Aber er tut es – und schießt eine Blitzkugel auf den älteren Zwerg.

Cadmael fällt zu Boden.

Verdammter Mist, verdammter Mist, verdammter Mist.

Er war nur ein paar Meter von der Bombe entfernt. Es könnten genauso gut Tausende von Kilometern sein – der digitale Countdown auf dem Bildschirm erreicht die Null.

Ich keuche vor Entsetzen, als die Bombe explodiert und die Hitzewelle sich auf eine vage bekannte Weise ausbreitet.

Plötzlich taucht Pom zwischen mir und dem nahenden Untergang auf.

Sein Fell ist pechschwarz, und seine lavendelfarbenen Augen wild. »Du hast gesagt, ich soll dich wissen lassen, wenn du einen Alptraum hast«, hechelt er. »Ich lasse es dich wissen.«

Einen Alptraum? Also einen Traum?

Ich stoppe die Explosion. Ich verlasse meinen Körper, heile ihn und springe wieder hinein.

Wow. Ich *träume* wirklich. Aber wie? Oder die bessere Frage ist: Wann hat es angefangen?

Eine Sekunde lang halte ich die Vorstellung aufrecht, dass diese ganze Sache, die Bombe und Icelus, nur ein böser Traum war. Aber nein. Jetzt, da der

Schmerz meinen Verstand nicht mehr vernebelt, weiß ich genau, was passiert ist.

Dieses Gerät und dieses zischende Geräusch – ich erinnere mich an beides. Als ich den Hohepriester als Dr. Cipactli traf, nutzte er genau dieses Ding, um sich in den REM-Schlaf zu versetzen, um meine Kräfte zu testen.

*Koshmar* nannte er das Mittel. Er sagte, es erzeuge Alpträume, die immer schlimmer werden. Er sagte auch, dass der erste sich immer auf das bezieht, was der Schlafende kurz vor dem Einschlafen erlebt hat – in diesem Fall die Fortsetzung unseres Kampfes.

Ich schwebe erleichtert auf.

Alles, was ich nach diesem Zischen erlebte, einschließlich Kits Tod und der Explosion, war ein Alptraum.

Kit lebt immer noch draußen in der wachen Welt.

Die Bombe ist nicht explodiert.

Cadmael könnte es noch schaffen.

Vielleicht. Hoffentlich.

Unabhängig davon kann ich nicht glauben, dass Dr. Cipactli anbot, dieses Mittel zu benutzen, um Mama aufzuwecken. Ich habe ein riesiges Desaster verhindert, als ich seine Hilfe abgelehnt habe. Hätte ich Mama seine Patientin sein lassen, wäre sie eines der Opfer in diesem Raum.

Dieser Bastard. Er hat eindeutig den wichtigsten Aspekt dieses Mittels verschwiegen. Er behauptete, wenn ein Alptraum schlimm genug wird, wacht der Schlafende auf. So funktioniert das natürlich nicht, sonst wäre ich sofort aufgewacht, als Kit getötet wurde – und Cadmael, als Itzel gefoltert wurde. Es scheint, als ob die wahre Funktionsweise dieses Koshmar darin besteht, jemanden auf unbestimmte Zeit in Alpträumen festzuhalten, ein Übel, das sich nur ein Anhänger von Phobetor erträumen würde.

Ich frage mich, was mit mir passiert wäre, wenn ich sein Jobangebot angenommen hätte.

Nichts Gutes, da bin ich mir sicher.

Auf eine Vorahnung hin teleportiere ich mich zum Turm der Schlafenden – genauer gesagt in Kits Nische.

Es ist, wie ich dachte.

Sie ist hier und träumt.

»Dr. Cipactli – das heißt, der Hohepriester – hat nicht nur mich besprüht«, erkläre ich Pom, der neben mir erscheint. »Ich muss sie erst aufwecken.«

Ich ergreife Kits Hand und springe in ihren Traum.

———

KIT IST im selben verfluchten Raum im hundertsten Stockwerk – keine Überraschung. Sie sieht zu, wie der Hohepriester mich ausweidet. Das Ich in Kits Traum, meine ich natürlich.

Die Trauer auf ihrem Gesicht ist rührend. Ich wusste nicht, dass ich ihr so wichtig bin.

Ich friere die Szene ein, verwandele den Hohepriester in eine Kröte und stelle mich so hin, dass sie mich sehen kann.

»Was ist das?«, fragt sie mit großen Augen.

»Ein Alptraum, und du wachst besser auf.« Ich erkläre schnell, was passiert ist.

Sie bemüht sich, aufzuwachen. Ich helfe ihr mit einem starken Ruck, und sie verschwindet.

Sobald ich wieder im Turm der Schlafenden bin, wecke ich mich selbst auf.

Zeit, sich in der wachen Welt mit dem Hohepriester auseinanderzusetzen.

ICH SCHAUE durch meine halb geschlossenen Augenlider.

Der Hohepriester hält Kit und mich eindeutig nicht für eine Bedrohung. Eine Blitzkugel verlässt seine Hände, und er konzentriert sich auf die Bühne, wo Cadmael sich der Bombe nähert.

Verdammter Mist. Mein Alptraum droht Wirklichkeit zu werden.

Itzels Großvater muss sich an das erinnern, was ich ihm über die Bedrohung durch den anderen Zwerg erzählt habe. Mit einer für sein Alter überraschenden Geschwindigkeit dreht er sich um und schießt eine Blitzkugel in den Weg derjenigen, die auf seinen Kopf zufliegt.

*Bumm.*

Nur wenige Meter von der Bühne entfernt kollidieren die beiden Blitzkugeln, und die heftige Explosion wirft Cadmael um.

Ich starre den Hohepriester an.

Verdammter Bastard. Er hat alles ruiniert.

Es sind nur noch Sekunden auf dem Timer übrig – es bleibt keine Zeit für den älteren Zwerg, aufzustehen und die Bombe zu deaktivieren.

Nun, wenn ich sterben muss, werde ich den Verantwortlichen wenigstens verletzen, bevor ich gehe. Zähneknirschend vor Schmerz erhebe ich mein Messer und steche dem Hohepriester mit allem, was von meiner Kraft übrig ist, in den Fuß.

Er schreit vor Schmerzen und schwingt seinen anderen Fuß zurück, um mich zu treten – was genau der Moment ist, in dem Kit mit seiner riesigen Faust in seinen Kiefer schlägt.

Der vernichtende Schlag lässt den Hohepriester in die Luft fliegen, und als er wieder landet, stelle ich sicher, dass mein Messer auf sein Herz wartet.

Sein Körper zuckt auf mir, und ein keuchender Atemzug explodiert von seinen Lippen, bevor er erschlafft und sich nicht mehr bewegt.

Kit eilt vorwärts und reißt mir den blutenden Zwerg vom Körper.

Ausnahmsweise stören mich die Körperflüssigkeiten auf meiner Haut nicht.

Kaum bei Bewusstsein, blicke ich auf die Bühne.

Cadmael ist wieder auf den Beinen, aber es ist zu spät.

Der Countdown hat null erreicht.

Ich atme tief ein und bereite mich auf die Explosion vor.

# KAPITEL FÜNFUNDDREISSIG

DIE BOMBE PIEPT WEITER, aber sie explodiert nicht.

Ich schaue zu Kit, die genauso verwirrt aussieht, wie ich mich fühle.

Dann erinnere ich mich an meine eigene Frage an Valerian: Ich war mir nicht sicher, ob der Countdown bis zur Explosion oder bis zu dem Moment, an dem die Icelus durch die Tore fliehen sollten, läuft. Valerian dachte, dass es Ersteres wäre, aber es sieht so aus, als ob die Icelus-Sekte doch nicht so selbstmörderisch ist.

Der Countdown war dazu da, sie wissen zu lassen, wann sie abhauen mussten.

Was bedeutet, dass wir noch Zeit haben.

Ein wenig Zeit, aber wir wissen nicht, wie viel genau.

Zum Glück schaut Cadmael einem geschenkten Zentauren nicht ins Maul. Sobald er merkt, dass wir leben, läuft er zu der Bombe und fummelt an ihr herum.

Die längste Minute meines Lebens vergeht.

Zwanzigtausend graue Haare und einen halben Liter meines Blutes später hört die Reaktorbombe auf zu piepen. In genau diesem Moment öffnen sich die Fahrstuhltüren, und ein Geschwader der Senatsgarde stürmt in den Raum.

Schwach schaue ich zu Kit auf, die zu sich selbst geworden ist. »Wir werden leben?«

»Sei jetzt still.« Kit kauert sich neben mich und drückt mir einen sanften Kuss auf die Stirn. »Alles wird gut werden.«

Gut, denn ich glaube nicht, dass ich mich noch lange halten kann.

Beim Ausatmen meines hoffentlich nicht letzten Atemzuges werde ich ohnmächtig.

# KAPITEL SECHSUNDDREISSIG

ICH KOMME ZU MIR.

Nun, das ist eine Erleichterung. Ich hatte schon halb das Leben nach dem Tod erwartet, aber ich bezweifele, dass es das ist. Ich höre bekannte Stimmen in der Ferne streiten – nichts, was ich nach dem Tod erwarten würde.

Ich öffne die Augen. Das Krankenzimmer ist zu hell, also schließe ich sie wieder.

»Hey«, sagt Felix. »Ich glaube, sie ist aufgewacht.«

Ich versuche das Offene-Augen-Ding noch einmal. Die Gesichter von Ariel, Kit, Felix, Itzel und Valerian sind alle in Niesdistanz zu meinem Gesicht, und alle sprechen gleichzeitig.

»Euch geht es gut.« Meine Stimme ist heiser, als ich die Worte herausdränge. »Ich habe mir Sorgen gemacht, dass …«

»Hier.« Valerian schnappt sich ein Glas Wasser von

einem Tisch neben meinem Bett und steckt mir den Strohhalm, der aus ihm herausragt, in den Mund.

Ich nehme einen kleinen Schluck.

Mein Hals fühlt sich besser an, und ich merke, dass ich eine Infusion im Arm habe, ausserdem Schläuche an anderen Stellen und Überwachungsgeräte, die an meiner Brust befestigt sind.

Wie schlimm war mein Zustand, dass ich das alles brauchte?

»Es wird wieder alles gut werden«, sagt Valerian, als ob er meine Gedanken lesen könnte. »Du hattest eine Nano-Operation an deinem Knie und solltest problemlos in der Lage sein, damit zu laufen. Sie haben während der Behandlung kein Vampirblut verwendet, sondern dich nur mit Flüssigkeit vollgepumpt. Du hast so viel Blut verloren, dass du schwach sein musst.«

»Was ist mit dir?«, krächze ich und fühle mich wirklich so schwach, dass die Frage anstrengend ist.

»Alles gut«, sagt er, und seine sinnlichen Lippen formen sich zu einem mitfühlenden Lächeln.

»Die Ärzte hier verlassen sich zu sehr auf Vampirblut«, meckert Ariel. »Ich musste ihnen immer wieder sagen, dass sie es nicht bei mir anwenden sollen.«

»Ich auch«, sagt Felix.

»Ich brauchte keine medizinische Hilfe.« Kit zwinkert mir zu. »Im Gegensatz zu manch anderen kann ich in einem Kampf auf mich selbst aufpassen.«

Ariel und Felix protestieren lautstark, aber mir entgeht, was sie sagen, weil ich einen Schwindelanfall habe. Ich atme intensiver und verrenke meinen Hals nach vorne, um an den Strohhalm zu kommen und einen weiteren Schluck einzusaugen. Durch das kühle Wasser fühle ich mich ein bisschen besser – bis ich aus Versehen etwas verschütte.

»Du hast sie nass gemacht«, sagt Kit zu Valerian und wackelt lasziv mit den Augenbrauen.

»Ernsthaft?«, fragt Itzel, während Ariel mit den Augen rollt und Felix langsam den Kopf schüttelt.

»Habe ich euch vorhin streiten hören?«, frage ich, und meine Stimme klingt endlich wie meine eigene. »Ihr wart laut.«

Valerian sieht alle mit verengten Augen an. »Wir wollen sie nicht beunruhigen.«

Ich fühle, wie das ganze Blut aus meinem Gesicht fließt. »Ist es Mama?«

Itzel schüttelt den Kopf. »Sie ist in dem Zimmer nebenan, neben meinem Großvater.«

Ihr Großvater, natürlich. Fast hätte ich ihn vergessen. »Geht es ihm gut?«, frage ich.

»Okay, sag es ihr«, schnappt Valerian. »All dieses Raten ist schlimmer.«

»Es ist nicht Opa«, sagt Itzel. »Schau dir die Nachrichten an. Dann wirst du es verstehen.«

Ich aktiviere die VR und überfliege die Schlagzeilen. »Oh. Sie wissen von der Bombe.«

Wissen ist eine Untertreibung. Die Nachrichtenagenturen berichten über jedes kleinste Detail, und ich erfahre bald, warum. Wrakar, der Totenbeschwörer, hatte eine Nachricht und deren

Verbreitung vorbereitet. In dem, was sie das Manifest des Nekromanten genannt haben, beklagt er sich, dass seine Art Bürger zweiter Klasse auf Gomorrha sei und lässt sich poetisch darüber aus, dass die Bombe Gerechtigkeit für sein Volk sei.

»Was für ein Haufen Mooftscheiße.« Ich schalte die VR aus. »Die Icelus haben die Bombe nicht für die Nekromanten geschaffen. Sie taten es, um den Menschen Alpträume zu bescheren.«

»Was ihnen trotz unserer Bemühungen gelungen ist.« Valerians Gesicht sieht so wütend aus, dass die anderen einen Schritt zurücktreten.

»Ich gebe dem Senat die Schuld«, sagt Itzel. »Als die Medien sie fragten, ob das Manifest des Nekromanten wahr sei, bestätigten sie es und fügten hinzu, dass sie die Tat vereitelt hätten.«

Ariel verzieht ihre Oberlippe. »Typisch Politiker. Die Lorbeeren für unsere Arbeit einheimsen.«

Felix hebt die Hand, als wolle er Valerians angespannte Schulter berühren, aber entscheidet sich dann dagegen. »Sag mir einfach Bescheid, und ich werde mich einhacken …«

»Nein«, sagt Valerian, merklich ruhiger. »Icelus hat diese Runde gewonnen. Sich mit den Medien oder dem Senat anzulegen würde alles nur noch schlimmer machen.«

Ich sauge noch einen Schluck Wasser mit einem Schlürfen ein. »Sie haben nicht gewonnen. Es sind keine Millionen gestorben. Wir sind nicht gestorben. Es stimmt, diese Nachricht wird einige Alpträume hervorrufen, aber nicht annähernd so viele, wie wenn die Bombe tatsächlich explodiert wäre.«

»Das ist genau das, worüber wir uns gestritten haben«, sagt Kit. »Dein Freund ist anderer Meinung. Er denkt, dass die Situation jetzt noch schlimmer ist. Die Millionen, die wir gerettet haben, sind nur noch mehr Menschen, die die Alpträume träumen.«

Freund? Ist es das, was sie alle denken?

Okay, dann ist das so.

Valerians Kiefer bleibt angespannt. Er scheint nicht bemerkt zu haben, dass Kit unsere Beziehung voreilig etikettiert hat – oder wenn er es bemerkt hat, ist es ihm egal. »Was ich damit sagen will, ist, dass Icelus erfolgreich war«, sagt er grimmig.

»Nur wenn du glaubst, dass Alpträume wirklich irgendeine ihrer Gottheiten nähren«, sage ich. »Aber da das alles Quatsch ist, haben *wir* gewonnen.«

Sein stürmischer Ausdruck wird weicher. »Du hast recht«, sagt er, obwohl ich nicht glaube, dass er es ernst meint. »Wichtiger ist, dass du dich ausruhen musst.«

Ah, das. Damit könnte er recht haben. Allein das Reden ist so anstrengend, dass ich das Gefühl habe, gerade einen Triathlon absolviert zu haben. Trotzdem bin ich noch nicht bereit, mich zurückzulegen – nicht bevor ich diese Sorge aus seinem wunderschönen Gesicht gelöscht habe.

»Können wir unter vier Augen sprechen?«, flüstere ich und schaue ihn direkt an.

In einem Sekundenbruchteil verwandelt sich unsere Umgebung in eine beruhigende Wiese. Meine

Freunde sind nicht mehr sichtbar. Nur Valerian ist da und schaut mich mit diesen ozeantiefen, hypnotisierenden Augen an.

»Können sie uns hören?«, frage ich.

Er nähert sich dem Bett. »Nein. Und uns auch nicht sehen, zumindest nicht diese Version von uns.«

Ich versuche, mich aufzusetzen, aber ein Schwindelanfall untergräbt meine Bemühungen, also gebe ich mich damit zufrieden, die Stirn zu runzeln. »Du bist fast gestorben. Zweimal.«

»Das sind wir beide.« Sein Gesicht verzieht sich vor Bedauern, als er sich über mich beugt. »Es tut mir leid. Ich hätte dich nie mit hineinziehen sollen.«

»Dann wärst du tot.« Wenn ich die Energie hätte, ihm etwas Verstand einzuprügeln, würde ich es tun, aber meine Arme fühlen sich im Moment zu schwer an.

»Du verstehst das nicht«, sagt er und runzelt die Stirn. »Ich …«

Ich schiebe mich auf meine Ellenbogen und küsse ihn auf die Lippen. Seine weichen, leckeren Lippen … Meine Atmung wird schneller, und eine Hitzewelle verjagt einen Teil der Schwäche, als ich …

Ein wütendes Piepen ertönt, und Valerian zieht sich abrupt zurück. Die Illusion verschwindet und enthüllt die Gesichter meiner besorgten Freunde und die Quelle des Lärms – meine Herzfrequenzüberwachung.

Eine Krankenschwester stürmt in den Raum und bewegt sich fast zu schnell, als dass meine Augen sie verfolgen könnten. Mit der gleichen Geschwindigkeit untersucht sie mich und stellt die Geräte ein, bevor sie erklärt, dass es mir gut geht, ich aber in meinem jetzigen Zustand nicht überstimuliert werden sollte.

Ich bin mir nicht sicher, ob ich diese Einschätzung teile. Ich bin kein Arzt, aber ich habe das Gefühl, wenn Valerian mich richtig stimuliert hätte, wäre ich so gut wie neu.

Leider soll das nicht sein. Die Krankenschwester treibt alle aus dem Zimmer, geht zu meiner Infusion und sagt: »Das sollte Ihnen helfen, sich zu entspannen.«

Wenn sie mit *entspannen* meint, das Bewusstsein zu verlieren, dann sicherlich.

Als meine Augenlider schwer werden, wird mir etwas klar.

Ich habe Valerian geküsst. In der realen Welt. Ohne mich um Mikroben zu kümmern.

Das ist großartig. Ich kann es kaum erwarten, bis es mir wieder besser geht, damit ich sicher sein kann, dass das nicht nur ein Zufall war. Es wird gründliche Tests geben. Vielleicht auch Doppelblindkontrollstudien, bei denen wir beide Augenbinden tragen, und in seinem Fall vielleicht Handschellen.

Mit einem Lächeln auf meinem Gesicht lasse ich mich von den Medikamenten übermannen.

———

ICH WACHE auf und fühle mich besser. Unendlich viel besser. Die Ärzte müssen der gleichen Meinung sein, da ich jetzt nur noch einige der medizinischen Utensilien an mir befestigt habe.

Mit Leichtigkeit setze ich mich auf und schaue mich um.

Die einzige andere Person im Raum ist Valerian. Er schläft auf einem Stuhl.

Wow. Er ist bei mir geblieben. Das bringt ihm einen weiteren Kuss ein. Vielleicht mehrere.

Meine Blase reißt meine sexy Gedanken in die weltliche Realität.

Ich schwinge meine Beine nach unten und schaue, ob ich aufstehen kann.

Ja. Das Knie ist so gut wie neu. Ich nehme den Herzfrequenzmesser und den Rest ab und gehe ins Badezimmer, um mich um meine Geschäfte zu kümmern.

Als ich hinauskomme, stehe ich von Angesicht zu Angesicht mit Dr. Xipil.

»Ah, gut. Sie sind wach«, sagt er.

Ich nicke dem schlafenden Valerian zu, dann lege ich einen Finger auf meine Lippen und deute zur Tür. Der Zwergenarzt nickt, und wir schleichen auf Zehenspitzen hinaus und schließen die Tür hinter uns.

»Ich wollte mich entschuldigen«, sagt er mit leiser Stimme. »Ich hatte keine Ahnung, dass Dr. Cipactli in eine terroristische Verschwörung verwickelt war. Hätte ich gewusst ...«

»Erwähnen Sie es nicht.« Ich strahle ihn mit einem beruhigenden Lächeln an. »Wie geht es meiner Mutter?«

Er wirft einen Blick auf die Tür in der Nähe. »Wir haben sie gerade aus dem anderen Krankenhaus zurückgeholt. Traurigerweise ist ihr Zustand unverändert.«

Ich gehe zu der fraglichen Tür und öffne sie.

Zu sehen, wie Mama an all diese Maschinen angeschlossen ist, ist wieder ein Schlag ins Herz – doppelt schmerzhaft, jetzt wo ich weiß, dass dies meinetwegen ist. Ich versuche allerdings, nicht auf den letzten Teil einzugehen. Nicht, wenn ich etwas viel Praktischeres machen kann.

»Ich würde gerne wieder in ihren Träumen wandeln«, sage ich zu Dr. Xipil.

»Jetzt?« Er schaut auf die Uhr.

Es ist kurz nach Mitternacht.

Ich nicke. »Ich fühle mich sehr stark. Können Sie jemanden besorgen, der Ihnen hilft, mich unter Kontrolle zu halten, falls ich in der Subtraumphase sterbe?«

Er gestikuliert in seiner VR, und eine Minute später betritt die Krankenschwester von vorhin den Raum.

Wir sagen ihr, was wir vorhaben, dann wende ich mich Mama zu.

Diesmal mit Berührung. Ich strecke meine Hand aus und lege sie ihr auf die Stirn.

»Es tut mir leid«, flüstere ich. »Ich werde das wiedergutmachen.«

Ich schließe die Augen und falle hinein.

# KAPITEL SIEBENUNDDREISSIG

EIN SCHWARZER OZEAN erstreckt sich unter meinen Füßen, und feurige Himmel über meinem Kopf. Eine riesige Kreatur fliegt auf mich zu. Sie sieht aus wie ein Augapfel, aber ihre Wimpern sind Schlangen in der Größe von Anakondas – mit Reißzähnen, die bereit sind, zuzubeißen.

Eine pelzige Mistgabel wächst aus meinem Handgelenk.

Die Pupille des Riesenauges weitet sich, und ich bekomme das seltsame Gefühl, dass eine bösartige Intelligenz mich untersucht und jedes Molekül von mir abtastet und abheftet.

Die Schlange, die mir am nächsten ist, zielt auf meinen Hals. Die Reißzähne schlagen sich in mein Fleisch, und ich fühle, wie sich das Gift in meinem Blutkreislauf auszubreiten beginnt.

Ich steche mit meiner Mistgabel zu.

Die pelzige Waffe dringt in den Augapfel wie eine Gabel in Gelee ein.

Die Wimpern-Schlangen kreischen vor Schmerz, bevor sie als Einheit zusammensinken, wodurch die Illusion entsteht, dass sich das Auge schließt.

———

ICH BIN IN MEINEM TRAUMPALAST, Blut sprudelt aus der Wunde, und immer wieder schwindet mein Bewusstsein durch das Gift und kehrt wieder zurück. Ich entkomme meinem Körper, heile die Wunde und zwinge das Gift heraus, so dass es wie eine schwarze Wolke über mir hängt. Ich springe wieder hinein, löse die Wolke auf und stoße einen Seufzer der Erleichterung aus.

»Es war wieder knapp.« Poms pelziges Gesicht ist grimmig, und seine Farbe schwarz. »Du musst damit aufhören.«

»Das werde ich, sobald Mama aus ihrem Koma erwacht ist«, sage ich und teleportiere mich in ihre Nische im Turm der Schlafenden.

Ich mache mich unsichtbar und berühre Mama genauso wie in der wachen Welt.

———

EIN TEENAGER-ICH LIEGT auf dem Badezimmerboden irgendwo auf der Erde, den primitiven Toiletten nach zu urteilen. Ihr – beziehungsweise mein – Kopf ist eingeschlagen, das Hirn auf der weißen Fliese verteilt. Die Fenster an diesem Ort sind schwarz, also kommt das einzige Licht von den flackernden Halogenlampen, die dem Tatort einen makaberen Touch verleihen.

Mama steht über mir und hält eine schwere Spülkastenabdeckung aus Porzellan in ihren Händen, die mit Blut bedeckt ist.

Pfui Teufel. Konnte sie sich nicht die Mühe machen, mich auf hygienischere Weise zu töten? Ich glaube, ich lasse mir lieber die Kehle mit einem Skalpell aufschneiden – vorausgesetzt, es ist steril.

Ich ignoriere Mamas Alptraum und sammele all meine Kraft für einen massiven Aufwach-Ruck.

Sie wacht nicht auf.

Ich schließe die Augen und strenge mich so sehr an, dass meine Nägel meine Handflächen durchbohren.

Dieser Ruck funktioniert auch nicht.

Ich heile meine Wunde und versuche es erneut. Und wieder. Und wieder.

Nach etwas, was sich wie tausend Versuche anfühlt, habe ich keine andere Wahl, als aufzugeben.

Die Enttäuschung liegt mir bitter auf der Zunge. Nur das Wissen, dass das Projekt *Lucid Dreamer* noch nicht abgeschlossen ist, bewahrt mich vor völliger Mutlosigkeit. Ich sollte einen viel größeren Boost bekommen, wenn das Spiel herauskommt, und dann werde ich es noch einmal versuchen.

Es wird bestimmt funktionieren, wenn ich mehr Kraft habe. Das muss ich glauben.

Fürs Erste könnte ich genauso gut herausspringen und Mama in Ruhe lassen.

Ich bin gerade dabei, genau das zu tun, als mein Blick auf den schwarzen Fenstern landet.

Die Geheimnisse hinter ihnen rufen mich wie die Sirenen einsame Seefahrer.

Hatte Felix recht? Verheimlicht Mama etwas Schreckliches? Könnte sie versucht haben, sich umzubringen, damit ich nicht erfahre, was sich hinter einem dieser Fenster befindet?

Noch wichtiger ist: Könnte ich dieses Geheimnis nutzen, um sie aufzuwecken?

Ich schwebe zum nächsten Fenster und hoffe, dass ich nicht wortwörtlich vor Neugier sterben werde.

Unter mir ist Mama zu sehr mit dem Abschlachten ihrer Tochter beschäftigt, um es zu bemerken.

Bevor ich es mir ausreden kann, fliege ich in das onyxartige Glas.

# KAPITEL ACHTUNDDREISSIG

WIE ZUVOR TAUCHE ich in einen eisigen schwarzen See.

Früher konnten mir meine Kräfte nicht helfen, ans Ufer zu schwimmen, aber was ist jetzt, nachdem ich einen Boost bekommen habe?

Ich will selbst leichter als Wasser werden, damit ich schweben kann.

Es hilft nicht.

Ich will, dass das Wasser salziger wird, aber auch das funktioniert nicht.

Gut. Ich werde schwimmen.

Schlag für Schlag nähere ich mich dem nächsten Ufer. Ich konzentriere mich nur auf das Schwimmen. Und schwimme. Und schwimme. Mein Atmen wird mühsam, aber das Ufer ist noch weit weg.

Nach gefühlten Stunden fängt jeder meiner Muskeln an zu schmerzen.

Das Ufer ist noch fast zwei Kilometer entfernt.

Ich kann nicht untergehen. Wenn ich das tue, werde ich mit erschöpften Kräften aus der Traumwelt hinausgeworfen. Zumindest ist das das letzte Mal passiert, als ich unter ähnlichen Umständen ertrunken bin.

Ich hole verzweifelt Luft, schwinge meine Arme, trete mit den Beinen und lasse die Bewegungen zu meinem einzigen Lebensinhalt werden.

Wenn ein verirrter Gedanke auftaucht – wie der über die schwarzen Fenster, die ich in Valerians Träumen sah –, verbanne ich ihn und konzentriere mich wieder auf das Schwimmen. Als ich kurz davor bin, aufzugeben, kreisen meine Gedanken um eine einfache Wahrheit: Meine Muskeln krampfen nicht wirklich. Mir fehlt kein Sauerstoff. Dies ist nur ein Traum.

Das scheint für eine Weile zu helfen, und schließlich sehe ich das Ufer in der Nähe.

Ich nutze all meine Willenskraft und werde so schnell, dass Michael Phelps neidisch werden würde.

Sobald meine Hand den Schmutz des Ufers berührt, verschwinden der See und die Muskelkrämpfe in meinen Beinen spurlos.

***

MAMA IST mit drei anderen Leuten in einem geräumigen Zimmer. In der Mitte steht eine Badewanne aus Kristall, und sie liegt darin.

Oh, und sie ist schwanger. Mehr als schwanger – sie ist gerade dabei, das Baby herauszupressen.

Wow. Da dies eine Schwarzfenster-Erinnerung ist, bedeutet das, dass Mama sich nicht daran erinnert, mich geboren zu haben. Das muss seltsam sein.

Gierig nach all den Informationen, betrachte ich den Mann, der Mamas Hand hält. Er hat gebräunte Haut, bernsteinfarbene Augen und mein Kinn.

Mein Atem stockt.

Kann das sein?

»Press, Schatz.« Er küsst Mamas Handrücken. »Genau so. Ich liebe dich.«

Das muss er sein. Mein Vater. Der Mann, über den ich nichts weiß.

»Pressen!«, befiehlt die zweite Person in der Badewanne, die Hebamme, und betrachtet aufmerksam den Babykopf, der sich immer weiter hinausschiebt.

Moment. Die Sprache, die sie sprechen – ich erinnere mich nicht, sie schon einmal gehört zu haben, und doch verstehe ich sie perfekt.

»Du machst das gut«, sagt eine ältere Frau, die Mamas andere Hand hält. »Du hast es fast geschafft.«

Sie sieht genau wie Mama aus. Eine Mutter oder eine ältere Schwester, vielleicht meine Tante?

Das Baby schreit.

Die Hebamme überreicht meinem Vater mit einem breiten Grinsen das schmierige Neugeborene.

»Es ist ein Mädchen«, sagt er, und seine Augen strahlen vor Freude. »Ein kleines Mädchen.«

Zu meiner Überraschung sagt die Hebamme zu Mama: »Weiterpressen.«

Weiterpressen nach der Geburt? Ist das, um die Plazenta zu bekommen oder so?

Ein zweites Baby erscheint.

Moment einmal, was? Ich starre verständnislos auf die Szenerie, während die Hebamme routiniert ihren Job macht.

Das zweite Baby schreit.

Die Hebamme gibt das zweite Neugeborene meiner Mutter.

Was. Ist. Das?

»Wisst ihr, wie ihr sie nennen wollt?«, fragt die Tante oder Großmutter meinen Vater und nimmt ihm den ersten Säugling aus dem Arm.

Er strahlt sie an. »Asha, nach meiner verstorbenen Mutter.« Er sieht das Baby in Mamas Armen an. »Und Bailey, nach ihrer Großmutter.« Er zwinkert der älteren Frau zu – die die fragliche Großmutter sein muss – und hebt das Baby mit dem Namen Bailey hoch, als wäre er der Affenschamane, der den neuen Löwenkönig präsentiert.

Meine Großmutter grinst entzückt und spricht in Babysprache mit der Kleinen, aber ich registriere nicht, was sie sagt.

Mein Kopf dreht sich, und mein unsichtbarer Mund ist weit geöffnet.

Eine Schwester.

Eine Zwillingsschwester.

Wo ist sie? Wie kommt es, dass ich mich an nichts

über sie erinnere? Was das betrifft … wo ist mein Vater? Oder diese namensverwandte Großmutter? Warum weiß ich auch nichts über sie?

»Lasst mich eine halten«, sagt Mama heiser und greift nach dem Baby-Ich, als sich die Erinnerung in eine andere verwandelt.

———

MAMA und ein viel älteres Ich – ungefähr sieben Jahre alt – gehen durch das Drehkreuz auf Gomorrha.

Da das Drehkreuz oben auf dem Wolkenkratzer ist, gibt es einen tollen Blick nach unten, und sowohl Mama als auch ich bewundern die Höhe, als hätten wir so etwas noch nie gesehen.

Tatsächlich sehen wir aus, als hätten wir noch nie einen Wolkenkratzer gesehen.

»Das wird unser neues Zuhause sein«, sagt Mama zu meinem kleinen Ich und zeigt auf die malerische Aussicht.

»Unser Textil?«, fragt das kleine Ich, dessen Augen auf der Skyline kleben.

»Das Wort ist *Exil*. Und wir dürfen nie darüber sprechen, was passiert ist, bevor wir hierherkamen.«

Mein kleines Ich wirft Mama einen düsteren Blick zu. »Dürfen wir nicht?«

Mama hockt sich hin, damit unsere Augen auf der gleichen Höhe sind. »Wir haben immer hier gelebt. Unser bisheriges Leben war nur ein Traum, den wir mit unseren Kräften erschaffen haben.«

Das kleine Ich nickt, und sein Kinn zittert.

Ich starre sie fassungslos an.

Könnte das, was Mama sagt, wahr sein?

War die Geburt von zwei Mädchen die Erinnerung an einen Traum?

Nein. Meine Kräfte wussten, dass es eine echte Erinnerung war. Genau wie diese hier.

»Gehen wir.« Mama nimmt die Kleine an die Hand, und der Traum springt in eine andere Erinnerung.

———

WIR SIND IN EINEM RAUM, der vom Boden bis zur Decke mit Keramik-Utensilien bedeckt ist, alles, von der Scheibe bis zum Brennofen. Bailey, meine Großmutter, formt eine Vase auf der Töpferscheibe. Mit einem fröhlichen Gesichtsausdruck schaut Mama zu, die zwei kleine Mädchen an den Händen hält.

Beide ähneln mir, und ich merke, dass wir eineiige Zwillinge sein müssen – und dass wir in diesem Alter von etwa vier oder fünf Jahren noch zusammen waren.

Das ist definitiv alt genug, um Erinnerungen zu bilden, aber ich kann mich überhaupt nicht daran erinnern.

Oh, und es ist offensichtlich, dass diese Erinnerungen durcheinandergewürfelt sind: Geburt, sieben Jahre alt, jetzt vier.

»Kommt, meine Lieben«, sagt Großmutter.

Die zwei kleinen Mädchen gehen zu ihr.

»Ihr könnt sie anfassen«, sagt sie ihnen.

Schelmisch grinsend hinterlassen die Zwillinge Handabdrücke an den Seiten der Vase.

Großmutter lächelt zufrieden und stellt die Vase in den Brennofen.

Moment einmal.

Ich kenne diese Vase.

Ich habe sie Jahre später auf Gomorrha zerbrochen.

Mama war traurig, als es passierte, als ob es einen sentimentalen Wert hätte. Dennoch hatte sie sich nicht an diesen Moment erinnern können, da die Erinnerung im schwarzen Fenster eingeschlossen war.

Vielleicht sind diese Erinnerungen nicht so verschlossen, wie ich dachte – oder die Vase war wertvoll, einfach als Erinnerung an die vergessene Vergangenheit.

Als Großmutter Mama die Vase schenkt, endet die Erinnerung.

———

DIESER RAUM IST DER, in dem Asha und ich geboren wurden.

Mama hält die Hand meines Vaters. Um sie herum stehen ein paar Erwachsene, die ich noch nie gesehen habe, obwohl ein Mann mir vage bekannt vorkommt. Zu ihren Füßen sind mein Zwilling und ich etwa sechs Jahre alt und spielen mit zwei Jungen ähnlichen Alters. Einer der Jungen erinnert mich auch an jemanden, auf die gleiche undefinierbare Weise wie der ältere Mann.

»Es tut mir leid, Davu. Ich glaube nicht, dass es eine

Wahl gibt«, sagt mein Vater zu dem vertraut aussehenden Mann. »Die Prophezeiung …«

»War vage«, sagt Davu abweisend. »Wenn …«

Einer der Jungen zieht an seinem Ärmel. »Papa, können Bailey und ich in den Garten gehen?«

Davu nickt, und ich und der Junge rennen aus dem Zimmer.

»Mama, können Kojo und ich auch gehen?«, fragt Asha.

Mama lächelt. »Natürlich.«

Wahnsinnig kichernd, jagt mein Zwilling dem Jungen – Kojo – hinterher, als wäre sie ein Werwolf und er ein leckerer Hase.

Sobald sie den Raum verlassen haben, hört die Erinnerung auf.

———

»WO IST BAILEY?«, fragt Asha Mama, während sie durch eine außerirdisch aussehende Vegetation gehen. Einige der riesigen blaugrünen Bäume erinnern mich an die Affenbrotbäume der Erde, andere an Seekorallen.

»Sie hat eine Magenverstimmung«, sagt Mama. »Papa ist bei ihr.«

Damit endet die Erinnerung, aber eine andere beginnt sofort, eine Geburtstagsfeier, bei der mein Zwilling und ich mit den Jungs von vorher spielen, plus einem Dutzend anderer Kinder.

Die nächste Erinnerung ist, wie Mama die beiden

Zwillinge zudeckt, und ihr Gesicht ist weich, während sie ihnen liebevolle Worte zuflüstert.

Während ich das alles miterlebe, kann ich nicht verstehen, warum Mama das vergessen will. Es sei denn … ist dieses schwarze Fenster etwas, was jemand ihr angetan hat? Aber wenn ja, wer? Und warum?

Der gemeinsame Nenner in all diesen Erinnerungen scheint Asha zu sein, meine Zwillingsschwester.

Die nächste Erinnerung ist die von Mama, Dad, meiner Schwester und mir auf einer Wanderung durch einen Wald mit der gleichen fremden Vegetation. Dieses Mal erhasche ich einen Blick in den Himmel – und atme erstaunt aus. Oben, neben den Wolken, sind Wälder und Gebäude. Der Boden scheint sich auf sich selbst zu schlingen, so als ob der Planet, auf dem wir uns befinden, keine Kugel, sondern eine seltsame Brezel ist.

Die nächste Erinnerung beginnt, bevor ich die seltsame Geometrie der Umgebung erkunden kann. Sie ist von uns vieren, wie wir ein Spiel mit Karten aus einem exotischen Material spielen, das mich an Elfenbein erinnert.

Eine weitere Erinnerung folgt, in der Mama und die Zwillinge denselben seltsamen Himmel in der Nacht betrachten. Es ist nicht überraschend, dass mir die Sternenkonstellationen völlig unbekannt sind.

Das friedliche Sternengucken wechselt in eine weitere Erinnerung – und als ich verstehe, was ich sehe, wird meine Magengrube zu Eis.

# KAPITEL NEUNUNDDREISSIG

MEINE SCHWESTER und ich sehen aus, als wären wir etwa sieben Jahre alt. Wir rennen über eine Lichtung im Wald, die mit den Pflanzen aus den früheren Erinnerungen bevölkert ist.

Beide Mädchen schreien vor Angst, und das aus gutem Grund.

Unsere Eltern jagen ihnen mit Macheten nach, die aus einem seltsamen, nicht glänzenden, keramikähnlichen Material hergestellt sind.

Nein. Das kann nicht das sein, wonach es aussieht. Sicherlich sind die Macheten nur dazu da, die Vegetation abzuholzen, und das ist ein seltsames Spiel. Aber das Entsetzen der Mädchen scheint nur allzu real zu sein, und abgesehen von den Waffen stimmt etwas nicht mit unseren Eltern.

Es sind ihre Gesichter. Da ist ein magmaähnliches Feuer in ihren Augen und ein völliges Fehlen von Emotionen auf ihren Gesichtszügen.

Trotzdem … Könnte das ein Spiel sein? Hat das etwas mit einem Feiertag wie Halloween zu tun?

Eine ganze Schar von Leuten ist hinter meinen Eltern her. Vorne sehe ich meine Großmutter, Davu mit seiner Frau und seinem Sohn, und Kojo und seine Eltern.

»Halt!«, schreit Davu meine Eltern an.

Sie reagieren nicht, sie jagen einfach weiter den Mädchen hinterher.

Einer der Zwillinge stolpert über eine Wurzel.

Der andere läuft ein paar Augenblicke weiter, dann schaut er keuchend zurück. »Asha, nein!«, keucht mein jüngeres Ich und eilt zu ihr.

Asha weint.

Die kleine Bailey versucht, sie hochzuziehen.

Unsere Eltern kommen näher.

Unser Vater stellt sich der Menge entgegen, während Mama ihre Machete hebt.

»Mama, nein!«, schreit mein kleines Ich.

Die Machete rauscht an der Wange der kleinen Bailey vorbei und durch Ashas Hals.

Blut sprudelt aus der Wunde und spritzt auf mein kleines Ich.

Ashas abgetrennter Kopf rollt weg.

Die kleine Bailey schreit.

Ich will meinen Augen nicht glauben – aber meine Augen haben nichts mit dem zu tun, was ich gerade gesehen habe, nur meine Kräfte. Und obwohl ich es leugnen möchte, lassen meine Kräfte keinen Raum für Zweifel.

Dies ist eine Erinnerung.

Eine Erinnerung, die erklärt, warum ich meine Schwester nicht kenne.

Wie betäubt beobachte ich, wie Mamas seltsame Augen mein kleines Ich anstarren, das unkontrolliert schluchzt. Dann spannt sich Mamas gesamter Körper an, und ihr Gesicht verzieht sich mit abwechselnden Ausdrücken von Leere und Entsetzen. Ihre Augen wechseln zwischen magmaartigem Feuer und normalem Braun, und ihre linke Hand greift nach ihrer rechten, als wolle sie ihr die Machete wegnehmen. Schließlich bleiben ihre Augen braun, und das Entsetzen verdunkelt alles andere auf ihrem Gesicht.

Sie schaut auf die blutige Machete in ihren Händen. Dann auf die kopflose Asha.

Mit einem rauen, kehligen Stöhnen dreht sie sich um – gerade als mein Vater ihr seine Faust auf die Schläfe schlägt.

Die Erinnerung endet.

———

DIE NÄCHSTE ERINNERUNG IST, dass Mama den dreijährigen Zwillingen eine Gutenachtgeschichte vorliest.

Die danach ist eine weitere Wanderung, aber ich schenke ihr kaum Beachtung.

Ich taumele und kann das Unmögliche nicht verarbeiten.

Ich hatte eine Schwester, eine Zwillingsschwester, und Mama hat sie getötet.

Das muss der Grund sein, warum sie alles vergessen wollte, was mit Asha zu tun hatte, und warum sie solche Angst davor hatte, mich in ihr träumen zu lassen. Ein Teil von ihr muss wissen, dass sie etwas Furchtbares vergessen hat – und das könnte sogar die Träume erklären, in denen sie mich immer tötet. Ich sehe genauso aus, wie Asha aussehen würde, wenn sie am Leben wäre.

Diese Alpträume spiegelten die schreckliche Wahrheit wider.

Mama hat meine Schwester getötet.

Kein Wunder, dass sie schon so lange ich sie kenne depressiv ist. Auch ohne sich an die Details zu erinnern, muss sie ständig psychische Schmerzen gehabt haben.

Und ist das der Grund, warum ich mich auch nicht an Asha erinnere? Weil ich Zeuge ihrer Ermordung durch die Hand unserer Mutter war? Ich bin kein Seelenklempner, aber Kinder sind dafür bekannt, Traumata auszublenden, die weitaus weniger bedeutend sind als dieses.

Warum hat Mama das getan? Und was war zum Zeitpunkt des Mordes mit ihren Augen los? Dieses Magma, das ich in ihrem Blick sah, war seltsam vertraut. Es ist fast so, als ob …

Die Erinnerungen halten an, und ich finde mich in einer Umgebung wieder, die mich an diese Augen erinnert.

Der schwarze Ozean liegt unter meinen Füßen, mit einem Himmel, der oben in Flammen zu stehen scheint.

Es ist der Ort, an dem Subtraummonster angreifen, nur bin ich nicht in einem Subtraum.

Tatsächlich habe ich diese Kulisse nur einmal außerhalb von Unterträumen gesehen – als ich in diesem Nekromanten träumte.

Verdammter Mist. Das habe ich bis jetzt völlig vergessen.

Eine Präsenz formt sich aus dem Nichts und steht vor mir auf dem Ozean, eine humanoide Kreatur von enormen Ausmaßen.

Sie ist ein beängstigender Anblick, auch wenn es schwer zu sagen ist, warum. Das Gesicht, das mich ansieht, ist genauso schön wie beim letzten Mal, mit Zügen, die eine übernatürliche Art von Symmetrie haben.

Es ist genau dasselbe Gesicht wie im Traum des Nekromanten, obwohl die Logik besagt, dass er und meine Mutter nicht dasselbe träumen sollten.

Außer, wenn sie es beide irgendwie gesehen haben.

Die schwarzen Löcher auf dem schrecklich schönen Gesicht tasten mich diesmal sorgfältiger ab, und alles, was ich tun kann, ist, dort zu stehen und es wie gelähmt anzustarren.

»Du bist du. Und am Leben.« Wie im Traum des Nekromanten beschwört seine dröhnende Stimme jede meiner Ängste herauf.

Ich schlucke. »Wer bist du? Was bist du?«

»Ich bin Phobetor.« Die Schwingungen der Antwort des Wesens lassen das Blut in meinen Adern gefrieren, noch bevor ich die Bedeutung dieses Namens begreife. »Deine Existenz ist eine Plage.«

Mein fassungsloser Verstand greift nach dem seltsamen Satz. Eine Plage – das haben mir vorhin die Subtraummonster gesagt. Das muss der Meister sein, von dem sie gesprochen haben, nicht Mama.

Phobetors Schwarze-Loch-Augen verengen sich, und sein lastwagengroßer Arm greift nach mir.

Mit einer unmöglichen Willensanstrengung löse ich mich aus meiner Lähmung und rüttele mich wach.

———

ZURÜCK IN DER REALEN WELT, reiße ich mich lange genug zusammen, um die Uber-Krankenschwester und Dr. Xipil zu beruhigen, dass ich nicht gemeingefährlich verrückt geworden bin. Dann stürze ich mich ins Badezimmer und leere meinen Magen.

Als ich wieder atmen kann, lasse ich mich das Letzte, was ich gesehen habe, verarbeiten.

Das schrecklich-schöne Wesen nannte sich Phobetor – genau wie die Gottheit, die Icelus anbeten. Ein Gott der Alpträume, von dem gesagt wird, dass er von all dem Unglück im Cogniversum profitiert.

Das ist unmöglich.

Undenkbar.

Völlig lächerlich.

Ich kann nicht glauben, dass ich diese Idee

überhaupt in Betracht ziehe, aber ... haben die Icelus recht?

Existiert Phobetor wirklich?

Wenn ja, was hat er dann mit mir und meiner Mutter zu tun?

Ich starre mein aschfahles Gesicht im Spiegel an, und der verdammende Erinnerungstraum, den ich gerade gesehen habe, spielt sich vor meinen Augen ab. Asha und ich, unsere Eltern mit Macheten ... die seltsame Färbung ihrer Augen ...

Und Phobetor, genau da in Mamas Träumen.

Eine Million Fragen gehen mir durch den Kopf, aber ich kann mich nur an eine einzige klammern.

Wenn Phobetor wirklich existiert, ist er dann der Grund für den Horror, den ich gesehen habe?

Hat Mama seinetwegen meine Zwillingsschwester getötet?

Vielen Dank dafür, dass Sie dieses Buch gelesen haben! Ich hoffe, die Fortsetzung von Sashas Geschichte hat Ihnen gefallen! Ihre Abenteuer werden in *Dream Chaser – Traumjäger* (Bailey Spade: Buch 3) weitergehen.

Möchten Sie über meine Neuerscheinungen informiert werden? Melden Sie sich für meinen Newsletter auf www.dimazales.com/book-series/deutsch/ an!

Möchten Sie meine anderen Bücher lesen? Sie können wählen aus:

- *Das Mädchen, das sieht* – die spannende Geschichte von Sasha Urban, einer Bühnenillusionistin, die unerwartete geheime Kräfte entdeckt.
- *Gedankendimensionen* – die actionreichen

Urban-Fantasy-Abenteuer von Darren, der die Zeit anhalten und Gedanken lesen kann.

- *Mensch++* – die spannende Science-Fiction-Geschichte von Mike Cohen, dessen neue Technologie unser Gehirn und die Welt verändern wird.
- *Die letzten Menschen* – die futuristische und dystopische Science-Fiction-Geschichte von Theo, der in einer Welt lebt, in der nichts so ist, wie es zu sein scheint …
- *Der Zaubercode* – die epischen Fantasy-Abenteuer des Zauberers Blaise und seiner Schöpfung, der schönen und mächtigen Gala.

Und jetzt blättern Sie bitte um, für eine Vorschau auf Kapitel 1 von *Dream Chaser – Traumjäger* und einen Auszug aus *Oasis – Die Letzte Oase (Die letzten Menschen: Buch 1)*.

Ich stolpere aus dem Badezimmer in Mamas Krankenzimmer und stoße fast mit Dr. Xipil zusammen.

»Geht es Ihnen gut?«, fragt der Zwergenarzt.

Ich bin weit davon entfernt, mich gut zu fühlen, aber wenn ich ihm sage, warum, will er vielleicht, dass ich mit einem Psychiater spreche. Die Verletzungen, die ich während des Kampfes mit den Icelus erlitten habe, sind geheilt, aber mental und emotional bin ich ein Wrack.

Fallbeispiel: Ich denke ernsthaft über die Existenz von Phobetor nach, dem Gott der Alpträume, den die Icelus anbeten. Schlimmer noch, ich frage mich, ob besagte Gottheit meine Mutter dazu gebracht hat, meine Schwester zu töten.

Das wenige Blut, das in mein Gesicht zurückgekehrt war, fließt wieder heraus.

Ich hatte eine Schwester. Eine Zwillingsschwester.

Es ist genauso schwer, diese Tatsache zu verarbeiten, wie die, dass meine Mutter sie getötet hat.

Ihr Name war Asha, und ich sah sie sterben, bevor ich überhaupt die Tatsache verarbeitet hatte, dass sie existierte.

Was gäbe ich nicht für eine Chance, sie zu treffen, oder mich wenigstens an sie zu erinnern.

»Möchten Sie sich hinlegen?« fragt Dr. Xipil und klingt noch besorgter. »Sie sehen aus, als würden Sie gleich ohnmächtig werden.«

Ich schenke ihm ein gezwungenes Lächeln. »Es geht mir gut. Ich bin nur enttäuscht, dass ich es nicht geschafft habe, Mama zu wecken.«

Dr. Xipil blickt auf das Bett, auf dem sie liegt, und seufzt. »Sie werden es wieder versuchen. Irgendwann werden Sie bestimmt Erfolg haben.«

Da ich nicht bereit bin, über eine böse Gottheit zu sprechen, die vielleicht in Mamas Träumen auf mich wartet, nicke ich einfach.

Mama sieht in ihrem komatösen Zustand gelassen aus. Sogar ruhig. Aber das muss eine Lüge sein. Sie träumt davon, eine Tochter zu töten – denn das ist es, was sie in der wachen Welt getan hat.

Auf eine sehr reale Art und Weise kenne ich meine eigene Mutter nicht. Ich frage mich, ob man überhaupt jemanden kennen oder ihm vertrauen kann.

Der Arzt räuspert sich. »Sie haben treue Freunde.«

Verdammter Mist. Ich muss mich davon erholen – oder der gute Arzt wird darauf bestehen, dass ich wieder in mein Krankenhausbett gehe.

Ich gehe zur Tür und frage so beiläufig wie möglich: »Warum sagen Sie das?«

»Sie haben sich alle viel schneller erholt als Sie, aber sie wollten nicht von Ihrer Seite weichen, bis Ihr Mann sie weggejagt hat.« Er öffnet die Tür für mich.

»Mein Mann?« Ich bin zu schockiert, um hindurchzugehen.

Dr. Xipil deutet auf mein Zimmer auf der anderen Seite des Flurs. »Verlobter?«

»Oh, Sie meinen Valerian.« Ich trete in den Flur hinaus. »Er ist weder mein Mann noch mein Verlobter.«

Noch nicht – aber Daumen drücken.

Die Augenwinkel von Dr. Xipil legen sich in Falten. »Sind Sie sicher, dass er das weiß? Weil er sich definitiv wie Ihre bessere Hälfte benommen hat, während Sie bewusstlos waren. Das Pflegepersonal und ich mussten wie auf Eierschalen laufen.«

Wirklich? Wow. »Klingt, als sollte ich nach ihm sehen.«

»Gute Idee. Wenn er aufwacht und Sie nicht da sind, wird er ausflippen.«

»Ach, kommen Sie schon, das klingt nicht nach ihm.«

»Sie haben nicht gesehen, was ich gesehen habe«, sagt der Arzt. »Wenn Sie noch etwas brauchen, lassen Sie es mich morgen Nachmittag wissen. Meine Schicht ist jetzt offiziell vorbei.«

Ich danke ihm, und er eilt davon, als ich in mein Zimmer gehe.

Ich stecke meinen Kopf hinein und sehe Valerian auf einem Stuhl zusammengesackt sitzen. Sein dunkles, dichtes Haar um sein schönes symmetrisches Gesicht ist zerzaust. Seine intensiv ozeanblauen Augen sind geschlossen, und seine leckeren Lippen leicht geöffnet.

Leise schleiche ich mich auf Zehenspitzen hinein. Er befindet sich im REM-Schlaf, erkenne ich dank meiner neu entdeckten REM-Fähigkeit und der Tatsache, dass sich seine Augen hinter seinen Augenlidern bewegen.

Hmm. Vielleicht brauche ich ihn nicht zu wecken. Die Tatsache, dass er träumt, ist eine Gelegenheit. Ich könnte zum Beispiel im Schlaf mit ihm reden … oder in den schwarzen Fenstern, die er hat, herumschnüffeln.

Ja. Das werde ich versuchen.

Ich widerstehe der Versuchung, zu ihm zu gehen und sein gemeißeltes Gesicht zu berühren, und initiiere das Traumwandeln aus der Ferne. Ich kann meine neue Kraft genauso gut üben.

Genau wie bei Itzels Großvater stelle ich mir vor, neben Valerian zu stehen, nahe genug, um seinen sauberen Kiefernduft einzuatmen. Ich stelle mir vor, seinen geschnitzten Kiefer zu berühren, und auch, wie sich dieser Hauch von Stoppeln unter meinen Fingern anfühlen würde. Ich stelle mir vor, wie mein Herz schneller schlagen würde und die Hitze sich ausbreiten würde …

Zu meiner Enttäuschung brauche ich mir das nicht

weiter vorzustellen, denn mit dem vertrauten Ozongeruch und dem Gefühl des Fallens trete ich in seinen Traum.

———

Sobald ich in der surreal gefärbten, nach Manna duftenden Lobby meines Traumpalastes auftauche, erscheint Pom – und von dem pelzigen Gesichtsausdruck des Loofts und seiner tiefschwarzen Färbung weiß ich, dass er viel von dem weiß, was ich in Mamas schwarzem Fenster erfahren habe.

Auf dem malerischen Weg zum Turm der Schlafenden fülle ich alle Wissenslücken, die Pom vom Geschehen noch hat, und versichere ihm, dass ich nicht auf magische Weise die Antworten auf seine Millionen Fragen habe – und dass ich das Warum und Wie von Phobetor und meinem Zwilling genauso gerne erfahren möchte wie er.

»Ah«, sagt Pom weise, als er Valerian auf seinem Bett schlafend sieht. »Du bist hier und suchst nach einer Ablenkung.«

Ich streiche mit den Fingern über Valerians Grübchenkinn, ohne in ihn hineingehen zu wollen. »Das könnte man so sagen.«

Poms dreieckige Ohren nehmen einen hellen Orangeton an. »Und wie läuft es zwischen euch beiden?«

»Was?«

Die Pupillen in seinen lavendelfarbenen Augen verwandeln sich in rote Herzen. »Bist du verliebt?«

Ich ziehe meine Hand von Valerians Gesicht weg. »Bist du verrückt? Ich weiß nicht einmal, wie sich das anfühlen würde. Wir kennen uns kaum. Außerdem …«

»Du denkst vielleicht zu viel darüber nach.« Pom sitzt auf meiner Schulter. »Liegt es daran, dass du noch nie einen Freund hattest?«

Ich scheuche ihn weg. »Ich denke genau an die richtige Menge. Das solltest du mal ausprobieren.«

Er landet auf der Kante von Valerians Bett. »Suche nur nicht nach Gründen, ihn nicht zu lieben. Wir wissen beide, dass du es willst.«

Es ist offiziell. Ich bekomme Ratschläge für mein Liebesleben von einem Looft, einer Kreatur, die sich durch asexuelle Knospung fortpflanzt.

Kopfschüttelnd tauche ich in Valerians Traum ein.

———

Falls Sie mehr darüber erfahren möchten, besuchen Sie bitte meine Homepage www.dimazales.com.

Mein Name ist Theo und ich bin ein Einwohner Oasis',
dem letzten bewohnbaren Fleckchen Erde. Es sollte ein
Paradies sein, ein Ort, an dem wir alle glücklich sind.

Schlechtes Benehmen, Gewalt, Geisteskrankheiten und
andere Gesundheitsprobleme sind nur noch eine
entfernte Erinnerung – auch der Tod ist keine
Bedrohung mehr.

Einst war ich auch glücklich, aber jetzt habe ich mich
verändert. Jetzt habe ich eine Stimme in meinem Kopf,
die mir Dinge erzählt, die kein imaginärer Freund
wissen sollte. Sie sagt, ihr Name sei Phoe – und sie ist
meine Wahnvorstellung.

Oder etwa nicht?

Anmerkung: Dieses Buch enthält Kraftausdrücke. Wir

finden, dass diese für die im Roman thematisierte Zensur wichtig sind. Sollten Sie ein Problem mit derartigen Wörtern haben, könnte es sein, dass Ihnen dieses Buch nicht zusagen wird.

---

*Ficken. Vagina. Scheiße.*

Ich konzentriere mich auf diese verbotenen Worte, aber mein neuronaler Scan zeigt nichts anderes an, als wenn ich an phonetisch ähnliche Worte wie *Kicken, Angina* oder *Neiße* denke. Ich kann keinen Hinweis darauf erkennen, dass mein Gehirn beeinflusst wird, aber vielleicht ist es auch einfach schon so kaputt, dass es nicht schlimmer werden kann. Vielleicht brauche ich ein anderes Testobjekt – einen anderen »leicht zu beeindruckenden« Dreiundzwanzigjährigen wie mich.

Schließlich könnte ich geisteskrank sein.

»Ach Theo. Nicht schon wieder«, sagt eine überfreundliche, hohe, weibliche Stimme. »Außerdem haben diese Worte eine Wirkung auf dein Gehirn. Der Teil deines Gehirns, der für Ekel verantwortlich ist, leuchtet zwar auf, wenn du an ›Scheiße‹ denkst, aber nicht bei ›Neiße‹.«

Es ist Phoe, die gerade zu mir spricht. Dieses Mal ist sie aber keine Stimme in meinem Kopf; stattdessen scheint sie sich in den dichten Büschen hinter mir zu befinden, auch wenn sie das nicht tut.

Ich bin die einzige Person auf dieser Rasenfläche.

Niemand anderes kommt hierher, weil sich der

Rand etwa einen Meter von hier entfernt befindet. Nur wenige Einwohner von Oasis mögen es, sich die trostlose Barriere anzuschauen, an der unsere bewohnbare Welt endet und das Ödland des Goo beginnt. Ich habe kein Problem damit.

Allerdings könnte ich wie gesagt auch verrückt sein – und Phoe wäre der Grund dafür. Ich meine, ich denke nicht, dass Phoe real ist. Meiner Meinung nach ist sie meine imaginäre Freundin. Und ihr Name wird übrigens »Fi« ausgesprochen, auch wenn er »P-h-o-e« geschrieben wird.

Ja, so spezifisch ist meine Wahnvorstellung.

»Jetzt kommst du von einem durchgekauten Thema direkt zu einem anderen.« Phoe schnaubt. »Meine sogenannte Echtheit.«

»Genau«, erwidere ich. Obwohl wir allein sind, antworte ich, ohne meine Lippen zu bewegen. »Weil du nur meine Wahnvorstellung bist.«

Sie schnaubt erneut, und ich schüttele meinen Kopf. Ja, ich habe gerade für meine Wahnvorstellung meinen Kopf geschüttelt. Ich fühle mich auch gezwungen, ihr zu antworten.

»Nebenbei gesagt«, meine ich, »ich bin mir sicher, dass das Wort ›Scheiße‹ eine genauso starke Reaktion in dem Teil meines Gehirns auslöst, der für Ekel verantwortlich ist, wie seine akzeptableren Cousins, also zum Beispiel Fäkalien. Was ich damit sagen will, ist, dass das Wort meinem Gehirn weder schadet noch es beeinflusst. Diese Worte sind nichts Besonderes.«

»Ja, ja.« Diesmal ist Phoe in meinem Kopf und hört

sich spöttisch an. »Als Nächstes wirst du mir erzählen, dass einige der verbotenen Wörter damals einfach nur Tierbezeichnungen waren und dass es Wörter aus den toten Sprachen gibt, die eigentlich tabu waren, aber es jetzt nicht mehr sind, weil sie ihre ursprüngliche Stärke verloren haben. Danach wirst du dich wahrscheinlich darüber beschweren, dass die Gehirne beider Geschlechter nahezu identisch sind, aber es nur Männern nicht erlaubt ist, Worte wie ›Vagina‹ zu sagen.«

Mir fällt auf, dass ich genau diese Dinge gerade ansprechen wollte, was bedeutet, dass Phoe und ich schon häufiger darüber gesprochen haben müssen. Das passiert bei engen Freunden: sie wiederholen Unterhaltungen. Und ich nehme an, mit imaginären Freunden noch öfter. Allerdings glaube ich, dass ich in Oasis der Einzige bin, der einen hat.

Jetzt, da ich gerade darüber nachdenke: Zählen Gespräche mit imaginären Freunden überhaupt? Schließlich spricht man in diesem Fall ja eigentlich mit sich selbst.

»Das ist mein Stichwort, dich daran zu erinnern, dass ich real bin, Theo.« Phoe spricht das absichtlich laut aus.

Ich bemerke, dass ihre Stimme von rechts kam, so als sei sie einfach ein Freund, der neben mir im Gras sitzt – ein Freund, der zufällig unsichtbar ist.

»Nur weil ich unsichtbar bin, heißt das nicht, dass ich nicht real bin«, kommentiert Phoe meinen Gedanken. »Zumindest bin ich davon überzeugt, dass ich real bin. Ich wäre verrückt, wenn ich das nicht denken würde. Außerdem deuten eine Menge Punkte genau darauf hin, und das weißt du auch.«

»Aber müsste ein imaginärer Freund nicht darauf bestehen, real zu sein?« Ich kann nicht widerstehen, diese Worte laut auszusprechen. »Wäre das nicht Teil dieser Wahnvorstellung?«

»Sprich nicht laut mit mir«, erinnert sie mich mit besorgter Stimme. »Manchmal bewegst du auch leicht deine Halsmuskeln oder sogar deine Lippen, wenn du in Gedanken zu mir sprichst. Alle diese Dinge sind zu riskant. Du solltest einfach zu mir denken. Deine innere Stimme benutzen. Das ist sicherer, besonders in der Gegenwart anderer Jugendlicher.«

»Mit Sicherheit, aber dabei fühle ich mich noch verrückter«, entgegne ich, aber denke meine Worte und konzentriere mich darauf, meine Lippen und Nackenmuskeln so wenig wie möglich zu bewegen. Danach denke ich, als Test: »In meinem Kopf mit dir zu reden unterstreicht die Tatsache, dass du unmöglich real sein kannst, und ich fühle mich, als hätte ich noch mehr Schrauben locker.«

»Das solltest du nicht.« Ihre Stimme ist jetzt in meinem Kopf, aber hört sich immer noch hoch an. »Ich kann mir vorstellen, dass selbst damals, als es nicht verboten war, nervenkrank zu sein, ein lautes Gespräch mit deinem imaginären Freund die Menschen um dich herum nervös gemacht hätte.« Sie lacht kurz auf, aber ihre Stimme klingt eher besorgt als belustigt. »Ich weiß nicht, was passieren würde, sollte jemand denken, dass du verrückt bist; aber ich habe ein schlechtes Gefühl dabei, also tue es bitte nicht, okay?«

»In Ordnung«, denke ich und ziehe an meinem linken Ohrläppchen. »Auch wenn es etwas zu viel verlangt ist, selbst hier nicht normal mit dir zu reden. Schließlich sind wir allein.«

»Ja, aber die Nanobots, von denen ich dir erzählt habe, diese Dinger, die alles durchdringen können – angefangen von deinem Kopf bis hin zum Utility Fog – können theoretisch auch dazu benutzt werden, diesen Ort zu überwachen.«

»Okay. Außer natürlich, diese praktischerweise unsichtbare Technologie, von der du mir immer erzählst, ist genauso ein Produkt meiner Einbildung wie du«, denke ich zu ihr. »Da aber niemand etwas von dieser Technologie zu wissen scheint, wie kann sie dann dazu benutzt werden, um uns auszuspionieren?«

»Falsch: Keiner der Jugendlichen weiß etwas davon, aber den anderen könnte sie bekannt sein«, verbessert mich Phoe geduldig. »Wir wissen viel zu wenig über die Erwachsenen und noch viel weniger über die Betagten.«

»Aber wenn sie mit den Nanozyten Zugriff auf meinen Kopf haben, würde das Gleiche dann nicht auch auf meine Gedanken zutreffen?«, denke ich und unterdrücke einen Schauer. Wenn das so wäre, hätte ich ein Problem.

»Die Tatsache, dass du für deine häufig missratenen Gedanken noch keine Konsequenzen tragen musstest, ist der Beweis dafür, dass sie nicht generell überwacht werden – zumindest nicht deine«, antwortet sie, und das, was sie sagt, beruhigt mich. »Deshalb denke ich, dass die computergestützte Überwachung von Gedanken entweder verboten ist oder aber gegen eine der Milliarden Richtlinien für den richtigen Umgang mit Technologie verstößt. Ich muss zugeben, dass ich mir diese ganzen Regeln kaum merken kann.«

»Und was ist, wenn eine Technik, die in mich hineinhören kann, generell ein Tabu ist?«, entgegne ich, auch wenn sie anfängt, mich zu überzeugen.

»Das kann sein, aber ich habe Dinge gesehen, die man am besten damit erklären kann, dass die Erwachsenen spioniert haben.« Ihre Stimme in meinem Kopf hört sich jetzt gedämpft an. »Denk doch einfach nur an das eine Mal, als Liam und du Pläne gemacht habt, Physik zu schwänzen. Woher konnten sie das wissen?«

Ich erinnere mich an die epische Stille, die unsere Bestrafung war, und daran, dass wir uns beide damals geschworen haben, niemandem davon erzählt zu haben. Daraufhin sind wir zu dem gleichen Ergebnis gekommen: unsere Gespräche sind nicht sicher. Das ist der Grund dafür, dass Liam, Markwart – für Freunde Mark – und ich oft verschlüsselt miteinander reden.

»Es könnte aber auch eine andere Erklärung dafür geben«, denke ich zu Phoe. »Diese Unterhaltung haben wir während einer Vorlesung geführt, also könnte uns jemand gehört haben. Und selbst wenn nicht – nur weil sie uns während des Unterrichts überwachen, bedeutet das nicht, dass sie das Gleiche auch an diesem abgelegenen Ort tun.«

»Auch wenn sie diesen Ort oder generell alles außerhalb des Instituts nicht überwachen sollten, möchte ich trotzdem, dass du dir angewöhnst, dich richtig zu verhalten.«

»Was wäre, wenn ich in Geheimsprache spreche?«, schlage ich vor. »Du weißt schon, in der gleichen, die ich auch mit meinen nicht-imaginären Freunden benutze.«

»Für meinen Geschmack redest du sowieso schon zu langsam«, denkt sie mit offensichtlicher Verzweiflung. »Wenn du diese Geheimsprache sprichst, hörst du dich lächerlich an und erhöhst die Anzahl der Silben extrem. Falls du allerdings bereit wärst, eine der toten Sprachen zu lernen …«

»Okay. Ich werde denken, wenn ich dir etwas zu sagen habe«, erwidere ich in Gedanken. Dann sage ich ihr lautlos, allerdings nicht, ohne meine Lippen zu bewegen: »Aber ich werde dabei meinen Mund bewegen.«

»Wenn es sein muss.« Sie seufzt laut. »Aber es wäre besser, wenn du es einfach so machen würdest wie eben: ohne deine Gesichtsmuskeln zu bewegen.«

Statt ihr zu antworten schaue ich wieder auf den Rand, die Barriere, an der das frische Grün unter der Kuppel auf den abstoßenden Ozean aus trostlosem Goo trifft – dieser parasitären Technik, die sich pausenlos vermehrt und jegliche Substanz verschlingt. Das Goo ist das Einzige, was von der Welt außerhalb der Kuppel noch übrig geblieben ist, und sollte diese Hülle jemals zerstört werden, würde das Goo uns umgehend vernichten. Natürlich ruft dieser Anblick alle möglichen schlechten Gefühle hervor, und die Tatsache, dass ich freiwillig dorthin schaue, muss ein weiteres Zeichen dafür sein, dass mein Geisteszustand labil ist.

»Das Zeug ist definitiv widerlich«, denkt Phoe, die wie immer versucht, mich aufzuheitern. »Es sieht aus, als habe jemand versucht, aus Kotze und menschlichen Exkrementen einen Wackelpudding zu kreieren.« Dann fügt sie mit einem gedachten Lachen hinzu: »Entschuldigung, ich hätte ›Kotze und Scheiße‹ sagen sollen.«

»Ich habe keine Ahnung, was Wackelpudding ist«, denke ich zurück und bewege dabei meine Lippen. »Aber was auch immer es ist, du hast wahrscheinlich recht, was die Zutaten betrifft.«

»Wackelpudding war etwas, was unsere Vorfahren aßen, bevor es die *Nahrung* gab«, erklärt Phoe. »Ich werde herausfinden, wo du etwas darüber anschauen oder lesen kannst; wenn du Glück hast, gibt es vielleicht bald etwas davon auf dem anstehenden Jahrmarkt der Geburtsfeiern.«

»Das hoffe ich. Es ist schwer, aus Filmen oder Büchern etwas über Essen zu lernen«, beschwere ich mich. »Das habe ich schon versucht.«

»In diesem Fall würde es vielleicht sogar funktionieren«, widerspricht Phoe. »Das Entscheidende an Wackelpudding war die

Beschaffenheit, nicht der Geschmack. Er hatte die Konsistenz von Quallen.«

»Die Menschen haben damals wirklich diese schleimigen Dinger gegessen?«, denke ich angewidert. Ich kann mich nicht daran erinnern, das jemals in einem der Filme gesehen zu haben. Mit einer Handbewegung in Richtung des Goos sage ich: »Kein Wunder, dass so etwas aus der Welt geworden ist.«

»In den meisten Teilen der Welt haben sie keine Quallen gegessen«, erwidert Phoe, und ihre Stimme nimmt einen belehrenden Ton an. »Und Wackelpudding wurde genau genommen aus teilweise zersetzten Proteinen aus der Haut, den Hufen, den Knochen und dem Bindegewebe von Kühen und Schweinen hergestellt.«

»Jetzt willst du doch nur erreichen, dass ich mich ekele«, denke ich.

»Und das kommt ausgerechnet von Ihnen, Herr Scheiße.« Sie lacht. »Wie dem auch sei, du musst diesen Ort verlassen.«

»Muss ich das?«

»Du hast in einer halben Stunde Unterricht, aber viel wichtiger ist, dass Mark dich sucht«, sagt sie, und ihre Stimme vermittelt mir den Eindruck, als sitze sie bereits nicht mehr auf dem Rasen.

Ich stehe auf und beginne, mir den Weg durch die hohen Sträucher zu bahnen, die den Blick der restlichen Jugendlichen von Oasis auf das Goo versperren.

»Und nebenbei bemerkt –«, Phoes Stimme kommt

aus einiger Entfernung; sie tut also so, als würde sie vor mir gehen – »wenn du herausfindest, dass Mark wirklich nach dir sucht, dann versuche doch mal eine Erklärung dafür zu finden, wie ein imaginärer Freund wie ich so etwas wissen könnte … etwas, was du selbst nicht wusstest.«

---

Falls Sie mehr darüber erfahren möchten, besuchen Sie bitte meine Homepage www.dimazales.com.

# ÜBER DEN SCHRIFTSTELLER

Dima Zales ist ein *New York Times* und *USA Today* Bestsellerautor in den Genres Science-Fiction und Fantasy. Bevor er ein Schriftsteller wurde, hat er sowohl als Programmierer als auch als leitender Angestellter in der Softwareentwicklungsindustrie in New York gearbeitet. Von Hochfrequenzhandel-Software für große Banken bis hin zu Handy-Apps für bekannte Zeitschriften, Dima hat schon alles programmiert. 2013 verließ er dann die Software-Branche, um sich auf seine Karriere als Schriftsteller zu konzentrieren und nach Palm Coast, Florida zu ziehen, wo er derzeitig lebt.

Um mehr zu erfahren besuchen Sie bitte die Seite www.dimazales.com/book-series/deutsch/.

www.ingramcontent.com/pod-product-compliance
Lightning Source LLC
Chambersburg PA
CBHW060618100726
47907CB00006B/1674